龙榆生未刊诗学稿

龙榆生 著
倪春军 编

复旦大学出版社

上海市哲学社会科学规划青年课题（2018EWY002）阶段性成果
华东师范大学江南文化研究院科研成果

龙榆生三十年代近影

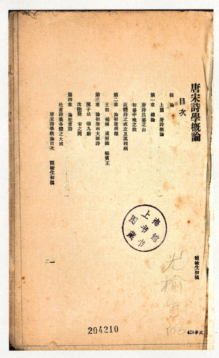

《唐宋诗学概论》书影

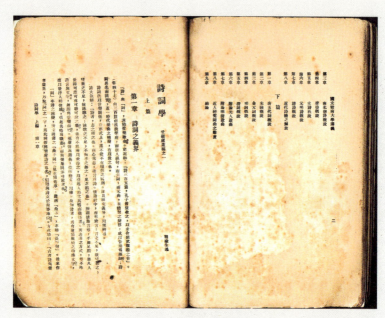

《诗词学》书影

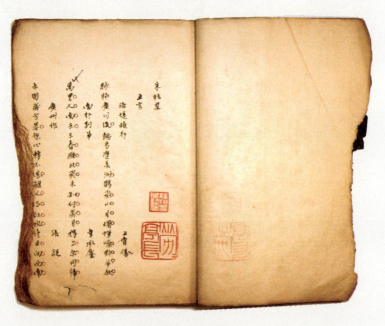

《朱弦集》书影

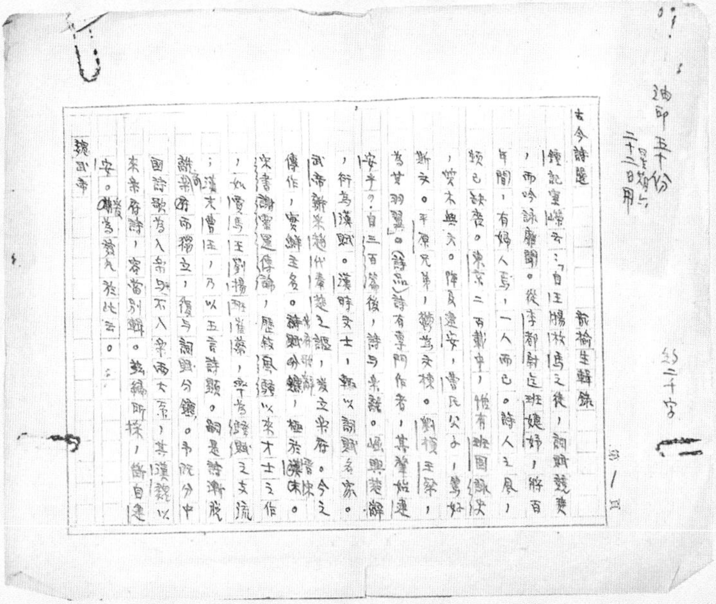
古今詩選　龍榆生輯錄

《古今诗选》书影

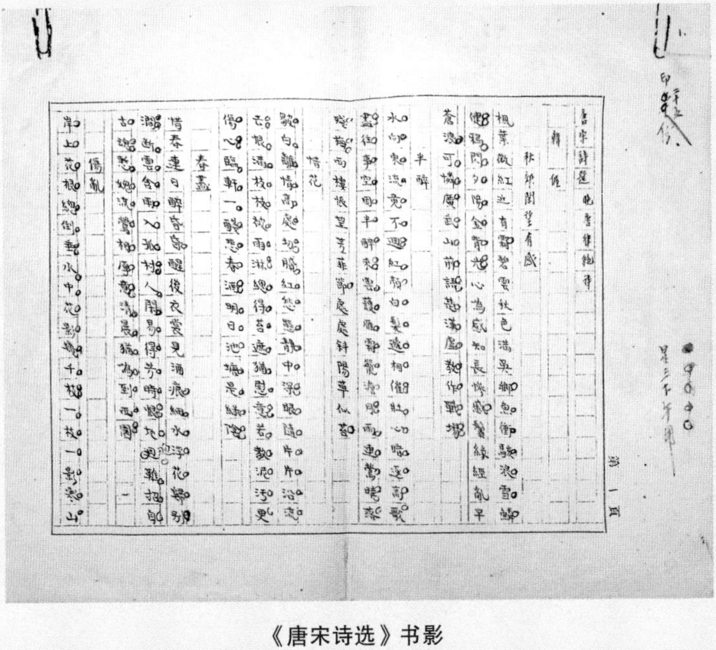
唐宋詩選

《唐宋诗选》书影

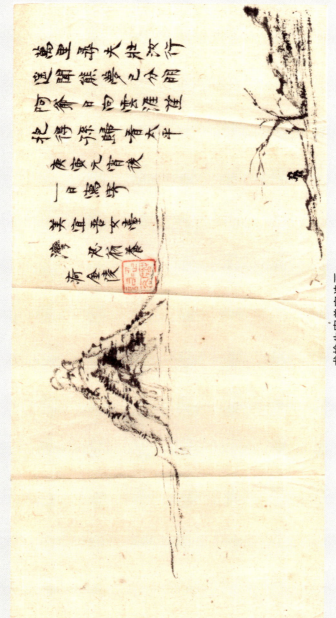

龙榆生寄美宜诗画

序

彭国忠

龙榆生先生有言:"'知人论世'为治学者之所宜先。"(《研究词学之商榷》)论世亦为知人。然欲真知一人,谈何容易。即如龙先生,曩读其《研究词学之商榷》,于胡适《词选》一毫不放过,一则曰"胡氏尝自称有'历史癖',而自信力太强,往往偏重'主观',而忽略'客观'条件",致划分之第三期"词匠之词"以姜夔、史达祖、吴文英、张炎诸人词"重音律而不重内容","殆未深究诸家词集耳",一则曰"以一人之私见,而率意加以褒贬也",再则曰"诬古人而误来者";而另一篇《论贺方回词质胡适之先生》,称胡适唐五代宋词三个时期之说,"其最大缺点,则所录第二段落诸作家中,竟遗贺方回是也",具体从五个方面(其实六个方面)论述方回词之长,皆胡氏"竟摈而不录,此令人难解者"。几以胡适为不通词学,故及读至其称赞胡适之语"吾对于近世治中国文学史者,惟胡氏为素所服膺",乃以为门面话,以为"自胡适之先生《词选》出,而中等学校学生,始稍稍注意于词;学校中之教授词学者,亦几全奉此书为圭臬;其权威之大,殆驾任何《词选》而上之",是事实(胡适《词选》被作为中学读本)亦是讥讽。

然今得倪春军君所辑《龙榆生未刊诗学稿》,读其中《唐宋诗学概论》残存之《唐诗概论》,发现龙先生引述胡适《白话文学史》竟达十余处,且多数肯定,少所否定。其肯定之论述,一种为长篇称引,一种是"从其说""参用""略参"其说,一种是直接肯定。

长篇称引者为:第四章《论杜甫》:"善乎绩溪胡适之言曰:'时代换了,文学也变了。八世纪下半的文学,与八世纪上半截然不同了。最不同之点,就是那严肃的态度与深沉的见解。文学不仅是应试与应制的玩意儿了,也不仅是仿作乐府歌词,供教坊乐工歌伎的歌唱,或贵人公主的娱乐了。也不仅是勉强作壮语,或勉强说大话,想像从军的辛苦或神仙的境界了。八世纪下半以后,伟大作家的文学要能表现人生,——不是那想像的人生,是那实在的人生:民间的实在痛苦,社会的实在问题,国家的实在状况,人生的实在希望与恐惧。'"这是引用胡适话最多之一次,达九百余字,并议论道:"杜甫诗之脱离模仿而趋于创造,脱离幻想而趋于写实,观乎胡氏所论,足知风气之转移,盖与国运之盛衰有密切之关系。"第七章《论韩愈》云:"世人或讥昌黎以文为诗,不知此正昌黎力求解放之处。所谓'盘空硬语',固不屑'束以声律','装腔作态',如俳优之所为也。"复引陈师道、沈括语,论云:"近人胡适以为韩诗之长处在此,短处亦在此(说见《白话文学史》四一四)。"

从其说者为：引王世贞《艺苑卮言》卷四论杜诗语而论云："此又分论诸体，以为李、杜互有短长，要皆从技术方面言之，而于杜氏之思想环境，少所留意者也。兹更参合诸家之论，证以杜氏之诗，其内容则尽洗浮辞，归于实在；其形式则错综变化，不可端倪。胡氏以天上人间判别李、杜，兹从其说，竟为划分，非于二家有所优劣也。"参用其说者为：论杜诗善用具体描写，深得古乐府遗法，而不徒袭其貌举，举《哀王孙》《新安吏》《石壕吏》《无家别》，论云："凡此诸诗，只于耳目中所闻见，摘取片段，如实写出。使人读之，陡觉当时杀戮之惨、流离之痛、战伐之苦，一一涌现目前。无意规模古人，而自成一种新乐府。余如《潼关吏》《新婚别》《垂老别》等作，亦皆可泣可歌。后此元（稹）、白（居易）、张（籍）、王（建），皆后此路发展者也（参用胡适说，详《白话文学史》三二九—三三六)。"第十章总论"论元和长庆间诗"："藉文学以'救济社会，改善人生'（参用胡适说），元、白一派对诗之主张，自为'广义的'而非'狭义的'，宜为流传之广而感人之深也。"略参其说者为：论孟郊诗"一切陈言熟语，扫到无余"，举《偷诗》诗论曰："彼固以剿袭雷同为可耻，戛戛独造，时亦不避俗语俚词，其意若曰：'古今来语言文字，非经我从新陶铸，举不足以入吾诗也。'创作精神，于此可见（以上略参胡适说)。"

直接肯定其说者为：引杜甫《自京附奉先县咏怀五百字》论云："胡适以此诗为作于禄山乱前，甫从长安至奉先省视妻子，乍睹家庭种种惨痛，因念个人遭际以及社会种种不平，不免将途中经过骊山行宫所见所闻种种欢娱景况，尽情倾吐，加以弹劾（详《白话文学史》三二九）。爱许为空前之作，吾无间然。"论杜甫绝句："少陵绝句，前人往往讥其少含蓄，乏风韵。然亦自有其特别风格，而不屑随人转移。自曾国藩选《十八家诗钞》，不遗杜氏此体。今人胡适，复为表章，所见略同，料非阿其所好。"论孟郊云："近人胡适，谓东野颇受老杜影响。观韩愈力崇老杜，而《荐士》一诗，历数诸作者，自李、杜以逮郊，仿如一脉相承，则胡说亦不为无见也。"论卢仝云："仝以怪辞惊众，其人品情性，具见昌黎《寄卢仝》诗中……其诗用种种可骇可愕之譬喻，句读亦极参差。胡适以为此种体裁，或由佛教梵唱、唱导以及民间佛曲俗文、盲词鼓书为其背景（说见《白话文学史》三九七），亦持之有故。"举卢仝《走笔谢孟谏议寄新茶》《示添丁》等诗论云："丁宁琐屑，尤见溺爱幼子神情。胡适以为出于王褒《僮约》及左思《娇女》者（《白话文学史》四〇六），近是也。"

而直接否定胡适之论者仅三处：其一，引王世贞、李东阳论杜语后，云："二家论杜，并于笔力变化上求之，对子美运用之巧思，盖已尽量宣泄。胡氏不复注意于此，漫以'诙谐风趣'四字了之，以此为杜氏特有之技能，亦浅哉其视子美矣。使子美仅以'诙谐'擅胜，又安能包罗万有、举重若轻耶？"其二，引杜甫《北征》诗论曰："此诗于严肃中见诙谐，于悲苦中见欢适。即如'青云出事'一段，他人于正事、实事，尚铺写不了，何暇及此（张上若说）。此杜诗所以善于虚处着力，而不流于迂腐。胡适仅赏其'瘦妻痴女'一段，谓其余皆不过有韵之议论文，殆未之深思也。"其三，又论白居易诗论，引其《与元九书》"圣人感人心而天下和平"至"忧乐合而百志熙",论曰:"知声诗之道,感人最深,'托根于人情,而结果在正义'(胡说)。以情与义为里,以言与声为表。表里交融,声情并茂,乃能以我之热烈感情,不期然而引起全人类之同情心,藉以'改善人心,救济社会',此实诗人之最大目的。而对于诗之外形与内质,断不能有所轻重于其间也。余往日论诗,辄持'声情相应'之说,颇与白氏所云默相契合。而胡氏乃有'语言声韵不过见苗叶花朵而已'(《白话文学史》四三)之言,一似此等特雕虫小技,不足措意,其流弊乃至有不讲韵律之诗,违白氏本旨矣。"

读此,不禁疑惑:何先生于胡适之说,前后判若两人?或者因为一为诗一为词,于诗重胡适之说,于词则否定之耶?及读春军辑龙先生另一著作《清真先生年谱》,关于周邦彦生年,王国维《清真先生遗事》考定为嘉祐二年,龙先生据《玉照新志》《苏文忠公年谱》等,推定为嘉祐元年,而仅云:"近人胡适辑词,亦遵王说,岂推算法不同耶?"语气温和中允,全无叱呵,复疑惑:因诗词体分而态度不一之见殆不成立,因清真亦为词人。

再考以上论著撰写时间,根据张晖《龙榆生先生年谱》(下文简称《年谱》)记载,《研究词学之商榷》发表于一九三四年四月出版之《词学季刊》一卷四号,而《论贺方回词质胡适之先生》撰成于一九三三年三月十二日,却发表于一九三六年九月三十日出版之《词学季刊》三卷三号。《词学季刊》由龙先生主编,不存在稿件压、延情况,为何先撰写的一篇文章,后发表三年多的时间?《唐宋诗学概论》于一九三〇年由暨南大学出版社出版,《清真先生年谱》则著于一九二九年,是先生《周清真词研究》之一种。两部著作撰写或者出版时间显然早于两篇文章撰写、发表之时间。一九三〇年以后,先生对待胡适之学术观点,前后差别甚巨,这期间究竟发生了什么?不能不令人想到一九三一年底,词学老人朱彊村之去世,以及去世之前,以《鹧鸪天》绝笔词示先生,并以平生所用校词双砚授先生,以"吾未竟之业,子其为我了之"之语相托,此即学界盛传艳称之《授砚图》事。正如张晖所言:"此事影响先生极大,也使先生终身服膺彊村词学,发扬光大之。"(《年谱》)然彊村传给先生者非其一家衣钵,乃以整个词学之事相付:"先生毕生致力学术之精神,与其所成就之伟业,自当长留天壤。而世情变幻,绝学可忧。"(《朱彊村先生永诀记》)彊村老人对先生期许甚大,先生不能不自励自重,站在继承绝学高度,谋划天下词学,倡言:"居今日而言词,自以从事于绝学之研究,为第一要义。"(《研究词学之商榷》)故彊村老人去世数月,自一九三二年四月起,先生即在夏敬观、叶恭绰、易大厂、吴梅、赵尊岳、夏承焘诸位支持、帮助下,筹办《词学季刊》杂志(《年谱》),以"藉联声气之雅,为词坛上作一总枢机,流布四方,远及东西洋各国。同人感幸之余,自当继续奋勉,以期不负读者诸君之盛意,而宏此倚声之绝业……且国势阽危,士风浇薄,非表章诗教以至真至美至善之声诗相与感发,不足以起衰运而制颓波"(《词学季刊》三卷一号"词坛消息")。而先生发表于这个刊物上之《研究词学之商榷》《选词标准论》《今日学词应取之途径》,皆从大处立论,特别是首次从现代学术意义上确定词学研究范围,为以后词学研究走上现代学术道路指出方向。

然则仅因彊村老人之托付，即可产生如此巨大之转变？亦令人生疑。我们知道，先生一九二八年始转致词学研究，一九二八年九月出任上海暨南大学中文系讲师，与王家吉、马承钧教授"各体文"，当时暨南大学讲授词学、词史者为冯淑兰即大名鼎鼎之冯沅君，先生后来才教词。他在《苜蓿生涯过廿年》中说，到上海后，"先后见过了陈散原、郑苏戡、朱彊村、王病山、程十发、李拔可、张菊生、高梦旦、蔡孑民、胡适之诸先生，我不管他们是新派旧派，总是虚心去请教，所以大家对我的印象，都还不错……我因为在暨南教词的关系，后来兴趣就渐渐的转向词学那一方面去。"我们不禁好奇，他向胡适请教什么？先生没有具体交代，而他对现代词学的规划，他创办《词学季刊》掌握话语权，是不是可见胡适影子？特别是《研究词学之商榷》中，列出现代词学之八事（当然未明确标榜八事）及其言说方式，是不是有胡适《文学改良刍议》中改良八事之影子？

再者，先生自述，他高小毕业后，想不经过中学和大学预科，直接跳到北大本科国文系去，但高小毕业后，他却再也没有进入学校学习，"我最初治学的门径间接是从北大国文系得来，这是无庸否认的"，这如何可能？因为有其堂兄龙沐光在北大国文系肄业，胞兄龙沐棠在北大法科肄业，二人与北大权威教授黄侃善，"每次暑假回家，总是把黄先生编的讲义，如《文字学》《音韵学》《文心雕龙札记》之类，带给我看"。不止于此，先生说"许多名教授如黄侃、钱玄同、黄节、张尔田等所编的讲义，我都读过了"。先生高小毕业在一九一五年，其胞兄龙沐棠于一九一八年任职北京教育部社会教育司，则其阅读北大教授讲义，自在一九一六、一九一七、一九一八年间，而胡氏一九一七年九月就任北大教授，亦是名教授，先生所阅读的北大名教授讲义中，是否就有胡适讲义？毕竟，胡适在一九一七年即发表《文学改良刍议》，先生亦深知胡适"在现代文学界中影响颇大"，而先生虽然古学根基深厚，然其全部词学研究、词学贡献，其思维方式，皆是现代的，若言其受到胡适影响，亦是自然之事。

春军仁爱敦厚，勤奋笃学，于其同门张晖先生主编《龙榆生全集》出版后，多方搜求龙先生遗佚文字，终有所得，成此一册，付梓之前，问序于余。余虽治词学，然于龙先生素少专门研究，于胡适更乏深究，因读春军新辑先生文字，触及旧疑，言此一偏之说，以见其实有大裨益于知人论世云。

辛丑大寒夜于沪上

目 录 ○

唐宋诗学概论 / 1

诗词学 / 203

朱弦集 / 237

古今诗选 / 299

唐宋诗选 / 315

附录　清真先生年谱 / 337

编校后记 / 367

唐宋诗学概论

龙榆生初稿

整理说明

《唐宋诗学概论》，署龙榆生初稿，国立暨南大学讲义，上海图书馆藏。据张晖《龙榆生先生年谱（增订本）》"一九三〇年"条云："是年，《唐宋诗学概论》由暨南大学出版社出版。该书未见。"知张晖生前亦未见此书。根据目次，全书分为上、下两篇，各十四章，上篇为"唐诗概论"，下篇为"宋诗概论"，然今仅存上篇前十章内容（止于李贺），是为残本。今据上海图书馆藏本录入整理。为避免繁冗，凡作者引文中出现的讹误，皆据征引文献之通行本径改，不再另出校记；而作者在正文表述中出现的误字、缺字和衍字，则一律出校，并加以说明。至于原稿目录与正文标题及内容存在多处文字不对应的情况，为保存文献原貌，今一律不作校改。

目 次 ○

叙　论 / 11

上篇　唐诗概论

第一章　总论 / 19

　　唐诗昌盛之由
　　初盛中晚之说
　　近体诗之成立及其利病

第二章　论"初唐四杰" / 35

　　王勃　杨炯　卢照邻　骆宾王

第三章　论初唐两大派诗 / 44

　　陈子昂　张九龄
　　沈佺期　宋之问

第四章　论杜甫 / 59

　　杜甫诗"集各体之大成"
　　杜甫诗"亦因亦创"

第五章　论开元天宝间诗　上（713—756）/ 82

　　李白
　　王维　孟浩然　储光羲
　　王之涣　王昌龄

第六章　论开元天宝间诗　下 / 99

　　元结
　　高适　岑参　李颀

第七章　论韩愈 / 128

　　韩愈"以文为诗"
　　韩愈诗开宋代诸大家之风气

第八章　论大历贞元间诗　上（766—805）/ 138

　　大历十子
　　韦应物　柳宗元
　　刘长卿　刘禹锡

第九章　论大历贞元间诗　下 / 158

　　孟郊　贾岛
　　卢仝　刘叉

第十章　论元和长庆间诗（806—824）/ 174

　　元稹　白居易

张籍　王建
　　李贺　李益

第十一章　论晚唐人诗（836—907）
　　杜牧　李商隐　温庭筠
　　皮日休　陆龟蒙

第十二章　论晚唐流寓诗人
　　韩偓
　　韦庄

第十三章　论唐人绝句诗

第十四章　余论

以上论唐诗竟

下篇　宋诗概论

第一章　总论
　　论唐宋诗之差别
　　宋诗之演化

第二章　论北宋初年诗

　　《西昆酬唱集》
　　王禹偁　徐铉

第三章　论熙宁元祐间诗（1086—1093）

　　欧阳修
　　苏舜钦　梅尧臣
　　王安石　王令

第四章　论苏门诗人

　　苏轼
　　张耒　晁补之　秦观

第五章　论江西诗派

　　黄庭坚
　　陈师道
　　韩驹　饶节　晁冲之

第六章　论宋代理学家诗

　　邵雍
　　朱熹

第七章　论南渡以后诗上

陆游

杨万里

第八章　论南渡以后诗下

陈与义　叶梦得

范成大　姜夔

薛季宣　叶适

第九章　论"永嘉四灵"诗

赵师秀　翁卷　徐照　徐玑

第十章　论"江湖派"诗

刘克庄　戴复古　方岳

第十一章　论南宋遗民诗

谢翱　文天祥　林景熙　汪元量　谢枋得　郑思肖

第十二章　余论

以上论宋诗竟

结　论

叙 论

吾国诗体备于唐,而极其致于宋,后有作者,莫能出其范围。盖物穷则变,变则通,理有固然也。而世人不察,每喜尊唐而抑宋。倡之者为严羽,至明代而其说益张,务袭唐人之皮毛,置宋诗于不讲。是皆惑于一偏之说,不足以迷误方来者也。羽之言曰:

夫诗有别材,非关书也;诗有别趣,非关理也;然非多读书,多穷理,则不能极其至。所谓不涉理路、不落言筌者,上也。诗者,吟咏情性也。盛唐诸人,惟在兴趣,羚羊挂角,无迹可求。故其妙处透彻玲珑,不可凑泊,如空中之音、相中之色、水中之月、镜中之象,言有尽而意无穷。近代诸公(案:谓宋贤)乃作奇特解会,遂以文字为诗,以才学为诗,以议论为诗。夫岂不工?终非古人之诗也。盖于一唱三叹之音,有所歉焉。且其作多务使事,不问兴致，用字必有来历，押韵必有出处，读之反覆终篇，不知著到何处。其末流甚者，叫噪怒张，殊乖忠厚之风，殆以骂詈为诗，诗而至此，可谓一厄也。(《沧浪诗话》)

羽拈出"情性"、"兴趣"以言诗，自是诗家正轨。而其所排击，乃在以"文字"、"才学"、"议论"为诗，则其视诗之疆域，未免失之过隘。唐贤如杜甫、韩愈，何尝不逞"才学"，发"议论"？"贵远而贱近"，此中国文人之通蔽，于羽无尤焉。明人专务剽窃，辄自谓"不读唐以后书"，其不解宋诗，亦固其所。其间惟李东阳，颇有卓识。观所为《麓堂诗话》云：

汉魏以前，诗格简古，世间一切细事长语，皆著不得，其势必久而渐穷。赖杜诗一出，乃稍为开拓，庶几可尽天下之情事。韩一衍之，苏再衍之。于是情与事，无不可尽，而其为格，亦渐粗矣。然非具宏才博学，逢原而泛应，孰与开后学之路哉？

此盖通达持平之论，而不为瞽说所转移者。延至清康熙朝，吴之振有《宋诗钞》之刻，而后宋诗乃获重显于世。吴之言曰：

自嘉、隆以还，言诗家尊唐而黜宋。宋人集覆瓿糊壁，弃之若不克尽，故今日搜购最难得。黜宋诗者曰："腐。"此未见宋诗者也。宋人之诗，变化于唐，而出其所自得，皮毛落尽，精神独存，不知者或以为腐。后人无识，倦于讲求，喜其说之省事，而地位高也。则群奉"腐"之一字，以废全宋之诗。故今之黜宋者，皆未见宋诗者也。虽见之而不能辨其原流，则见与不见等。此病不在黜宋，而在尊唐。盖所尊者，嘉、隆后之所谓唐，而非唐宋人之唐也。唐非其唐，则宋非其宋，以为"腐"也固宜。宋之去唐也近，而宋人之用力于唐也，尤精以专。今欲以卤莽剽窃之说，凌古人而上之。是犹逐父而祢其祖，固不直宋人之轩渠，亦唐之所吐而不餂非类也。曹学佺序宋诗，谓"取材广而命意新，不剿袭前人一字"。然则诗之不腐，未有如宋者矣。今之尊唐者，目未及唐诗之全，守嘉、隆间固陋之本——皆宋人已陈之刍狗，践其首脊，苏而爨之久矣，顾复取而篚衍文绣之——陈陈相因，千喙一唱，乃所谓"腐"也。譬之脍炙，翻故出新，极烹芼之巧，则为珍美矣。三朝三暮，数进而不变，臭味俱败，犹以为珍美也。"腐"乎？"不腐"乎？故臭腐神奇，从乎所化。嘉、隆之谓唐，唐之臭腐也。宋人化之，斯神奇矣。唐宋人之唐，唐宋之神奇也。嘉、隆后人化之，斯臭腐矣。乃腐者以不腐为"腐"，此何异狂国之狂其不狂者欤？（《宋诗钞·序》）

此说有应注意者二点：

1. 非尊宋而抑唐，正以唐宋人诗，各自有其精神面目，不容有所轩轾。

2. 研求唐宋诗学者，宜知文学演变，为必然之势。不宜执一偏之见，故步自封。

自吴书出，而踵其说者，乃大有人。以是对唐宋人诗，亦渐有正确之批评与见解。如嘉善叶燮云：

> 自汉魏至晚唐，诗虽递变，皆递留不尽之意，即晚唐犹存余地。读罢掩卷，犹令人属思久之。自梅（尧臣）、苏（舜钦）变尽昆体，独创生新，必辞尽于言，言尽于意，发挥铺写，曲折层累以赴之，竭尽乃止。才人伎俩，腾踔六合之内，纵其所如，无不可者。然含蓄渟泓之意，亦少衰矣。（《原诗·外篇》）

> 至于宋人之心手，日益以启，纵横钩致，发挥无余蕴，非故好为穿凿也。譬之石中有宝，不穿之凿之，则宝不出。且未穿未凿以前，人人皆作模棱皮相之语，何如穿之凿之之实有得也？如苏轼之诗，其境界皆开辟古今之所未有，天地万物，嬉笑怒骂，无不鼓舞于笔端，而适如其意之所欲出。此韩愈后之一大变也，而盛极矣！（《原诗·内篇》）

要之唐诗多主含蓄，故有有余不尽之致。宋诗微伤刻露，亦能穷委曲难达之情。境界不同，各擅其胜。叶氏所说，先获我心矣。逮乎晚清同、光之际，宋诗风靡一时，而闽县郑孝胥、陈衍，嘉兴沈曾植，复创为"三元"之说。曾植与其乡人金蓉镜书云：

> 吾尝谓诗有元祐、元和、元嘉三关。（王蘧常《嘉兴沈寐叟先生年谱初稿》，见《东方杂志》第二十六卷第

十五号）

又《寒雨积闷杂书遣怀寄石遗》诗云：

开天启疆域，元和荆州部。奇出日恢今，高攀不输古。韩白刘柳骞，郊岛贺籍伴。四河道昆极，万派播溟渚。唐余逮宋兴，师说一香炷。勃兴元祐贤，夺嫡西江祖。寻视薪火传，暂如斜上谱。中州苏黄余，江湖张贾绪。譬彼鄱阳孙，七世肖王父。中泠一勺泉，味自岷觞取。沿元虞范唱，涉明李何数。强欲判唐宋，坚城捍楼橹。咄兹盛中晚，帜自闽严树。氏昧菊中行，谓句弦偭矩。持兹不根说，一眇引群瞽。丛棘限墙闬，通途成岨峿。（陈衍《近代诗钞》第十二册）

衍又为引申之曰：

余谓诗莫盛于三元：上元，开元；中元，元和；下元，元祐也。君（案：指曾植）谓"三元皆外国探险家觅新世界殖民政策开埠头本领"，故有"开天启疆域"云云。余言今人强分唐诗宋诗，宋人皆推本唐人诗法，力破余地耳。庐陵、宛陵、东坡、临川、山谷、后山、放翁、诚斋、岑、高、李、杜、韩、孟、刘、白之变化也。简斋、止斋、沧浪、四灵，王、孟、韦、柳、贾岛、姚合之变化也。故开元、元和者，世所分唐宋人之枢干也。若墨守旧说，唐以后之书不读，有"日蹙国百里"而已。故有"唐

余逮宋兴",及"强欲判唐宋"各云云。(《石遗室诗话》卷一)

自此诸说出,而唐宋诗遂分镳并骛,而效法宋贤者,且较学唐者为多。虽同时会稽李慈铭有"宋人自苏、黄、陆三家外,绝无能自立者"(《越缦堂诗话》卷上)之言,吴江陈去病有"两宋中衰"之说(见所著《诗学纲要》卷下),要不足以动摇其壁垒。盖宋人诗固自有其价值在也。

今述吾国诗学,断自唐宋两代者,亦由唐以前诸家所有,唐人莫不有之。而宋人又敢言唐人之所不敢言,能言唐人之所未尽言。非欲谬附"同光体"之末流,转以自隘也。

上篇　唐诗概论

第一章 总论

唐有国三百年，上自帝王卿相，下逮倡优走卒，类多能诗。故称诗者必曰唐，言其极盛也。要其致此之故，亦有数端：

1. 承齐梁以来旧习也。
《隋书·文学传》云：

> 自汉、魏以来，迄乎晋、宋，其体屡变，前哲论之详矣。暨永明、天监之际，太和、天保之间，洛阳、江左，文雅尤盛。于时作者，济阳江淹、吴郡沈约等，并学穷书圃，思极人文，缛彩郁于云霞，逸响振于金石。英华秀发，波澜浩荡，笔有余力，词无竭源。方诸张、蔡、曹、王，亦各一时之选也。闻其风者，声驰景慕，然彼此好尚，互有异同。江左宫商发越，贵于清绮，河朔词义贞刚，重乎气质。气质则理胜其词，清绮则文过其意，理深者便于时

用，文华者宜于咏歌，此其南北词人得失之大较也。若能掇彼清音，简兹累句，各去所短，合其两长，则文质斌斌，尽善尽美矣。梁自大同之后，雅道沦缺，渐乖典则，争驰新巧。简文、湘东，启其淫放，徐陵、庾信，分路扬镳。其意浅而繁，其文匿而彩，词尚轻险，情多哀思。格以延陵之听，盖亦亡国之音乎？周氏吞并梁、荆，此风扇于关右，狂简斐然成俗，流宕忘反，无所取裁。（卷七十六）

综上所说，则知江左词华，影响于后来者至大。而《新唐书·文艺传》亦云：

唐有天下三百年，文章无虑三变。高祖、太宗，大难始夷，沿江左余风，缔句绘章，揣合低卬，故王、杨为之伯。（卷二百一）

杜甫集诗学之大成，且有：

庾信文章老更成，凌云健笔意纵横。今人嗤点流传赋，不觉前贤畏后生。（《戏为六绝句》）
不薄今人爱古人，清词丽句必为邻。窃攀屈宋宜方驾，恐与齐梁作后尘。（同上）
陶冶性灵存底物？新诗改罢自长吟。熟知二谢将能事，颇学阴何苦用心。（《解闷十二首》之一）

之句，则知唐代诗学之盛，未始非承汉魏六朝之余波，特能发挥而光大之，正如《隋书》所云"掇彼清音，简兹累句，各去所短，合其两长"耳。

2. 利禄之途，有以促进之也。

《新唐书·选举志》云：

> 众科之目，进士尤为贵，其得人亦最为盛焉。方其取以辞章，类若浮文而少实。（卷四十四）
>
> 先是进士试诗赋及时务策五道、明经策三道。建中二年（七八一），中书舍人赵赞权知贡举，乃以箴、论、表、赞代诗赋，而皆试策三道。太和八年（八三四），礼部复罢进士议论，而试诗赋。文宗从内出题，以试进士，谓侍臣曰："吾患文格浮薄，昨自出题，所试差胜。"（同上）

据此，则唐代以诗赋取士，殆与国运相终始。而时人重视进士，其散见于小说、笔记者尤多。耽诗如命之孟郊，亦复不能忘情于此。观其诗集，伤心落第，至再至三，所谓：

> 弃置复弃置，情如刀刃伤。（《孟东野诗集》卷三《落第》）
> 一夕九起嗟，梦短不到家。两度长安陌，空将泪见花。（同上《再下第》）

其苦[①]闷情绪，咨嗟咏叹而不能自已。及其登科，则有：

[①] "苦"，原作"若"，形近而误。

> 昔日龌龊不足夸，今朝放荡思无涯。春风得意马蹄疾，一日看尽长安花。（同上《登科后》）

其盛气凌人、不可一世之概，跃然纸上。其时之风尚可知矣。夫诗本以理性情，非藉以弋取利禄。而欲求其普遍，则实有赖于提倡。故宋严羽亦云：

> 或问："唐诗何以胜我朝？"唐以诗取士，故多专门之学。我朝之诗，所以不及也。（《沧浪诗话·诗评》）

唐诗所以盛过于宋人者在此，其或有时不及宋人者亦在此。

3. 在上者之弘奖词流也。

史称：

> 太宗既平寇乱，留意儒雅学，乃于宫城西起文学馆，以待四方文士。……诸学士并给珍膳，分为三番，良（疑为"更"之讹）直宿于阁下。每军国务静，参谒归休，即便引见，讨论坟籍，商略前载。（《旧唐书》卷七十二《褚亮传》）

太宗既笃爱文学，时亦发为歌咏。征之载籍：

> 贞观六年九月，帝幸庆善宫，帝生时故宅也。因与贵臣宴，赋诗。（尤袤《全唐诗话》卷一）

> 帝尝作宫体诗，使虞世南赓和。世南曰："圣作诚工，

然体非雅正。上有所好，下必有甚焉。恐此诗一传，天下风靡，不敢奉诏。"帝曰："朕试卿尔。"（同上）

所谓"上有所好，下必有甚焉"者，唐三百年风雅之盛，迈绝等伦，则太宗弘奖提倡之力也。

武则天当国，讽高宗广召文词之士入禁中修撰（见《旧唐书》卷一百九十中《文苑传》）。而当世文人应制之作，篇什纷披。至中宗时，君臣唱和，韵事流传，极一时之乐。据《全唐诗话》：

> 九月九日，幸临渭亭登高作云："九日正乘秋，三杯兴已周。泛桂迎樽满，吹花向酒浮。长房萸早熟，彭泽菊初收。何藉龙沙上，方得恣淹留。"时景龙三年（七〇九）也。序云："陶潜盈把，既浮九酝之欢；毕卓持螯，须尽一生之兴。人题四韵，同赋五言，其最后成，罚之引满。"（卷一）

中宗诗虽不工，而其风流潇洒，摆脱帝王习气。宜当世之士，闻其风而悦之也。风气既开，作者辈出。下逮开元、天宝之际，而诗界乃大放灿烂之花，照耀今古。虽高尚诗人，雅不欲藉词华以希进用。然不得谓帝王好尚，非转移文运之一因也。

4. 声家传唱，合被管弦也。

王灼《碧鸡漫志》云：

唐时古意亦未全衰，《竹枝》《浪淘沙》《抛球乐》《杨柳枝》，乃诗中绝句，而定为歌曲。故李太白《清平调》词三章皆绝句。元、白诸诗，亦为知音者协律作歌。白乐天守杭，元微之赠云："休遣玲珑唱我诗，我诗多是别君辞。"自注云："乐人高玲珑能歌，歌予数十诗。"乐天亦《醉戏诸妓》云："席上争飞使君酒，歌中多唱舍人诗。"又《闻歌妓唱前郡守严郎中诗》云："已留旧政布中和，又付新诗与艳歌。"元微之《见人咏韩舍人新律诗戏赠》云："轻新便妓唱，凝妙入僧禅。"沈亚之送人序云："故友李贺，善撰南北朝乐府古词，其所赋尤多怨郁凄艳之句。诚以盖古排今，使为词者莫得偶矣（'得'，一作'能'）。惜乎其终亦不备声弦唱。"然唐史称："李贺乐府数十篇，云韶诸工皆合之弦管。"又称："李益诗名与贺相埒，每一篇成，乐工争以赂求取之，被声歌，供奉天子。"又称："元微之诗，往往播乐府。"旧史亦称："武元衡工诗，好事者传之，往往被于管弦。"又旧说：开元中，诗人王昌龄、高适、王涣之（"涣之"二字疑倒）诣旗亭饮。梨园伶官亦招妓聚燕。三人私约曰："我辈擅诗名，未定甲乙（'定'，一作'第'），试观诸伶讴诗，分优劣。"一伶唱昌龄二绝句云："寒雨连江夜入吴，平明送客楚帆孤。洛阳亲友如相问，一片冰心在玉壶。""奉帚平明金殿开，强将团扇共徘徊。玉颜不及寒鸦色，犹带昭阳日影来。"一伶唱适绝句云："开箧泪沾臆，见君前日书。夜台何寂寞？犹是子云居。"涣之曰："佳妓所唱，如非我诗，终身不敢与子争衡。不然，子等列拜床下。"须臾，妓唱："黄河远上白云间,一片孤城万仞山。羌笛何须怨杨柳?春风不度玉门关。"涣之揶揄二子曰:"田舍奴,我岂妄哉!"以此知李唐伶伎,取当时名士诗句入歌曲,盖常俗("俗",一作"事")也。蜀王衍召嘉王宗寿饮宣华苑,命宫人李玉箫歌衍所撰宫词云:"辉辉赫赫浮五云,宣华池上月华春。月华如水映宫殿,有酒不醉真痴人。"五代犹有此风,今亡矣。(卷一)

夫文人作为歌诗,辄能播诸歌伎之唇吻,且以赌声名之高下,定作品之优劣。其足以资鼓舞而增兴趣,又岂下于利禄科名?此亦唐诗昌盛之重大原因也。

有此四因,故世文人,莫不竭毕生之力,以从事于此。其间豪杰之士,亦有出类拔萃,途径别开,万派分流,并臻绝诣。至如韩愈纵扩排奡,一御以行文之法,遂开宋代之先河。与上述诸因,颇少交涉,后当别论,兹不详焉。

以上论唐诗昌盛之由。

复次,唐诗有初、盛、中、晚之分。——大抵高祖武德元年以后百年间(六一六—七一二)谓之初唐,玄宗开元元年以后五十年间(七一三—七六五)谓之盛唐,代宗大历元年以后八十年间(七六六—八四六)谓之中唐,宣宗大中元年以后至于唐亡(八四七—九〇七)谓之晚唐。——肇端于宋严羽,至明高棅,而其名乃确立。自羽为:

论诗如论禅。汉、魏、晋与唐之诗,则第一义也。大历以还之诗,则小乘禅也,已落第二义矣。晚唐之诗,则

声闻辟支果也。(《沧浪诗话》)

之论,而一代之诗,俨然有界划可寻。然犹自知难免牵强傅会之讥,乃复为之说曰:

> 盛唐人诗,亦有一二滥觞晚唐者。晚唐人诗,亦有一二可入盛者。要当论其大概耳。(同上)
>
> 大历之诗,高者尚未失盛唐,下者渐入晚唐矣。晚唐之下者,亦堕野狐外道鬼窟中。(同上)

是仍不能自坚其说也。至棪著《唐诗品汇》,论之甚详,其序曰:

> 有唐三百年诗,众体备矣。故有往体、近体、长短篇、五七言律句、绝句等制,莫不兴于始,成于中,流于变,而陊之于终。至于声律兴象,文词理致,各有品格高下之不同。略而言之,则有初唐、盛唐、中唐、晚唐之不同。详而分之,贞观、永徽之时,虞、魏诸公,稍离旧习,王、杨、卢、骆,因加美丽,刘希夷有闺帷之作,上官仪有婉媚之体,此初唐之始制也。神龙以还,洎开元初,陈子昂古风雅正,李巨山文章宿老,沈、宋之新声,苏、张之大手笔,此初唐之渐盛也。开元、天宝间,则有李翰林之飘逸,杜工部之沉郁,孟襄阳之清雅,王右丞之精致,储光羲之真率,王昌龄之声俊,高适、岑参之悲壮,李颀、常建之超凡,此盛唐之盛者也。大历、贞元

中，则有韦苏州之雅澹，刘随州之闲旷，钱郎之清赡，皇甫之冲秀，秦公绪之山林，李从一之台阁，此中唐之再盛也。下暨元和之际，则有柳愚溪之超然复古，韩昌黎之博大其词，张、王乐府，得其故实，元、白序事，务在分明，与夫李贺，卢仝之鬼怪，孟郊、贾岛之饥寒，此晚唐之变也。降而开成以后，则有杜牧之之豪纵，温飞卿之绮靡，李义山之隐僻，许用晦之偶对。他若刘沧、马戴、李频、李群玉辈，尚能黾勉气格，将迈时流，此晚唐变态之极，而遗风余韵，犹有存者焉。

观其品藻诸家，类多肤廓之谈，学识殊为卑下。然自此说一出，而称诗者，辄斤斤于"四唐"之辨。疑所谓初、盛、中、晚，实宋、元以来相承之旧说，特棣笃守而表扬之耳。明人如王氏兄弟，于此亦有所商榷。世贞之言曰：

> 六朝之末，衰飒甚矣。然其偶俪颇切，音响稍谐。一变而雄，遂为唐始，再加整栗，便成沈、宋。人知沈、宋律家正宗，不知其权舆于三谢，橐钥于陈、隋也。诗至大历，高、岑、王、李之徒，号为已盛。然才情所发，偶与境会，了不自知其堕者，如"到来函谷愁中月，归去磻溪梦里山"，"鸿雁不堪愁里听，云山况是客中过"，"草色全经细雨湿，花枝欲动春风寒"，非不佳致，隐隐逗漏钱、刘出来。至"百年强半仕三已，五亩就荒天一涯"，便是长庆以后手段。吾故曰：衰中有盛，盛中有衰，各含机藏隙。盛者得衰而变之，功在创始；衰者自盛而沿之，弊由

趋下。(《艺苑卮言》卷四)

世懋之言曰：

> 唐律由初而盛，由盛而中，由中而晚，时代声调，故自必不可同。然亦有初而逗盛，盛而逗中，中而逗晚者。何则？逗者，变之渐也，非逗，故无由变。如"四诗"之有变风、变雅，便是《离骚》远祖。子美七言律之有拗体，其犹变风、变雅乎？唐律之由盛而中，极是盛衰之介。然王维、钱起，实相倡酬，子美全集，半是大历以后，其间逗漏，实有可言，聊指一二。如右丞"明到衡山"篇，嘉州"函谷"、"磻溪"句，隐隐钱、刘、卢、李间矣。至于大历十才子，其间岂无盛唐之句？盖声气犹未相隔也。学者固当严于格调，然必谓盛唐人无一语落中，中唐人无一语入盛，则亦固哉其言诗矣。(《艺圃撷余》)

> 今世五尺之童，才拈声律，便能薄弃晚唐，自傅初、盛。有称大历以下，色便报然。然使诵其诗，果为初邪、盛邪？中邪、晚邪？大都取法固当上宗，论诗亦莫轻道。诗必自运，而后可以辨体；诗必成家，而后可以言格。晚唐诗人，如温庭筠之才，许浑之致，见岂五尺之童下，直风会使然耳。览者悲其衰运可也。(同上)

二子所说，又多就"近体"言之，而对于所谓"四唐"者，不复胶执一隅之见。视严、高之论，为通达矣。总之诸大名家之作，一时有一时之风尚，一人有一人之面目，不容彼此相蒙，尤不宜尊此抑彼。今论唐诗，略恢彼时风尚，及个人性格以为断。一切牵强傅会之说，所不取焉。

以上论初、盛、中、晚之分。

复次，诗体由四言而五言，而七言，递演递繁，至魏晋六朝，而规模粗备。唐人亦沿旧制，特变化其格调，充实其内容耳。迨有所谓"律诗"者出，乃于诗界别辟新领土，而于唐以前已有之诗体，更名"古体诗"——一名往体，以资识别。然构成律诗，亦非一朝一夕之故，实"声病说"发明后自然之趋势也。《新唐书·文艺传》云：

> 魏建安后，泎江左，诗律屡变。至沈约、庾信，以音韵相婉附，属对精密。及（宋）之问、沈佺期，又加靡丽，回忌声病，约句准篇，如锦绣成文。学者宗之，号曰"沈宋"。（卷二百二《宋之问传》）

由此以观，则律诗实滥觞[①]于齐、梁，而成立于沈、宋，可无疑义。王世贞复为之说曰：

> 五言至沈、宋，始可称律。律为法律、音律，天下无严于是者。知虚实、平仄，不得任情，而法度明矣。（《艺苑卮言》）

此言"近体诗"之宜严格式也。钱木庵著《唐音审体》，乃区

[①] "觞"，原稿作"触"，形近而误。

"近体诗"为若干类,言之綦详。兹为择要附著于下,俾学者有所考镜焉:

一、律诗五言论。律诗始于初唐,至沈、宋而其格始备。律者,六律也,谓其声之协律也;如用兵之纪律,用刑之法律,严不可犯也。齐梁体二句一联,四句一绝,律诗因之,加以平仄相俪,用韵必双,不用单韵。唐人律诗,间有三韵、五韵、七韵、九韵者,偶然变格,不过百之一耳。上下句相黏缀,以第二字为准,仄平平仄为正格,平仄仄平为偏格,自二韵以至百韵,皆律诗也。二韵谓之绝句,六韵以上谓之长韵(见《杜牧集》)。冯班曰:"律诗多是四韵。"古无明说。尝推而论之:联绝黏缀,至于八句,首尾胸腹,俱已具足;如正格二联,平平相黏也,中二联仄仄相黏也,至二转而变有所穷,则已成篇矣。向高棅《唐诗品汇》出,人遂不知绝句是律诗。棅又创"排律"之名,益为不典。古人所谓排比声律者,排偶栉比,声和律整也。乃于四字中摘取二字,呼为"排律",于义何居?古人初无此名,今人竟以为定格而不知怪,可叹也!

二、律诗五言长韵论。初唐诸家长律诗,对偶或不甚整齐,第二字或不相黏缀。如胡、锺正书,犹略带八分体,至右军而楷法大备,遂为千古立极。诗家之少陵,犹书家之右军也。少陵作而沈、宋诸家可桃矣。故五言长韵、七言四韵律诗,断以少陵为宗。

三、律诗五言绝句论。二韵律诗,谓之绝句,所谓四句一绝也。《玉台新咏》有古绝句，古诗也。唐人绝句多是二韵律诗，亦不论用韵平仄，其辨在于声韵，古今人语音讹变，遂不能了了。其第二字或用平仄平仄，或用仄平仄平，不相黏缀者，谓之折腰体。五言、七言皆然。宋人有谓绝句是截律诗之半者，非也。

四、律诗七言四韵论。七言律诗，始于初唐咸亨、上元间，至开、宝而作者日出。少陵崛起，集汉、魏、六朝之大成，而融为今体，实千古律诗之极则。同时诸家所作，既不甚多，或对偶不能整齐，或平仄不相黏缀，上下百余年，止少陵一人独步而已。中唐律诗始盛。然元、白号称大家，皆以长篇擅胜，其于七言八句，竟似无意求工。钱、刘诸公，以韵致自标，多作偏枯，格中二联，或二句直下，或四句直下，渐失庄重之体。义山继起，入少陵之室，而运以秾丽，尽态极妍，故昔人谓七言律诗莫工于晚唐。然自此作者愈多，诗道日坏。大抵组织工巧，风韵流丽，滑熟轻艳，千手雷同。若以义求之，其中竟无所有。世遂有"开口便是七言律诗，其人可知矣"之诮。非七言律诗不可作，亦作者不能挺拔自异也。以命意为主，命意不凡，虽气格不高，亦所不废。意无可采，虽工弗尚。所谓"宁为有瑕玉，勿为无瑕石"，盖必深知戒此，而后可言诗。

五、律诗七言绝句论。绝句之体，五言、七言略同，唐人谓之小律诗。或四句皆对，或四句皆不对，或二句对、二句不对，无所不可。所稍异者，五言用韵不拘平仄，七言则以平韵为正，然仄韵亦非不可用也。其作法则与四韵律诗迥别。四韵气局舒展，以整严为先。绝句气局单促，以警拔为上。唐人名作，家弦户诵者，绝句尤多。其"离合"、"迭字"诸体，近于儿戏。然古人业有此格，不可不知。

钱氏议论，虽未尽然，然上列诸体，实为唐人所创作，沿用至今，仍未尽废。近人黄节著《诗学》，复详述各体之渊源。其说曰：

五言古诗既兴，于是有五言诗之变体，其源则始自六朝。如梁沈约《拟青青河畔草》诗："漠漠床上尘，中心忆故人。故人不可忆，中夜长叹息。叹息想容仪，不欲长别离。别离稍已久，空床寄杯酒。"则五言两句换韵，变古诗之体而为之者也。又如柳恽《江南曲》："汀洲采白蘋，日暖江南春。洞庭有归客，潇湘逢故人。故人何不返？春华复时晚。不道新知乐，且言行路远。"则五言四句换韵，变古诗之体而为之者也。顾由五言两句换韵一变而为四句换韵，再变而为八句同韵。如同时范云《巫山高》诗："巫山高不极，白日隐光辉。霭霭朝云去，冥冥暮雨归。岩悬兽无迹，林暗鸟疑飞。枕席竟谁荐？相望徒依依。"中四句相对，一如柳恽《江南曲》，则已为五律之滥觞矣。又由柳恽《江南曲》离而二之，由范云《巫山》诗中而分之，则如梁简文《梁尘诗》："依帷蒙重翠，带日聚轻红。定为歌声起，非关团扇风。"已为五绝之滥觞矣。……由兹而再变，则若庾丹之《秋闺有望》诗:"耿耿横天汉,飘飘出岫云。月斜树倒影,风至水回文。已泣机中妇,复悲堂上君。罗襦晓长襞,翠被夜徒熏。空汲银床井,谁缝金缕裙?所思竟不至,空持清夜分。"已为五言排律之滥觞矣。……由是观之,六朝五言诗,由古诗而创为后世五律、五绝、五言排律之体,其源流可递数者也。七言诗既兴,于是有七言诗之变体,其源亦始自六朝。如晋谢道韫《咏雪》诗:"白云纷纷何所似?撒盐空中差可拟。未若柳絮因风起。"则七言三句同韵,变古诗之体而为之者也。又如梁萧子显《乌栖曲》:"握中酒杯玛瑙钟,裙边杂佩琥珀龙。欲持寄君心不惜,共指三星今何夕。"则七言两句换韵,变古诗之体而为之者也。顾由七言三句同韵,一变而为两句换韵,再变而为四句三同韵。如梁简文《春别》诗:"别观葡萄带实垂,江南豆蔻生连枝。无情无意犹如此,有心有恨徒别离。"则四句三同韵,亦变古诗之体而为之者也。然已为七绝滥觞矣。简文既开兹体,又为《春情曲》:"蝶黄花紫燕相追,杨低柳合路尘飞。已见垂钩挂绿树,诚知淇水沾罗衣。两童夹车问不已,五马城南犹未归。莺啼春欲驶,无为空掩扉。"盖本《春别诗》之体而少变之,已骎骎乎具七律之形矣。至庾信《乌夜啼》:"促柱繁弦非子夜,歌声舞态异前溪。御史府中何处宿?洛阳城头那得栖?弹琴蜀郡卓家女,织锦秦川窦氏妻。讵不自惊长落泪?到道啼乌恒夜啼。"则已为七律之滥觞矣。由兹而再变,则为沈君攸之《薄暮动弦歌》:"柳谷向晚沉余日,蕙楼临暝徒斜光。金户半入丛林影,兰径时移落蕊香。丝绳玉壶传绮席，秦筝赵瑟响高堂。舞裙拂履喧珠佩，歌音出扇绕尘梁。云边雪飞弦柱促，留宾但须罗袖长。日暮邀欢恒不倦，处处行乐为时康。"又已为七言排律之滥觞矣。由是观之，六朝七言诗，由古诗而创为后世七绝、七律、七言排律之体，其源流又可递数者也。(黄氏《六朝诗学》)

近体诗之源流正变，已略具上述钱[①]、黄二氏之书。至如各体律诗，莫不讲声律，严对偶，属辞精整，振响铿锵，从其形式观之，实亦美文之极则。惟其范围过狭，拘制转多，往往足以束缚豪情，斫丧真性，以人为之美，损自然之美。又或流为恶滥，陈陈相因。斯则运用在人，非作法者之罪矣。

以上论近体诗之成立及其利病。

---

① 原稿"钱"后有"一"字，衍，今删。

第二章 论"初唐四杰"

王　勃　杨　炯　卢照邻　骆宾王

　　王杨卢骆当时体，轻薄为文哂未休。尔曹身与名俱灭，不废江河万古流。（杜甫《戏为六绝句》）

　　论初唐诗，必称"四杰"。——杨炯与王勃、卢照邻、骆宾王，以文词齐名，海内称为"王杨卢骆"，亦号为"四杰"。炯闻之，谓人曰："吾愧在卢前，耻居王后。"当时议者，亦以为然。其后崔融、李峤、张说，俱重"四杰"之文（见《旧唐书》卷一百九十《文苑传》上）。——观少陵之论，先之以庾信，次即继以"王杨卢骆"。是知以"四杰"为初唐代表作者，固为彼时之定评矣。而一则曰"当时体"，再则曰"轻薄为文"，其说果何谓乎？请征诸史籍，藉知彼时之风尚。《唐书·文艺传》云：

　　唐兴，诗人承陈隋风流，浮靡相矜。（卷二百一）

据此，则所谓"当时体"者盖不出下列二点：

1. 步趋齐梁，苦乏风骨。
2. 声调浮靡，稍远雅正。

又所谓"陈隋风流"，类杂"徐庾"之流丽。吾人欲识唐初体制，不妨取"徐庾"之作，与"四杰"参互比较之，则知风会所趋，虽豪杰之士，亦无由自拔也。兹先论歌行，次言律句。

试取徐陵之《宛转歌》：

七夕天河白露明，八月涛水秋风惊。楼中恒闻哀响曲，塘上复有苦辛行。不解何意悲秋气？直置无秋悲自生！不怨前阶促织鸣，偏愁便路捣衣声。别燕差池自有返，离蝉寂寞讵含情？云聚含情四望台，月冷相思九重观。欲题芍药诗不成，来采芙蓉花已散。金樽送曲韩娥起，玉柱调丝楚妃劝。翠眉结恨不复开，宝鬓迎秋度前乱。湘妃拭泪洒贞筠，行乐玩花何处人？步步香飞金箔屣，盈盈扇掩珊珊唇。已言采桑期陌上，复能解佩就江滨。竞入华堂要花枕，争开羽帐奉华茵。不惜独眠前下钩（疑有误字），欲许便作后来新。后来瞑瞑同匡床，可怜颜色无比方。谁能巧笑时窥井，乍取新声举绕梁。宿处留娇堕黄珥，镜前含笑弄明珰。卷葹摘心心不尽，茱萸折叶叶更芳。已闻能歌《洞箫赋》，讵是故爱邯郸倡。（《四部丛刊》本《徐孝穆集》卷一）

持较卢照邻之《长安古意》：

长安大道连狭斜,青牛白马七香车。玉辇纵横过主第,金鞭络绎向侯家。龙衔宝盖承朝日,凤吐流苏带晚霞。百丈游丝争绕树,一群娇鸟共啼花。啼花戏蝶千门侧,碧树银台万种色。复道交窗作合欢,双阙连甍垂凤翼。梁家画阁天中起,汉帝金茎云外直。楼前相望不相知,陌上相逢讵相识。借问吹箫向紫烟,曾经学舞度芳年。得成比目何辞死,愿作鸳鸯不羡仙。比目鸳鸯真可羡,双去双来君不见。生憎帐额绣孤鸾,好取门帘帖双燕。双燕双飞绕画梁,罗帏翠被郁金香。片片行云著蝉鬓,纤纤初月上鸦黄。鸦黄粉白车中出,含娇含态情非一。妖童宝马铁连钱,娼妇盘龙金屈膝。御史府中乌夜啼,廷尉门前雀欲栖。隐隐朱城临玉道,遥遥翠幰没金堤。挟弹飞鹰杜陵北,探丸借客渭桥西。俱邀侠客芙蓉剑,共宿娼家桃李蹊。娼家日暮紫罗裙,清歌一啭口氛氲。北堂夜夜人如月,南陌朝朝骑似云。南陌北堂连北里,五剧三条控三市。弱柳青槐拂地垂,佳气红尘暗天起。汉代金吾千骑来,翡翠屠苏鹦鹉杯。罗襦宝带为君解,燕歌赵舞为君开。别有豪华称将相,转日回天不相让。意气由来排灌夫,专权判不容萧相。专权意气本豪雄,青虬紫燕坐春风。自言歌舞长千载,自谓骄奢凌五公。节物风光不相待,桑田碧海须臾改。昔时金阶白玉堂,即今唯见青松在。寂寂寥寥扬子居,年年岁岁一床书。独有南山桂花发,飞来飞去袭人裾。(《全唐诗》卷二)

骆宾王之《艳情代郭氏答卢照邻》:

迢迢芊路望芝田，眇眇函关限蜀川。归云已落涪江外，还雁应过洛水滪。洛水傍连帝城侧，帝宅层甍垂凤翼。铜驼路上柳千条，金谷园中花几色。柳叶园花处处新，洛阳桃李应芳春。妾向双流窥石镜，君住三川守玉人。此时离别那堪道，此日空床对芳沼。芳沼徒游比目鱼，幽径还生拔心草。流风回雪傥便娟，骥子鱼文实可怜。掷果河阳君有分，卖酒成都妾亦然。莫言贫贱无人重，莫言富贵应须种。绿珠犹得石崇怜，飞燕曾经汉皇宠。良人何处醉纵横，直如循默守空名。倒提新缣成慊慊，翻将故剑作平平。离前吉梦成兰兆，别后啼痕上竹生。别日分明相约束，已取宜家成诫勖。当时拟弄掌中珠，岂谓先摧庭际玉。悲鸣五里无人问，肠断三声谁为续？思君欲上望夫台，端居懒听将雏曲。沉沉落日向山低，檐前归燕并头栖。抱膝当窗看夕兔，侧耳空房听晓鸡。舞蝶临阶只自舞，啼鸟逢人亦助啼。独坐伤孤枕，春来悲更甚。峨眉山上月如眉，濯锦江中霞似锦。锦字回文欲赠君，剑壁层峰自纠纷。平江森森分清浦，长路悠悠间白云。也知京洛多佳丽，也知山岫遥亏蔽。无那短封即疏索，不在长情守期契。传闻织女对牵牛，相望重河隔浅流。谁分迢迢经两岁，谁能脉脉待三秋。情知唾井终无理，情知覆水也难收。不复下山能借问，更向卢家字莫愁。(《全唐诗》卷三）

并铺张排比，联翩而下，所谓音不离乎淫靡、义不出乎绮怨者也。此种歌行，组织非不工妙，特其间绝少纵横排奡之笔，往往流于委靡不振。此其所以其①齐、梁遗制，而不足以语于盛唐诸公者欤？且"四杰"之诗，不独齐、梁新体诗之影响而已，又时时与兰成小赋相近。王世贞云：

> 子安诸赋，皆歌行也。为歌行则佳，为赋则丑。（《艺苑卮言》卷四）

殊不知以歌行之体为赋，徐、庾并优为之。子安濡染既深，歌行亦与之俱化。兹更取子山《荡子赋》，与子安《采莲曲》对观，消息可寻，波澜莫二。

《荡子赋》云：

> 荡子辛苦逐征行，直守长城千里城。陇水恒冰合，关山惟月明。况复云床起怨，倡妇生离。纱窗独掩，罗帐长垂。新筝不弄，长笛羞吹。常年桂苑，昔日兰闺。罗敷总发，弄玉初笄。新歌《子夜》，旧舞《前溪》。别后关情无复情，奁前明镜不须明。合欢无信寄，回纹织未成。游尘满床不用拂，细草横阶随意生。前日汉使著章台，闻道夫婿定应回。手巾还欲燥，愁眉即剩开。逆想行人至，迎前含笑来。（《庾开府集》卷一）

《采莲曲》云：

---

① "其"，疑有误，俟考。

> 采莲归，绿水芙蓉衣。秋风起浪凫雁飞。桂棹兰桡下长浦，罗裙玉腕轻摇橹。叶屿花潭极望平，江讴越吹相思苦。相思苦，佳期不可驻。塞外征夫犹未还，江南采莲今已暮。今已暮，采莲花，渠今那必尽娼家？官道城南把桑叶，何如江上采莲花？莲花复莲花，花叶何稠迭？叶翠本羞眉，花红强如颊。佳人不在兹，怅望别离时。牵花怜共蒂，折藕爱连丝。故情无处所，新物从华滋。不惜西津交佩解，还羞北海雁书迟。采莲歌有节，采莲夜未歇。正逢浩荡江上风，又值裴回江上月。裴回莲浦夜相逢，吴姬越女何丰茸。共问寒光千里外，征客关山路几重？（《全唐诗》卷三）

右所举例，除一杂四言、一杂三言，各不相同外，余皆五言、七言，参差间用。此其蜕化之迹，可以一目了然。风气所趋，亦无所谓"为歌行则佳，为赋则丑"也。

"四杰"歌行，一沿江左旧法，既如上述。其间惟杨炯传作较少，料亦不能出此范围。虽前人已为分别论之，特其言仍嫌笼统耳！且举二家之说，以资考校。

王世贞云：

> 卢、骆、王、杨，号称"四杰"。词旨华靡，固沿陈隋之遗；翩翩意象，老境超然胜之。五言遂为律家正始。内子安稍近乐府，杨、卢尚宗汉、魏，宾王长歌虽极浮靡，亦有微瑕，而缀锦贯珠，滔滔洪远，故是千秋绝艺。（《艺苑卮言》卷四）

陆时雍云：

> 古雄而浑，律精而微。"四杰"律诗，多以古脉行之，故材气虽高，风华未烂。(《诗镜总论》)
>
> 王勃高华，杨炯雄厚，照邻清藻，宾王坦易。子安其最杰乎？调入初唐，犹带六朝锦色。(同上)

由后之论，又多侧重律诗。此时律体，尚未臻于成熟时期，宜其"多以古脉行之"，又"时带六朝锦色"也。兹更各举一首以示例：

卢照邻《晚渡渭沱敬赠魏大》云：

> 津谷朝行远，冰川夕望曛。霞明深浅浪，风卷去来云。澄波泛月影，激浪聚沙文。谁忍仙舟上，携手独思君。(《全唐诗》卷二)

杨炯《从军行》云：

> 烽火照西京，心中自不平。牙璋辞凤阙，铁骑绕龙城。雪暗凋旗画，风多杂鼓声。宁为百夫长，胜作一书生。(《全唐诗》卷三)

王勃《仲春郊外》云：

> 东园垂柳径，西堰落花津。物色连三月，风光绝四

邻。鸟飞村觉曙,鱼戏水知春。初晴山院里,何处染嚣尘?(《全唐诗》卷三)

骆宾王《在狱咏蝉》云:

> 西陆蝉声唱,南冠客思侵。那堪玄鬓影,来对白头吟。露重飞难进,风多响易沉。无人信高洁,谁为表予心?(《全唐诗》卷三)

上列四诗,除宾王作为能深寄托、抗高调外,余仍气格卑废,与齐、梁新体相近,则陆氏所称"风华未烂"者也。

吾既分述四杰之歌行、律诗,为过渡时期之作品,缺乏创造能力。然卢氏时规骚体,杨氏颇效魏晋。

照邻《狱中学骚体》云:

> 夫何秋夜之无情兮,皎皛悠悠而太长!圜户杳其幽邃兮,愁人披此严霜。见河汉之西落,闻鸿雁之南翔。山有桂兮桂有芳,心思君兮君不将。忧与忧兮相积,欢与欢兮两忘。风裹裹兮木纷纷,凋绿叶兮吹白云。寸步千里兮不相闻,思公子兮日将曛。林已暮兮鸟群飞,重门掩兮人径稀。万族皆有所托兮,蹇独淹留而不归!(《全唐诗》卷二)

炯《西陵峡》云:

绝壁耸万仞，长波射千里。盘薄荆之门，滔滔南国纪。楚都昔全盛，高丘烜望祀。秦兵一旦侵，夷陵火潜起。四维不复设，关塞良难恃。洞庭且忽焉，孟门终已矣！自古天地辟，流为峡中水。行旅相赠言，风涛无极已。及余践斯地，瑰奇信为美！江山若有灵，千载伸知己。（《全唐诗》卷三）

若斯之作，庶几一洗淫靡之态，返朴还淳，又所谓"明而未融"、"天留有待"者矣。

第三章　论初唐两大派诗

陈子昂　张九龄
沈佺期　宋之问

吾既备论"四杰"之诗,以为不脱齐、梁以来浮靡之旧习,因知文学之演化,盖以"渐"而不以"顿"。唐诗之由初逗盛,上规魏、晋,下启开、天,转变之机,其在景龙间乎?在此时期,诗界遂俨然划分两大派:陈(子昂)、张(九龄)复古,沈(佺期)、宋(之问)趋新,旨趣虽殊,影响皆大。所谓复古者,盖欲以适上之风力,一洗铅华,务深寄托,而反诸汉、魏,蕲不失风人之旨者也。所谓趋新者,盖欲以炫烂之才华,敛入矩范,以求精整,而突遇陈、隋,蕲毋背当时之体者也。推其致此之故,亦有可言。史称:

> 景龙二年,始于修文馆置大学士四员、学士八员、直学士十二员,象四时、八节、十二月。于是李峤、宗楚

客、赵彦昭、韦嗣立为大学士，适、刘宪、崔湜、郑愔、卢藏用、李乂、岑羲、刘子玄为学士，薛稷、马怀素、宋之问、武平一、杜审言、沈佺期、阎朝隐为直学士。又召徐坚、韦元旦、徐彦伯、刘允济等满员。其后被选者不一。凡天子飨会游豫，唯宰相及学士得从。春幸梨园，并渭水祓除，则赐细柳圈辟疠；夏宴蒲萄园，赐朱樱；秋登慈恩浮图，献菊花酒称寿；冬幸新丰，历白鹿观，上骊山，赐浴汤池，给香粉兰泽，从行给翔麟马，品官黄衣各一。帝有所感即赋诗，学士皆属和。当时人所歆慕，然皆狎猥佻佞，忘君臣礼法，惟以文华取幸。

此诸学士中，以沈、宋及杜审言号称最工律体。观其君臣唱和，荡无拘检，而①又彼此琢磨，争胜于一字一句之间，固宜此体之日趋丽密也。杨慎《丹铅总录》云：

> 唐自贞观至景龙，诗人之作，尽是应制。命题既同，体制复一。其绮绘有余，而微乏韵度。

观此所云，诗多应制之作，其形式日见精整，其韵律益加调协。使律诗遂臻成熟时期，而其体格较卑，亦缘于此。今且先论沈、宋：虽有文胜之讥，而其于律诗中，开山作祖，后人殆无异议。唐人如独孤至之（及），且备极推崇。其言曰：

---

① "而"，原作"面"，形近而误。

> 汉魏之间，作者犹质有余而文不足，以今揆昔，则有朱弦疏越、太羹余味之叹。沈詹事、宋考功，始裁成六律，彰施五彩，使言之而中伦，歌之而成声，缘情绮靡之功，至是始备。虽去雅寖远，其丽有过于古，犹路鼗出于土鼓，篆籀生于鸟迹。

此言沈、宋之工于藻绘，而合于陆机《文赋》所云"诗缘情而绮靡"之原则。虽或文过其质，亦各"因时制宜"者也。

宋尤延之（袤）又云：

> 魏建安后讫江左，诗律屡变。至沈约、庾信，以音韵相婉附，属对精密。及宋之问、沈佺期，又加靡丽，回忌声病，约句准篇，如锦绣成文，学者宗之，号曰"沈宋"。语曰："苏、李居前，沈、宋比肩。"谓李陵、苏武也。（《全唐诗话》卷一，亦见《唐书·文艺传》）

此言沈、宋之严于诗律，及其影响于当时者至大也。

明王世贞云：

> 二君正是敌手，排律用韵稳妥，事不傍引，情无牵合，当为最胜。（《艺苑卮言》卷四）
>
> 沈詹事七言律，高华胜于宋员外。宋虽微少，亦见一斑。（同上）

清沈德潜论五言律云：

> 神龙之世，陈（子昂）、杜（审言）、沈、宋，浑金璞玉，不须追琢，自然名贵。(《说诗晬语》卷上）

明陆时雍云：

> 杜审言浑厚有余，宋之问精工不乏。沈佺期吞吐含芳，安详合度，亭亭整整，喁喁叮叮。觉其句自能言，字自能语，品之所以为美。苏、李法有余闲，材之不逮远矣。(《诗镜总论》）

综上三家之论，所谓"事不傍引，情无牵合"者，就其格律上言之也。所谓"不须追琢，自然名贵"者，就其气韵上言之也。所谓"吞吐含芳，安详合度，亭亭整整，喁喁叮叮"者，就其风度上言之也。由是以观沈、宋律诗，虽其词藻时或过于靡丽，亦自有其不可磨灭之价值。且取二家作品，以资比较：

被 试 出 塞

十年通大漠，万里出长平。寒日生戈剑，阴云拂旆旌。饥乌啼旧垒，疲马恋空城。辛苦皋兰北，胡霜损汉兵。（沈）

杂 诗

闻道黄龙戍，频年不解兵。可怜闺里月，长在汉家营。少妇今春意，良人昨夜情。谁能将旗鼓，一为取龙城？（沈）

游少林寺

长歌游宝地,徙倚对珠林。雁塔风霜古,龙池岁月深。绀园澄夕霁,碧殿下秋阴。归路烟霞晚,山蝉处处吟。(沈)

古意呈补阙乔知之

卢家少妇郁金香,海燕双栖玳瑁梁。九月寒砧催木叶,十年征戍忆辽阳。白狼河北音书断,丹凤城南秋夜长。谁谓含愁独不见,更教明月照流黄!(沈)

遥同社员外审言过岭

天长地阔岭头分,去国离家见白云。洛浦风光何所似?崇山瘴疠不堪闻!南浮涨海人何处?北望衡阳雁几群!两地江山万余里,何时重谒圣明君?(沈)

以上各诗,录自《全唐诗》卷四。

泛镜湖南溪

乘兴入幽栖,舟行日向低。岩花候冬发,谷鸟作春啼。沓嶂开天小,丛篁夹路迷。犹闻可怜处,更在若耶溪。(宋)

题大庾岭北驿

阳月南飞雁,传闻至此回。我行殊未已,何日复归来?江静潮初落,林昏瘴不开。明朝望乡处,应见陇头

梅。(宋)

度 大 庾 岭

度岭方辞国,停轺一望家。魂随南翥鸟,泪尽北枝花。山雨初含霁,江云欲变霞。但令归有日,不敢恨长沙。(宋)

三阳宫侍宴应制得幽字

离宫秘苑胜瀛洲,别有仙人洞壑幽。岩边树色含风冷,石上泉声带雨秋。鸟向歌筵来度曲,云依帐殿结为楼。微臣昔忝方明御,今日还陪八骏游。(宋)

早 发 韶 州

炎徼行应尽,回瞻乡路遥。珠厓天外郡,铜柱海南标。日夜清明少,春冬雾雨饶。身经大火热,颜入瘴江消。触影含沙怒,逢人女草摇。露浓看菌湿,风飔觉船飘。直御魑将魅,宁论鸱与鸮。虞翻思报国,许靖愿归朝。绿树秦京道,青云洛水桥。故园长在目,魂去不须招。(宋)

以上各诗,录自《全唐诗》卷三。

右所举诗,并音节高抗,吐属清华,不得以其为近体而遂薄之。私意以为沈、宋二家诗,除应制之作殊为寡味外,其或过于靡丽,乃不在律体而在歌行。如:

沈作《古歌》

落叶流风向玉台，夜寒秋思洞房开。水晶帘外金波下，云母窗前银汉回。玉阶阴阴苔藓色，君王履綦难再得。璇闺窈窕秋夜长，绣户徘徊明月光。燕姬彩帐芙蓉色，秦女金炉兰麝香。北斗七星横夜半，清歌一曲断君肠。（《全唐诗》卷四）

宋作《有所思》

洛阳城东桃李花，飞来飞去落谁家？幽闺女儿惜颜色，坐见落花长叹息。今年花落颜色改，明年花开复谁在？已见松柏摧为薪，更闻桑田变成海。古人无复洛城东，今人还对落花风。年年岁岁花相似，岁岁年年人不同！寄言全盛红颜子，须怜半死白头翁！此翁白头真可怜，伊昔红颜美少年。公子王孙芳树下，清歌妙舞落花前。光禄池台交锦绣，将军楼阁画神仙。一朝卧病无相识，三春行乐在谁边？婉转蛾眉能几时？须臾鹤发乱如丝。但看古来歌舞地，唯有黄昏鸟雀飞！（《全唐诗》卷三）

右作含思哀婉，一望而知为陈、隋之流风。以此推知沈、宋律诗，固皆沈浸于所谓"当时体"，特能"再加密栗"、"一变而雄"（王世贞说）耳。

自贞观以迄垂拱（武后）、景龙（中宗）之间，世既以律诗相矜尚，佻佞之风既炽，比兴之义日微。于是乃有豪杰之士，倡言复古，思干之以风力，以振废起衰。此派主张，韩愈述之至悉。其所为《荐士诗》云：

> 周诗三百篇，雅丽理训诰。曾经圣人手，议论安敢到？五言出汉时，苏李首更号。东都渐弥漫，派别百川导。建安能者七，卓荦变风操。逶迤抵晋宋，气象日凋耗。中间数鲍谢，比近最清奥。齐梁及陈隋，众作等蝉噪。搜春摘花卉，沿袭伤剽盗。国朝盛文章，子昂始高蹈。勃兴得李杜，万类困陵暴。后来相继生，亦各臻闳奥。……（《韩昌黎集》）

韩氏尊汉、魏而薄齐、梁，而以子昂为始高蹈，其说足以代表当时复古派之见解。其先于愈而与子昂并世之卢藏用，且推本风骚，以申其说。其所为《陈伯玉文集序》云：

> 孔子殁二百岁而骚人作，于是婉丽浮侈之法行焉。汉兴二百年，贾谊、马迁为之杰，宪章礼乐，有老成人之风。长卿、子云之俦，瑰诡万变，亦奇特之士也。惜其王公大人之言，溺于流辞而不顾。其后班、张、崔、蔡、曹、刘、潘、陆，随波而作，虽大雅不足，然其遗风余烈，尚有典刑。宋、齐已来，盖愀悴逶迤，陵颓流靡①，至于徐、庾，天之将丧斯文也！后进之士，若上官仪者，继踵而生，于是风雅之道，扫地尽矣。《易》曰："物不可以终否，故受之以泰。"道丧五百岁，而得陈君。君讳子

---

① "盖愀悴逶迤，陵颓流靡"，《文苑英华》作"盖愀悴矣，逶迤陵颓，流靡忘返"。

昂，字伯玉，蜀人也。崛起江汉，虎视函夏，卓立千古，横制颓波，天下翕然，质文一变。非夫岷峨之精，巫庐之灵，则何以生此！……至于感激顿挫，微显阐幽，度（疑"庶"之讹）几见变化之朕，以接乎天人之际者，则《感遇》之篇存焉。（《四部丛刊》本《陈伯玉文集》）

读卢氏序文，因知子昂之高蹈，正欲矫南朝之浮靡，而反诸淳朴。观伯玉集中，绝无七言歌行，亦足以窥其旨趣矣。李白尝言：

兴寄深微，五言不如四言，七言又其靡也，况使束于声调俳优哉？（孟棨《本事诗》）

自以复古自任，实受子昂之影响。子昂作诗宗旨，于其自为《修竹篇序》，亦已约略言之。其序云：

东方公足下：文章道弊，五百年矣。汉、魏风骨，晋、宋莫传，然而文献有可征者。仆尝暇时观齐、梁间诗，彩丽竞繁，而兴寄都绝，每以永叹。思古人，常恐逶迤颓靡，风雅不作，以耿耿也。一昨于解三处，见明公《咏孤桐篇》，骨气端翔，音情顿挫，光英朗炼，有金石声。遂用洗心饰视，发挥幽郁。不图正始之音复睹于兹，可使建安作者相视而笑。解君云："张茂先、何敬祖，东方生与其比肩。"仆亦以为知言也。故感叹雅制，作《修竹》诗一篇，当有知音，以传示之。（《陈伯玉文集》

卷一）

右之所云，有可注意者二点，一破一立，宗义自明。由是与齐、梁以来，下逮沈、宋之作，遂各竖壁垒，旗鼓相当矣。虽后之论者，亦莫不以子昂为当时复古派之元勋。柳宗元云：

> 张说工著述，张九龄善比兴，兼备者子昂而已。(《杨评事文集后序》)

王世贞云：

> 陈正字，陶洗六朝，铅华都尽，托寄大阮，微加断裁，而天韵不及。律体时时入古，亦是矫枉之过。(《艺苑卮言》卷四)

沈德潜云：

> 唐显庆、龙朔间，承陈、隋之遗，几无五言古诗矣。陈伯玉力扫俳优，仰追曩哲。读《感遇》等章，何啻黄初、正始间也。张曲江（九龄）、李供奉（白）继起，风裁各异，原本阮公。唐体中能复古者，以三家为最。(《说诗晬语》卷上)

王士禛云：

唐五古诗凡数变。自陈拾遗夺魏、晋之风骨,变梁、陈之俳优,而张曲江实为之继。(《带经堂诗话》)

以上三家之论,并与子昂自道者,无甚出入。九龄生较晚,又曾居相位,显晦不同,而其诗多寄托,则与子昂实为同派。请举二家之作,以与沈、宋对观,则其异同得失之故,了然可睹矣:

感遇(三十八首,录四首)

兰若生春夏,芊蔚何青青?幽独空林色,朱蕤冒紫茎。迟迟白日晚,袅袅秋风生。岁华尽摇落,芳意竟何成!

苍苍丁零塞,今古缅荒途。亭堠何摧兀?暴骨无全躯。黄沙漠南起,白日隐西隅。汉甲三十万,曾以事匈奴。但见沙场死,谁怜塞上孤?

翡翠巢南海,雄雌珠树林。何知美人意,娇爱比黄金。杀身炎州里,委羽玉堂阴。旖旎光首饰,葳蕤烂锦衾。岂不在遐远?虞罗忽见寻。多材固为累,嗟息此珍禽!

可怜瑶台树,灼灼佳人姿。碧华映朱实,攀折青春时。岂不盛光宠,荣君白玉墀?但恨红芳歇,凋伤感所思!

修 竹 篇

龙种生南岳,孤翠郁亭亭。峰岭上崇崒,烟雨下微冥。夜闻鼯鼠叫,昼聒泉壑声。春风正淡荡,白露已清泠。哀响激金奏,密色滋玉英。岁寒霜雪苦,含彩独青青。岂不厌凝冽,羞比春木荣。春木有荣歇,此节无凋零。始愿与金石，终古保坚贞。不意伶伦子，吹之学凤鸣。遂偶云和瑟，张乐奏天庭。妙曲方千变，《箫》《韶》亦九成。信蒙雕斫美，常愿事仙灵。驱驰翠虬驾，伊郁紫鸾笙。结交嬴台女，吟弄《升天行》。携手登白日，远游戏赤城。低昂玄鹤舞，断续彩云生。永随众仙去，三山游玉京。

入 峭 峡

肃徒歌伐木，鹜楫漾轻舟。靡迤随波水，潺湲沂浅流。烟沙分两岸，露岛夹双洲。古树连云密，交峰入浪浮。岩潭相映媚，溪谷屡环周。路迥光逾逼，山深兴转幽。麕䴥寒思晚，猿鸟暮声秋。誓息兰台策，将从桂树游。因书谢亲爱，千岁觅蓬丘。

以上陈子昂诗，录自《陈伯玉文集》卷一。

感遇（十二首，录四首）

兰叶春葳蕤，桂华秋皎洁。欣欣此生意，自尔为佳节。谁知林栖者，闻风坐相悦。草木有本心，何求美人折。

鱼游乐深池，鸟栖欲高枝。嗟尔蜉蝣羽，薨薨亦何为？有生岂不化？所感奚若斯？神理日微灭，吾心安得知？浩叹杨朱子，徒然泣路岐。

孤鸿海上来，池潢不敢顾。侧见双翠鸟，巢在三株树。矫矫珍木巅，得无金丸惧？美服患人指，高明逼神恶。今我游冥冥，弋者何所慕。

江南有丹橘，经冬犹绿林。岂伊地气暖？自有岁寒心。可以荐嘉客，奈何阻重深？运命唯所遇，循环不可寻。徒言树桃李，此木岂无阴？

咏　　燕

海燕何微眇？乘春亦暂来。岂知泥滓贱？只见玉堂开。绣户时双入，华轩日几回？无心与物竞，鹰隼莫相猜！

以上张九龄诗，录自《全唐诗》卷三。

右所举诗，率多感喟人生，发抒胸臆，所谓"言之有物"、"托兴深微"，而不徒以藻绘为工者。风格日高，遂肇开、天之盛，不可谓非文运升降之一大关纽也。

附　　注

（一）

沈佺期，字云卿，相州内黄人。善属文，尤长七言之作。擢进士第。长安中，累迁通事舍人，预修《三教珠英》。转考功外郎、给事中。坐交张易之，流驩州。稍迁台州录事参军。神龙中召见，拜起居郎、修文馆直学士。历中书舍人、太子少詹事。开元初，卒。集十卷，今编诗三卷。

（二）

宋之问，一名少连，字延清，虢州弘农人。弱冠知名。初征，令与杨炯分直内教。俄授洛州参军。累转尚方监丞，预修《三教珠英》。后坐附张易之，左迁泷州参军。武三思用事，起为鸿胪丞。景龙中，再转考功员外郎。时中宗增置修文馆学士，之问与薛稷、杜审言首膺其选。转越州长史。睿宗即位，徙钦州，寻赐死。集十卷，今编诗三卷。

（三）

陈子昂，字伯玉，梓州射洪人。少以富家子，尚气决，好弋博。后游乡校，乃感悔修饬。初举进士入京，不为人知。有卖胡琴者，价百万。子昂顾左右，辇千缗市之。众惊问，子昂曰："余善此。"曰："可得闻乎？"曰："明日可入宣阳里。"如期偕往，则酒肴毕具。奉琴语曰："蜀人陈子昂，有文百轴，不为人知。此贱工之伎，岂宜留心！"举而碎之，以其文百轴遍赠会者。一日之内，名满都下。擢进士第。武后朝，为灵台正字。数上书言事，迁右拾遗。武攸宜北讨，表为管记，军中文翰，皆委之。子昂父为县令段简所辱，子昂闻之，遽还乡里。简乃因事收系狱中，忧愤而卒。唐兴，文章承徐、庾余风，骈丽秾缛。子昂横制颓波，始归雅正。李、杜以下，咸推宗之。集十卷，今编诗二卷。

（四）

张九龄，字子寿，韶州曲江人。七岁知属文。擢进士，始调校书郎。以道侔伊吕科为左拾遗，进中书舍人。

出为冀州刺史，以母不肯去乡里，表换洪洲都督。徙桂州，兼岭南按察选补使。以张说荐，为集贤院学士。俄拜中书侍郎，同平章事，迁中书令。为李林甫所忮，改尚书右丞相，罢政事，贬荆州长史。请归还展墓。卒，谥文献。九龄风度酝藉，在相位，有謇谔匪躬之诚。以直道黜，不戚戚婴望，惟文史自娱。尝识安禄山必反，请诛，不许。后明皇在蜀，思其言，遣使致祭，恤其家。集二十卷，今编诗三卷。

以上录《全唐诗》小传。

第四章　论杜甫

李杜文章在,光焰万丈长。不知群儿愚,那用故谤伤?蚍蜉撼大树,可笑不自量!

——韩愈《调张籍》

诗家李、杜并称,由来已久。《新唐书·文艺传》云:

甫少与李白齐名,时号"李杜"。尝从白及高适过汴州,酒酣,登吹台,慷慨怀古,人莫测也。(卷二百一)

昌黎韩愈,于文章慎许可,至歌诗,一则曰:

李杜文章在,光焰万丈长。

再则曰:

> 国朝盛文章，子昂始高蹈。勃兴得李杜，万象困陵暴。(《荐士》)

三则曰：

> 昔年因读李白、杜甫诗，长恨二人不相从！吾与东野生并世，如何复蹑二子踪？(《醉留东野》)

其于李、杜，备极推崇，然尚无所轩轾于其间也。其抑李而扬杜，定诗坛之一尊，盖始自元稹，后世亦多以为定论。稹志杜墓，历数诗家之源流得失，而究其极于少陵。其叙曰：

> 余读诗至杜子美，而知大小之有总萃焉。始尧舜时，君臣以赓歌相和。是后诗人继作，历夏、殷、周千余年，仲尼缉拾选练，取其干预教化之尤者三百篇，其余无闻焉。骚人作而怨愤之态繁，然犹去风雅日近，尚相比拟。秦汉以还，采诗之官既废，天下俗谣民讴，歌颂讽赋，曲度嬉戏之词，亦随时间作。至汉武帝赋《柏梁》诗，而七言之体兴。苏子卿、李少卿之徒，尤工为五言。虽句读文律各异，雅郑之音亦杂，而词意简远，指事言情，自非有为而为，则文不妄作。建安之后，天下文士遭罹兵战，曹氏父子鞍马间为文，往往横槊赋诗。其遒壮抑扬、冤哀悲离之作，尤极于古。晋世风概稍存，宋齐之间，教失根本，士子以简慢、矫饰、弇习、舒徐相尚，文章以风容、色泽、放荡、精清为高，盖吟写性灵、流连光景之文

也。意义格力，固无取焉。陵迟至于梁、陈，淫艳、刻饰、佻巧、小碎之词剧，又宋、齐之所不取也。唐兴，学官大振，历世之文，能者互出，而又沈、宋之流，研练精切，稳顺声势，谓之为律诗。由是而后，文体之变极焉。然而莫不好古者遗近，务华者去实，效齐、梁则不逮于魏晋，工乐府则力屈于五言，律切则骨格不存，闲暇则纤秾莫备。至于子美，盖所谓上薄风、雅，下该沈、宋，言夺苏、李，气吞曹、刘，掩颜、谢之孤高，杂徐、庾之流丽，尽得古人之体势，而兼文人之所独专矣。使仲尼考锻其旨要，尚不知贵，其多乎哉？苟以为能所不能，无可无不可，则诗人以来，未有如子美者。是时山东人李白，亦以奇文取称，时人谓之"李杜"。余观其壮浪纵恣，摆去拘束，模写物象及乐府歌诗，诚亦差肩于子美矣。至若铺陈终始，排比声韵，大或千言，次犹数百，辞气豪迈而风调清深，属对律切而脱弃凡近，则李尚不能历其藩翰，况堂奥乎？（元稹《唐故检校工部员外郎杜君墓系铭》）

稹之尊杜，盖以其能兼工诸体，奄有众长，其疆宇恢宏，自当为百世不祧之祖。宋秦观复因元说而推衍之，以为子美适当其时，遂臻绝诣。其言曰：

> 杜子美之诗，实积众家之长，适当其时而已。昔苏武、李陵之诗，长于高妙；曹植、刘桢之诗，长于豪迈；陶潜、阮籍之诗，长于冲澹；谢灵运、鲍照之诗，长于峻洁；徐陵、庾信之诗，长于藻丽。于是子美穷高妙之格，

> 极豪迈之气，包冲澹之趣，兼峻洁之姿，备藻丽之态，而诸家之作，所不及焉。然不集诸子之长，子美亦不能独至于斯也。岂非适当其时故耶？孟子曰："伯夷，圣之清者也；伊尹，圣之任者也；柳下惠，圣之和者也；孔子，圣之时者也。孔子之谓集大成。"呜呼！子美其集诗之大成者欤？（仇兆鳌《论杜》附编引）

秦氏拈出一"时"字，以论杜诗，较诸元氏所言，颇为透澈。然"时"之为用，观犹未能尽量发挥。"当其可之谓时"，"无可无不可"之谓时，此仅就杜诗之格律气体上，可以见之。彼其所以能集诗家之大成，其得力之处，盖在其所自道：

> 不薄今人爱古人。
> 转益多师是汝师。（《戏为六绝句》）

二语。至其能努力于创作，适合时代精神，则又元、秦二氏之所不及知，而亦太白之所莫能逮也。欲明其究竟，须先知其时之文学潮流与时代背景为何如。然后能确定杜诗之价值。

唐诗在开元、天宝以前，约分复古、趋新二派，已于前章详言之矣。自两派分流，作者竞起，浸淫至于开、天之际，而唐诗遂臻极盛时期，后世称之曰"盛唐"，亦良有以。然作风转变，则安史之乱实为枢机。天挺杜陵，适逢其会，流离奔走，愁苦呼号，如实而言，遂成创作。善乎绩溪胡适之言曰：

> 时代换了，文学也变了。八世纪下半的文学，与八世

纪上半截然不同了。最不同之点，就是那严肃的态度与深沉的见解。文学不仅是应试与应制的玩意儿了，也不仅是仿作乐府歌词，供教坊乐工歌妓的歌唱，或贵人公主的娱乐了。也不仅是勉强作壮语，或勉强说大话，想像从军的辛苦或神仙的境界了。八世纪下半以后，伟大作家的文学要能表现人生，——不是那想像的人生，是那实在的人生：民间的实在痛苦，社会的实在问题，国家的实在状况，人生的实在希望与恐惧。

向来论唐诗的人都不曾明白这个重要的区别。他们只会拢统地夸说"盛唐"，却不知道开元、天宝的诗人与天宝以后的诗人，有根本上的大不同。开元、天宝是盛世，是太平世，故这个时代的文学只是歌舞升平的文学，内容是浪漫的，意境是做作的。八世纪中叶以后的社会，是个乱离的社会，故这个时代的文学是呼号愁苦的文学，是痛定思痛的文学，内容是写实的，意境是真实的。

这个时代，已不是乐府歌词的时代了。乐府歌词只是一种训练，一种引诱，一种解放。天宝以后的诗人，从这种训练里出来，不再做这种仅仅仿作的文学了。他们要创作文学了，要创作"新乐府"了，要作新诗表现一个新时代的实在的生活了。

这个时代的创始人与最伟大的代表是杜甫。元结、顾况也都想作新乐府，表现时代的苦痛，故都可说是杜甫的同道者。这个风气大开之后，元稹、白居易、张籍、韩愈、柳宗元、刘禹锡相继起来，发挥光大这个趋势。八世纪下半与九世纪上半（七五五—八五〇）的文学，遂成为中国文学史上一个最光华灿烂的时期。

　　故七世纪的文学（初唐）还是儿童时期，王梵志、王绩等人直是以诗为游戏而已。朝廷之上，邸第之中，那些应酬应制的诗，更是下流的玩艺儿，更不足道了。开元、天宝的文学，只是少年时期，体裁大解放了，而内容颇浅薄，不过是酒徒与自命为隐逸之士的诗而已。以政治上的长期太平而论，人称为"盛唐"；以文学论，最盛之世，其实不在这个时期。天宝末年大乱以后，方才是成人的时期。从杜甫中年以后，到白居易之死（八四六），其间的诗与散文都走上了写实的大路，由浪漫而回到平实，由天上而回到人间，由华丽而回到平淡，都是成人的表现。（《白话文学史》上卷，三一○—三一二）

杜甫诗之脱离模仿而趋于创造，脱离幻想而趋于写实，观乎胡氏所论，足知风气之转移，盖与国运之盛衰有密切之关系。杜氏身与开、天太平之盛，一旦遭乱流离，回首前尘，必多刺激，言之有物，自异于无病之呻吟。然此特就其内容、意境上言之，而于艺术方面无与也。其从艺术方面观察杜诗，且以评判李、杜之优劣者，莫善于明代王（世贞）、李（东阳）之说。李氏之言曰：

　　长篇中须有节奏，有操有纵，有正有变，若平铺稳布，虽多无益。唐诗类有委曲可喜之处，惟杜子美顿挫起伏，变化不测，可骇可愕。盖其音响与格律正相称。回视诸作，皆在下风。然学者不先得唐调，未可遽为杜学也。

> 杜五七言古诗，多用侧韵，如《玉华宫》《哀江头》等篇，其音调起伏顿挫，独为矫绝。(《麓堂诗话》)

王氏之言曰：

> 杜诗强力宏蓄，开阖排荡，然不无利钝……惟七言歌行，跌宕夭矫，淋漓悲壮，令读者飘飘欲仙，此为绝唱。
>
> 太白五言沿洄魏、晋，乐府出入齐、梁，近体周旋开、宝，独绝句超然自得，冠古绝今。子美五言，《北征》《述怀》《新婚》《垂老》等作，虽格本前人，而调由己创。五七言律广大悉备，上自垂拱，下逮元和，宋人之苍，元人之绮，靡不兼总。故古体则脱弃陈规，近体则兼该众善，此杜所独长也。
>
> 太白笔力变化，极于歌行。少陵笔力变化，极于近体。李变化在调与辞，杜变化在意与格。然歌行无常矱，易于错综；近体有定规，难于伸缩。调辞超逸，骤如骇耳，索之易穷，意格精深，始若无奇，绎之难尽，此其微不同者也。(仇兆鳌《论杜》附编引)

二家论杜，并于笔力变化上求之，对子美运用之巧思，盖已尽量宣泄。胡氏不复注意于此，漫以"诙谐风趣"四字了之，以此为杜氏特有之技能，亦浅哉其视子美矣。使子美仅以"诙谐"擅胜，又安能包罗万有、举重若轻耶？王氏又云：

李、杜光焰千古，人人知之。沧浪（严羽）并极推尊，而不能致辨。元微之独重子美，宋人以为谈柄。近世杨用修（慎）为李左袒，轻俊之士往往傅耳，要其所得，俱影响之间。五言古、《选》体及七言歌行，太白以气为主，以自然为宗，以俊逸高畅为贵；子美以意为主，以独造为宗，以奇拔沉雄为贵。其歌行之妙，咏之使人飘扬欲仙者，太白也；使人慷慨激烈，歔欷欲绝者，子美也。《选》体，太白多露语、率语，子美多稚语、累语，置之陶、谢间，便觉伧父面目，乃欲使之夺曹氏父子之位耶？五言律、七言歌行，子美神矣；七言律，圣矣。五七言绝，太白神矣；七言歌行，圣矣，五言次之。太白之七言律，子美之七言绝，皆变体，间为之可耳，不足多法也。

　　十首以前，少陵较难入；百首以后，青莲较易厌。扬之则高华，抑之则沉实，有色有声，有气有骨，有味有态，浓淡深浅，奇正开阖，各极其则，吾不能不服膺少陵。（《艺苑卮言》卷四）

此又分论诸体，以为李、杜互有短长，要皆从技术方面言之，而于杜氏之思想环境，少所留意者也。兹更参合诸家之论，证以杜氏之诗，其内容则尽洗浮辞，归于实在；其形式则错综变化，不可端倪。胡氏以天上人间判别李、杜，兹从其说，竟为划分，非于二家有所优劣也。至于杜诗特点。当于后举例明之：

1. 杜诗之敢于指斥时政，能注意民生疾苦，表现当时社会实在情形，而开元、白以后关于社会问题诗之风气也。其最重要之代表作品，如：

自京赴奉先县咏怀五百字

杜陵有布衣，老大意转拙。许意一何愚，自比稷与契！居然成濩落，白首甘契阔。盖棺事则已，此志常觊豁。穷年忧黎元，叹息肠内热。取笑同学翁，浩歌弥激烈。非无江海志，潇洒送日月。生逢尧舜君，不忍便永诀。当今廊庙具，构厦岂云缺？葵藿倾太阳，物性固难夺。顾惟蝼蚁辈，但自求其穴。胡为慕大鲸，辄拟偃溟渤？以兹悟生理，独耻事干谒。兀兀遂至今，忍为尘埃没。终愧巢与由，未能易其节。沉饮聊自适，放歌破愁寂。

岁暮百草零，疾风高冈裂。天衢阴峥嵘，客子中夜发。霜严衣带断，指直不得结。凌晨过骊山，御榻在嵽嵲。蚩尤塞寒空，蹴蹋崖谷滑。瑶池气郁律，羽林相摩戛。君臣留欢娱，乐动殷樛嶱（一作"胶葛"）。赐浴皆长缨，与宴非短褐。彤庭所分帛，本自寒女出。鞭挞其夫家，聚敛贡城阙。圣人筐篚恩，实欲邦国活。臣如忽至理，君岂弃此物？多士盈朝廷，仁者宜战慄。况闻内金盘，尽在卫霍室。中堂舞神仙，烟雾蒙玉质。暖客貂鼠裘，悲管逐清瑟。劝客驼蹄羹，霜橙压香橘。朱门酒肉臭，路有冻死骨！荣枯咫尺异，惆怅难再述。

北辕就泾渭，官渡又改辙。群冰从西下，极目高崒兀。疑是崆峒来，恐触天柱折。河梁幸未坼，枝撑声窸窣。行旅相攀援，川广不可越。

老妻寄异县，十口隔风雪。谁能久不顾？庶往共饥渴。入门闻号咷，幼子饥已卒！吾宁舍一哀，里巷亦呜咽。所愧为人父，无食致夭折。岂知秋未登，贫窭有仓卒？生常免租税，名不隶征伐。抚迹犹酸辛，平人固骚屑。默思失业徒，因念远戍卒。忧端齐终南，澒洞不可掇！

胡适以此诗为作于禄山乱前，甫从长安至奉先省视妻子，乍睹家庭种种惨痛，因念个人遭际以及社会种种不平，不免将途中经过骊山行宫所见所闻种种欢娱景况，尽情倾吐，加以弹劾（详《白话文学史》三二九）。爰许为空前之作，吾无间然。至其用笔之沉郁顿挫，为诗道中另辟一门径，无一语蹈袭前人，亦足见杜氏创造能力矣。

2. 杜诗每于长篇中，庄谐并出，哀乐无端，移步换形，笑啼杂作，是其特具之风格，足以引人入胜者也。其重要之代表作品，如：

北　　征

　　皇帝二载秋，闰八月初吉。杜子将北征，苍茫问家室。维时遭艰虞，朝野少暇日。顾惭恩私被，诏许归蓬荜。拜辞诣阙下，怵惕久未出。虽乏谏诤姿，恐君有遗失。君诚中兴主，经纬固密勿。东胡反未已，臣甫愤所切。

　　挥涕恋行在，道途犹恍惚。乾坤含疮痍，忧虞何时毕？靡靡逾阡陌，人烟眇萧瑟。所遇多被伤，呻吟更流血。回首凤翔县,旌旗晚明灭。前登寒山重,屡得饮马窟。邠郊入地底,泾水中荡潏。猛虎立我前,苍崖吼时裂。菊垂今秋花,石戴古车辙。青云动高兴,幽事亦可悦:山果多琐细,罗生杂橡栗。或红如丹砂,或黑如点漆。雨露之所濡,甘苦齐结实。缅思桃源内,益叹身世拙!

坡陀望鄜畤,岩谷互出没。我行已水滨,我仆犹木末。鸱鸮鸣黄桑,野鼠拱乱穴。夜深经战场,寒月照白骨。潼关百万师,往者散何卒?遂令半秦民,残害为异物!

况我堕胡尘,及归尽华发。经年至茅屋,妻子衣百结。恸哭松声回,悲泉共幽咽。平生所娇儿,颜色白胜雪。见耶背面啼,垢腻脚不袜。床前两小女,补绽才过膝。海图坼波涛,旧绣移曲折。天吴及紫凤,颠倒在裋褐。老夫情怀恶,呕泄卧数日。那无囊中帛,救汝寒凛栗?粉黛亦解包,衾裯稍罗列。瘦妻面复光,痴女头自栉。学母无不为,晓妆随手抹。移时施朱铅,狼藉画眉阔。生还对童稚,似欲忘饥渴。问事竞挽须,谁能即嗔喝?翻思在贼愁,甘受杂乱聒。新归且慰意,生理焉得说?

至尊尚蒙尘,几日休练卒?仰观天色改,坐觉妖氛豁。阴风西北来,惨淡随回纥。其王愿助顺,其俗善驰突。送兵五千人,驱马一万匹。此辈少为贵,四方服勇决。所用皆鹰腾,破敌过箭疾。圣心颇虚伫,时议气欲夺。伊洛指掌收,西京不足拔。官军请深入,蓄锐可俱发。此举开青徐，旋瞻略恒碣。昊天积霜露，正气有肃杀。祸转亡胡岁，势成擒胡月。胡命其能久，皇纲未宜绝。

忆昨狼狈初，事与古先别。奸臣竟菹醢，同恶随荡析。不闻夏殷衰，中自诛褒妲。周汉获再兴，宣光果明哲。桓桓陈将军，仗钺奋忠烈。微尔人尽非，于今国犹活。凄凉大同殿，寂寞白兽闼。都人望翠华，佳气向金阙。园陵固有神，扫洒数不缺。煌煌太宗业，树立甚宏达。

此诗于严肃中见诙谐，于悲苦中见欢适。即如"青云出事"一段，他人于正事、实事，尚铺写不了，何暇及此（张上若说）。此杜诗所以善于虚处着力，而不流于迂腐。胡适仅赏其"瘦妻痴女"一段，谓其余皆不过有韵之议论文，殆未之深思也。又如：

茅屋为秋风所破歌

八月秋高风怒号，卷我屋上三重茅。茅飞渡江洒江郊，高者挂罥长林梢，下者飘转沉塘坳。南村群童欺我老无力，忍能对面为盗贼。公然抱茅入竹去，唇焦口燥呼不得。归来倚杖自叹息。——俄顷风定云墨色，秋天漠漠向昏黑。布衾多年冷似铁，骄儿恶卧踏里裂。床头屋漏无干处，雨脚如麻未断绝。自经丧乱少睡眠，长夜霑湿何由彻？——安得广厦千万间，大庇天下寒士俱欢颜，风雨不动安如山？呜呼！何时眼前突兀见此屋，吾庐独破受冻死亦足！

此诗于极严肃态度中，犹能杂以诙谐口吻。谓为杜氏特有之风格，谁曰不宜？

3. 杜诗之善用具体描写，深得古乐府之遗法，而不徒袭其形貌也。如：

哀 王 孙

长安城头头白乌，夜飞延秋门上呼。又向人间啄大屋，屋底达官走避胡。金鞭断折九马死，骨肉不得同驰驱。——腰下宝玦青珊瑚，可怜王孙泣路隅。问之不肯道姓名，但道困苦乞为奴。已经百日窜荆棘，身上无有完肌肤。高帝子孙尽隆准，龙种自与常人殊。豺狼在邑龙在野，王孙善保千金躯。——不敢长语临交衢，且为王孙立斯须。昨夜东风吹血腥，东来骆驼满旧都。朔方健儿好身手，昔何勇锐今何愚？窃闻太子已传位，圣德北服南单于。花门剺面请雪耻，——慎勿出口他人狙！——哀哉王孙慎勿疏！五陵佳气无时无。

新 安 吏

客行新安道，喧呼闻点兵。借问新安吏，"县小更无丁？""府帖昨夜下，次选中男行。""中男绝短小，何以守王城？"肥男有母送，瘦男独伶俜。白水暮东流，青山犹哭声。"莫自使眼枯，收汝泪纵横！眼枯即见骨，天地终无情。——我军取相州，日夕望其平。岂意贼难料，归军星散营？就粮近故垒，练卒依旧京。掘壕不到水，牧马役亦轻。况乃王师顺，抚养甚分明。送行勿泣血，仆射如父兄。"

石 壕 吏

　　暮投石壕村，有吏夜捉人。老翁逾墙走，老妇出门看。吏呼一何怒，妇啼一何苦！听妇前致辞："三男邺城戍。一男附书至，二男新战死。存者且偷生，死者长已矣！室中更无人，惟有乳下孙。有孙母未去，出入无完裙。老妪力虽衰，请从吏夜归。急应河阳役，犹得备晨炊。"——夜久语声绝，如闻泣幽咽。天明登前途，独与老翁别。

无 家 别

　　寂寞天宝后，园庐但蒿藜。我里百余家，世乱各东西。存者无消息，死者为尘泥。贱子因阵败，归来寻旧蹊。久行见空巷，日瘦气惨凄。但对狐与狸，竖毛怒我啼。四邻何所有？一二老寡妻。宿鸟恋本枝，安辞且穷栖。方春独荷锄，日暮还灌畦。县吏知我至，召令习鼓鞞。虽从本州役，内顾无所携。近行止一身，远去终转迷。家乡既荡尽，远近理亦齐。永痛长病母，五年委沟溪。生我不得力，终身两酸嘶。人生无家别，何以为蒸黎！

　　凡此诸诗，只于耳目中所闻见，摘取片段，如实写出。使人读之，陡觉当时杀戮之惨、流离之痛、战伐之苦，一一涌现目前。无意规模古人，而自成一种新乐府。余如《潼关吏》《新婚别》《垂老别》等作，亦皆可泣可歌。后此元（稹）、白（居易）、张（籍）、王（建），皆后此路发展者也（参用胡适说，详《白话文学史》三二九—三三六)。

4. 杜氏诗运笔之妙,顿挫起伏,纵横排奡。"词源倒流三峡水,笔阵横扫千人军"(《醉歌行》),不啻自道其歌行之髓,所以异于齐、梁旧制,横绝古今也。如:

奉先刘少府新画山水障歌

堂上不合生枫树,怪底江山起烟雾?问君扫却赤县图,乘兴遣画沧洲趣。画师亦无数,好手不可遇。对此融心神,知君重毫素。岂但祁岳与郑虔,笔迹远过杨契丹。得非玄圃裂?无乃潇湘翻?悄然坐我天姥下,耳边已似闻清猿。反思前夜风雨急,乃是蒲城鬼神入。元气淋漓障犹湿,真宰上诉天应泣。野亭春还杂花远,渔翁暝踏孤舟立。沧浪水深青溟阔,欹岸侧岛秋毫末。不见湘妃鼓瑟时,至今斑竹临江活。刘侯天机精,爱画入骨髓。自有两儿郎,挥洒亦莫比。大儿聪明到,能添老树巅崖里。小儿心孔开,貌得山僧及童子。若耶溪,云门寺,吾独胡为在泥滓?青鞋布袜从此始。

哀 江 头

少陵野老吞声哭,春日潜行曲江曲。江头宫殿锁千门,细柳新蒲为谁绿?忆昔霓旌下南苑,苑中万物生颜色。昭阳殿里第一人,同辇随君侍君侧。辇前才人带弓箭,白马嚼啮黄金勒。翻身向天仰射云,一箭正坠双飞翼。明眸皓齿今何在?血污游魂归不得。清渭东流剑阁深,去住彼此无消息。人生有情泪沾臆,江草江花岂终极?黄昏胡骑尘满城,欲往城南忘南北。

短 歌 行

王郎酒酣拔剑斫地歌莫哀!我能拔尔抑塞磊落之奇才。豫章翻风白日动,鲸鱼跋浪沧溟开,且脱佩剑休徘徊。西得诸侯棹锦水,欲向何门趿珠履。仲宣楼头春色深,青眼高歌望吾子,眼中之人吾老矣!

观公孙大娘弟子舞剑器行

昔有佳人公孙氏,一舞剑器动四方。观者如山色沮丧,天地为之久低昂。㸌如羿射九日落,矫如群帝骖龙翔。来如雷霆收震怒,罢如江海凝清光。绛唇珠袖两寂寞,晚有弟子传芬芳。临颍美人在白帝,妙舞此曲神扬扬。与余问答既有以,感时抚事增惋伤。先帝侍女八千人,公孙剑器初第一。五十年间似反掌,风尘澒洞昏王室。梨园弟子散如烟,女乐余姿映寒日。金粟堆南木已拱,瞿塘石城草萧瑟。玳筵急管曲复终,乐极哀来月东出。老夫不知其所往,足茧荒山转愁疾。

右所举歌行,开阖变化,无一平铺直叙之笔,奇肆殆无伦比。韩愈诗云:"攀跻分寸不可上,失势一落千丈强。"(《听颖师弹琴》)吾于杜氏歌行,略窥此秘矣。

杜氏古体诗之特点,已约略如上所述。然后人之学杜,往往多称其律诗,而尤以七律之影响为大。黄庭坚云:

> 子美之诗法出审言,句法出庾信,但过之耳。(《论杜》附编引)

此亦就其律诗言之。子美乃自谓"颇学阴、何"(《解闷》),并足证其近体渊源之所自。范温著《诗眼》,且言:

> 杜甫律诗,布置法度,全学沈佺期。

而王世贞以杜之"笔力变化,极于近体"。则研习杜诗,于此体亦不可忽。请更分别举例言之。

1. 杜氏五律,沈德潜以为"独辟畦径,寓纵横排奡于整密中,故应包涵一切"(《说诗晬语》卷上)。其佳作如:

春　望

国破山河在,城春草木深。感时花溅泪,恨别鸟惊心。烽火连三月,家书抵万金。白头搔更短,浑欲不胜簪。

禹　庙

禹庙空山里,秋风落日斜。荒庭垂橘柚,古屋画龙蛇。云气嘘青壁,江声走白沙。早知乘四载,疏凿控三巴。

旅 夜 书 怀

细草微风岸,危樯独夜舟。星垂平野阔,月涌大江流。

名岂文章著？官应老病休。飘飘何所似？天地一沙鸥。

怀锦水居止

万里桥西宅，百花潭北庄。层轩皆面水，老树饱经霜。雪岭界天白，锦城曛日黄。惜哉形胜地，回首一茫茫。

右诗情激越，气宇恢宏。五律拘制既多，杜乃不为所缚，此其所以为难能可贵也。

2. 杜氏七律，王世贞推为神品，而沈德潜独赏《秋兴》《咏怀古迹》《诸将》等篇，以为：

> 不废议论，不弃藻绩，笼盖宇宙，铿戛韶钧，而纵横出没中，复含酝藉微远之致。（《说诗晬语》）

然杜之佳处，亦不名一体。大抵平仄谐调、波澜壮阔者，则仍盛唐之正格，而以沉雄之笔出之。如：

闻官军收河南河北

剑外忽传收蓟北，初闻涕泪满衣裳。却看妻子愁何在？漫卷诗书喜欲狂。白日放歌须纵酒，青春作伴好还乡。即从巴峡穿巫峡，便下襄阳向洛阳。

登　　高

风急天高猿啸哀，渚清沙白鸟飞回。无边落木萧萧下，不尽长江滚滚来。万里悲秋常作客，百年多病独登台。艰难苦恨繁霜鬓，潦倒新停浊酒杯。

二诗跳荡纵横，已杂歌行笔势。惟其特创风格，乃在前人所称"拗体"律诗，于拘缚中见自然，于险峭中见灵秀。集中如此等作，美不胜收。兹略举数章以示例：

至　　后

冬至至后日初长，远在剑南思洛阳。青袍白马有何意？金谷铜驼非故乡。梅花欲开不自觉，棣萼一别永相望。愁极本凭诗遣兴，诗成吟咏转凄凉。

九　　日

去年登高郪县北，今日重在涪江滨。苦遭白发不相放，羞见黄花无数新。世乱郁郁久为客，路难悠悠常傍人。酒阑却忆十年事，肠断骊山清路尘。

白帝城最高楼

城尖径仄旌旆愁，独立缥缈之飞楼。峡坼云霾龙虎卧，江清日抱鼋鼍游。扶桑西枝对断石，弱水东影随长流。杖藜叹世者谁子？泣血迸空回白头。

愁

江草日日唤愁生，巫峡泠泠非世情。盘涡鹭浴底心性？独树花发自分明。十年戎马暗万国，异域宾客老孤城。渭水秦山得见否？人今罢病虎纵横！

暮　归

霜黄碧梧白鹤栖，城上击柝复乌啼。客子入门月皎皎，谁家捣练风凄凄。南渡桂水阙舟楫，北归秦川多鼓鼙。年过半百不称意，明日看云还杖藜。

凡此诸作，皆王世贞所称"子美晚年诗，信口冲出，啼笑雅俗，皆中音律，更不宜以清空流丽、风韵姿态求之"（《论杜》附编引）者。北宋大家，如黄庭坚、陈师道辈，皆从此路发展。以此知杜之律体，亦生面别开，而非剿袭雷同者所可同日①而语也。

复次，少陵绝句，前人往往讥其少含蓄，乏风韵。然亦自有其特别风格，而不屑随人转移。自曾国藩选《十八家诗钞》，不遗杜氏此体。近人胡适，复为表章，所见略同，料非阿其所好。兹更略举数首，以见杜氏之无往不富创作精神也：

春水生二绝

二月六夜春水生，门前小滩浑欲平。鸬鹚鸂鶒莫漫喜，吾与汝曹俱眼明。

一夜水高二尺强，数日不可更禁当。南市津头有船卖，无钱即买系篱旁。

绝句漫兴

手种桃李非无主，野老墙低还是家。恰似春风相欺

---

① "日"，原作"月"，形近而误。

得,夜来吹折数枝花!

熟知茅斋绝低小,江上燕子故来频。衔泥点污琴书内,更接飞虫打着人。

二月已破三月来,渐老逢春能几回?莫思身外无穷事,且尽生前有限杯。

懒慢无堪不出村,呼儿日在掩柴门。苍苔浊酒林中静,碧水春风野外昏。

糁径杨花铺白毡,点溪荷叶叠青钱。笋根雉子无人见,沙上凫雏傍母眠。

舍西柔桑叶可拈,江畔细麦复纤纤。人生几何春已夏,不放香醪如蜜甜。

隔户杨柳弱袅袅,恰似十五女儿腰。谁谓朝来不作意?狂风挽断最长条。

江畔独步寻花

江上被花恼不彻,无处告诉只颠狂。走觅南邻爱酒伴,经旬出饮独空床。

江深竹静两三家,多事红花映白花。报答春光知有处,应须美酒送生涯。

黄师塔前江水东,春光懒困倚微风。桃花一簇开无主,可爱深红爱浅红。

黄四娘家花满蹊,千朵万朵压枝低。留连戏蝶时时舞,自在娇莺恰恰啼。

三绝句（录二）

楸树馨香倚钓矶，斩新花叶未应飞。不如醉里风吹尽，可忍醒时雨打稀？

门外鸬鹚去不来，沙头忽见眼相猜。自今已后知人意，一日须来一百回。

三绝句（录一）

殿前兵马虽骁雄，纵暴略与羌浑同。闻道杀人汉水上，妇女多在官军中。

漫成一绝

江月去人只数尺，风灯照夜欲三更。沙头宿鹭联拳静，船尾跳鱼拨剌鸣。

各诗皆信手拈来，不假雕琢，宋人如杨万里辈，多从此出，特又机杼翻新耳。

总之老杜于诗无不学，又无体不别出新意。亦因亦创，实集诗学之大成。欲窥其全，有各家撰述在，吾亦不能备及矣。

附　　录

杜甫字子美，本襄阳人，后徙河南巩县。曾祖依艺，位终巩令。祖审言，位终膳部员外郎，自有传。父闲，终奉天令。甫天宝初应进士，不第。天宝末，献《三大礼赋》，玄宗奇之，召试文章，授京兆府兵曹参军。十五载，禄山陷京师，肃宗征兵灵武，甫自京师宵遁，赴河西，谒肃宗于彭原郡，拜右（当作"左"）拾遗。房琯布衣时与甫善，时琯为宰相，请自帅师讨贼，帝许之。其年十月，琯兵败于陈涛斜。明年春，琯罢相。甫上疏言："琯有才，不宜罢免。"肃宗怒，贬琯为刺史，出甫为华州司功参军。时关畿乱离，谷食踊贵，甫寓居成州同谷县，自负薪采梠，儿女饿殍者数人。久之，召补京兆府功曹。上元二年冬，黄门侍郎、郑国公严武镇成都，奏为节度参谋、检校尚书工部员外郎，赐绯鱼袋。武与甫世旧，待遇甚隆。甫性褊躁，无器度，恃恩放恣，尝凭醉登武之床，瞪视武曰："严挺之乃有此儿。"武虽急暴，不以为忤。甫于成都浣花里种竹植树，结庐枕江，纵酒啸咏，与田畯野老相狎荡，无拘检。严武过之，有时不冠，其傲诞如此。永泰元年夏，武卒，甫无所依。及郭英义代武镇成都，英义武人粗暴，无能刺谒，乃游东蜀依高适。既至而适卒。是岁，崔宁（即崔旰）杀英义，杨子琳攻西川，蜀中大乱。甫以其家避乱荆、楚，扁舟下峡，未维舟而江陵乱，乃沂沿湘流，游衡山，寓居耒阳。甫尝游岳庙，为暴水所阻，旬日不得食。耒阳聂令知之，自棹舟迎甫而还。永泰二年（当作"大历五年"），啖牛肉白酒，一夕而卒于耒阳，时年五十九。子宗武，流落湖、湘而卒。元和中，宗武子嗣业，自耒阳迁甫之柩，归葬于偃师县西北首阳山之前。天宝末诗人，甫与李白齐名，而白自负文格放达，讥甫龌龊，而有"饭颗山"之嘲诮。元和中，词人元稹论李、杜之优劣，曰："余读诗至杜子美云云，特病懒未就耳。"自后属文者，以稹论为是。有集六十卷。（《旧唐书·文苑传》）

第五章　论开元天宝诗　上

李　白　常　建　刘眘虚

唐诗至开元、天宝五十年间，作者辈出，号称极盛，而乱前与乱后之作，又微有不同。前于论杜甫章，已略引其端绪矣。推其所以致此之故，要亦不外乎环境造成。盖自唐室肇基，历贞观、景龙以逮开、天之际，百有余载，物阜民殷，号称郅治。士无饥寒之忧，因得出其全力，以从事于文辞。加以此时风气大开，诗教殆早普及于黎庶，有能者出，光大发挥，其所渐染者深，故其所成就者①大。观盛唐诸子，造诣各殊，则知此一时代之诗，已不复仅为"哗众取宠"、弋获荣名之具矣。大抵一种文艺之成熟，必须经过若干酝酿时期，不有在上者之提倡，则种子无由广播。迄乎四力蕃殖，而移根换叶者，乃大有人。诗之有盛唐，亦积渐之势然也。安史乱前，诗人既

---

① "者"，原作"就"，涉前文而误。

得倾全力以从事训练，各辟蹊径，以斗巧争新。中遘乱离，又不免多所感触，出其素养，以畅所欲言，亦所谓"以无厚入有间，恢恢乎其于游刃必有余地"者矣。因袭创造，本非绝对不相容。盛唐诸家，即先以因袭为训练，而卓然各有所立。叶燮《原诗》云：

> 《三百篇》一变而为苏、李，再变而为建安、黄初。建安、黄初之诗，大约敦厚而浑朴，中正而达情；一变而为晋，如陆机之缠绵铺丽，左思之卓荦磅礴，各不同也。其间屡变而为鲍照之逸俊，谢灵运之警秀，陶潜之澹远；又如颜延之之藻缋，谢朓之高华，江淹之韶妩，庾信之清新：此数子者，各不相师，咸矫然自成一家，不肯沿袭前人以为依傍，盖自六朝而已然矣。其间健者，如何逊，如阴铿，如沈炯，如薛道衡，差能自立。此外繁辞缛节，随波日下。历梁、陈、隋以迄唐之垂拱，踵其习而益甚，势不能不变。小变于沈、宋、云、龙之间，而大变于开元、天宝高、岑、王、孟、李。此数人者，虽各有所因，而实一一能为创。

开元、天宝间诗，为八代以来一大变，此固治文学史者所共认，而非变一人之私言也。王士禛著《渔洋诗话》，亦极赞盛唐。其言曰：

> 盛唐诸公五言之妙，多本阮籍、郭璞、陶潜、谢灵运、谢朓、江淹、何逊；边塞之作，则出鲍照、吴均也。

> 唐人于六朝，率揽其菁华，汰其芜蔓，可为学古者之法。盖自陈子昂追建安之风。开元之际，则张曲江继之，李太白又继之。沈、宋集律体之大成，而王、孟、高、岑，益为华赡。子美兼擅古律，是盛唐之宗矣。

此其所论，虽未尽善，而盛唐诗之派别渊源，约略可睹。今讲此期之代表作者，除杜甫已有专篇外，如李白之飘逸，所谓"天上谪仙人"之诗也；王维、孟浩然、储光羲之散澹，所谓"田园隐逸"者之诗也；元结之朴厚，所谓"关心民瘼"者之诗也；高适、岑参之激壮，所谓"挟有幽并豪气"者之诗也。外如王昌龄之专工绝句，李颀之并擅七言，亦一代之奇才，未容偏废。各家利病，下当分别论之。

李　　白

诗家李、杜齐名，由来已久，其作品之异同优劣，前章已略言之。吾人欲研李诗，必先明作者之性格与其平日对于诗之主张如何，乃能窥其究竟。关于白之生平，又当以同时作者之纪述为依归，方不至穿凿附会。杜甫集中，赠白诗关及涉[①]白事之作，多至十五首。其最可注意者，如：

> 秋来相顾尚飘蓬，未就丹砂愧葛洪。痛饮狂歌空度

[①] "关及涉"，应为"及关涉"之误。

日,飞扬跋扈为谁雄?(《赠李白》)

李侯有佳句,往往似阴铿。(《与李十二白同寻范十隐居》)

李白斗酒诗百篇,长安市上酒家眠。天子呼来不上船,自称臣是酒中仙。(《饮中八仙歌》)

白也诗无敌,飘然思不群。清新庾开府,俊逸鲍参军。渭北春天树,江东日暮云。何时一尊酒,重与细论文?(《春日怀李白》)

昔年有狂客,号尔谪仙人。笔落惊风雨,诗成泣鬼神。声名从此大,汩没一朝伸。文采承殊渥,流传必绝伦。龙舟移棹晚,兽锦夺袍新。白日来深殿,青云满后尘。乞归优诏许,遇我宿心亲。未负幽栖志,兼全宠辱身。剧谈怜野逸,嗜酒见天真。醉舞梁园夜,行歌泗水春。才高心不展,道屈善无邻。处士祢衡俊,诸生原宪贫。稻粱求未足,薏苡谤何频?五岭炎蒸地,三危放逐臣。几年遭鵩鸟,独泣向麒麟。苏武先还汉,黄公岂事秦?楚筵辞醴日,梁狱上书辰。已用当时法,谁将此义陈?老吟秋月下,病起暮江滨。莫怪恩波隔,乘槎与问津。(《寄李十二白二十韵》)

不见李生久,佯狂真可哀!世人皆欲杀,吾意独怜才。敏捷诗千首,飘零酒一杯。匡山读书处,头白好归来。(《不见》)

综上各诗所称述,对于白之性格及其艺术,可得结论如左:

关于性格方面者:1. 嗜酒;2. 慕神仙;3. 放诞;4. 傲慢

（所以世人皆欲杀）。

关于艺术方面者：1. 天才敏捷；2. 意境萧洒；3. 渊源庾鲍；4. 微欠缜密（《鹤林玉露》："子美寄太白云：'何时一樽酒，重与细论文？''细'之一字，讥其欠缜密也。"）

李杜交谊至笃，虽主观容有不同，其言多真实不虚，可资参证。又据魏颢称：

> 命驾江东访白，游天台，还广陵，见之。眸子炯然，哆如饿虎，或时束带，风流酝籍。曾受道箓于于齐，有青绮冠帔一副。少任侠，手刃数人。（《李翰林集序》）

于白之神情状态，尽量表出，白固诗界中之一怪杰也。其性行既放浪不羁，故其发而为诗，亦不乐受声律之束缚。综观全集，多作歌行，又肆意为长短句，不务整齐其韵度。以视杜之"改罢长吟"者，固不可同日而语。又据孟棨《本事诗》云：

> 白才逸气高，与陈拾遗（子昂）齐名，先后合德。其论诗云："梁、陈以来，艳薄斯极。沈休文又尚以声律，将复古道，非我而谁与？"故陈、李二集，律诗殊少。尝言"兴寄深微，五言不如四言，七言又其靡也，况使束于声调俳优哉"。故戏杜曰："饭颗山头逢杜甫，头戴笠子日卓午。借问别来太瘦生，总为从前作诗苦。"盖讥其拘束也。

白之主张,盖深感"人为声律"之足以束缚才气,故思一反当时习尚,一以"天籁"出之。其所作古风,乃持极端复古论,其第一首云:

> 大雅久不作,吾衰竟谁陈?王风委蔓草,战国多荆榛。龙虎相啖食,兵戈逮狂秦。正声何微茫?哀怨起骚人。扬马激颓波,开流荡无垠。废兴虽万变,宪章亦已沦。自从建安来,绮丽不足珍。圣代复元古,垂衣贵清真。群才属休明,乘运共跃鳞。文质相炳焕,众星罗秋旻。我志在删述,垂辉映千春。希圣如有立,绝笔于获麟。

其以复古自任如此。其族人阳冰,又从而赞之曰:

> 不读非圣之书,耻为郑、卫之作,故其言多似天仙之辞。凡所著述,言多讽兴。自三代已来,《风》《骚》之后,驰驱屈、宋,鞭挞扬、马,千载独步,唯公一人。(《草堂集序》)

凡此所言,核诸太白性分,似有扞格不相容者。意白在少年,沾濡其乡人陈子昂之遗论,乃一以复古相标榜,以自鸣高。反观所为歌行,未尝以七言为靡而不作,则吾人研习李诗,欲知其源所自,仍当以杜氏所言为准。英雄欺人,正恐白亦不免耳。总之白诗之成就,其陶铸于八代者至深。惟其生性放诞傲慢,加以贺监(知章)之矜饰、明皇之激赏,咸足助长其"夸大狂"。迨在朝不为亲近所容,益骛放不自修(见《新唐书·文艺传》)。"醇酒妇人",亦士不得志于当世者之所乐也。以是因缘,而美人醇酒,乃为太白诗中不可缺之材科。其放浪纵恣,摆去羁束,令人读之飘然欲仙者,则又白慕神仙、好轻侠之结果也。历代文人之评论李诗者,每多含混之辞。惟王荆公云:

> 诗人各有所得。"清水出芙蓉,天然去雕饰",此李白所得也。(《渔隐丛话》)

朱元晦云:

> 李、杜、韩、柳,初亦皆学《选》诗者。然杜、韩变多,而李、柳变少。(《跋病翁先生诗》)
> 李太白诗非无法度,乃从容于法度之中,盖圣于诗者也。古风两卷,多效陈子昂,亦有全用其句处。太白去子昂不远,其尊慕之如此。(《朱子语类》)

一则拟其形态,一则寻其渊源。余论纷纷,未遑称引。兹仅就集中各体,举例明之。

1. **五言古体诗**。王士禛云:"唐五言诗,杜甫沉郁,多出变调。李白、韦应物超然复古。然李诗有古调,有唐调,要须分别观之。"(《居易录》)其集中如《古风》五十九首、《拟古》十二首等作皆古调也。如:

长 干 行

妾发初覆额,折花门前剧。郎骑竹马来,绕床弄青梅。同居长干里，两小无嫌猜。十四为君妇，羞颜未尝开。低头向暗壁，千唤不一回。十五始展眉，愿同尘与灰。常存抱柱信，岂上望夫台？十六君远行，瞿塘滟滪堆。五月不可触，猿声天上哀。门前迟行迹，一一生绿苔。苔深不能扫，落叶秋风早。八月蝴蝶来，双飞西园草。感此伤妾心，坐愁红颜老。早晚下三巴，预将书报家。相迎不道远，直至长风沙。（长风沙，在池州之雁汊下八十里）

忆妾深闺里，烟尘不曾识。嫁与长干人，沙头候风色。五月南风兴，思君下巴陵。八月西风起，想君发扬子。去来悲如何？见少别离多！湘潭几日到？妾梦越风波。昨夜狂风度，吹折江头树。淼淼暗无边，行人在何处？北客浮云骢，经过新市中。日暮来投宿，数朝不肯东。自怜十五余，颜色桃李红。那作商人妇，愁水复愁风！

古　意

君为女萝草，妾作兔丝花。轻条不自引，为逐春风斜。百丈托远松，缠绵成一家。谁言会面易？各在青山崖。女萝发馨香，兔丝断人肠。枝枝相纠结，叶叶竟飘扬。生子不知根，因谁共芬芳。中巢双翡翠，上宿紫鸳鸯。君识二草心，海潮亦可量。

三作含思宛转，则因晋、宋乐府，而微以变化出之者也。又如：

寄东鲁二稚子(在金陵作)

吴地桑叶绿,吴蚕已三眠。我家寄东鲁,谁种龟阴田?春事已不及,江行复茫然。南风吹归心,飞堕酒楼前。楼东一株桃,枝叶拂青烟。此树我所种,别来向三年。桃今与人齐,我行尚未旋!娇女字平阳,折花倚桃边。折花不见我,泪下如流泉。小儿名伯禽,与姊亦齐肩。双行桃树下,抚背复谁怜?念此失次第,肝肠日忧煎。裂素写远意,因之汶阳川。

待酒不至

玉壶系青丝,沽酒来何迟?山花向我笑,正好衔杯时。晚酌东窗下,流莺复在兹。春风与醉客,今日乃相宜。

独 酌

春草如有意,罗生玉堂阴。东风吹愁来,白发坐相侵。独酌劝孤影,闲歌面芳林。长松尔何知?萧瑟为谁吟?手舞石上月,膝横花间琴。过此一壶外,悠悠非我心。

春日醉起言志

处世若大梦,胡为劳其生?所以终日醉,颓然卧前楹。觉来眄庭前,一鸟花间鸣。借问此何时?春风语流莺。感之欲叹息,对酒还自倾。浩歌待明月,曲尽已忘情。

凡此诸作，皆称心而言，笔端常挟飘飘之气，倘所谓"清新俊逸"，而自成其为"唐调"者欤？观《寄稚子》一诗，白亦非能忘情者，至其饮酒诸作，实不满于现实社会，有激而然。弦外凄音，细读犹能得其彷佛也。

2. **七言古体诗**。王士禛云："开元、大历诸作者，七言为盛。王、李、高、岑四家，篇什尤多。李太白驰骋笔力，自成一家。大抵嘉州之奇峭，供奉之豪放，更为创获。"（《七言诗歌行钞》）又云："七言古诗，惟杜甫横绝古今，同时大匠，无敢抗行。李白、岑参二家，别出机杼，语羞雷同，亦称奇特。"（《居易录》）然则太白歌行，亦亚于少陵一等耳。而王世贞以太白为七言歌行之圣，谓能"以气为主，以自然为宗，以俊逸高畅为贵，咏之使人飘飘欲仙"。又以为"太白笔力变化，极于歌行"（并详《艺苑卮言》）。足见太白此体，为研习者所宜先矣。集中如：

蜀 道 难

噫！吁！嚱！危乎！高哉！蜀道之难，难于上青天！蚕丛及鱼凫，开国何茫然。尔来四万八千岁，不与秦塞通人烟。西当太白有鸟道，可以横绝峨眉巅。地崩山摧壮士死，然后天梯石栈相钩连。上有六龙回日之高标，下有冲波逆折之回川。黄鹤之飞尚不得过，猿猱欲度愁攀援。青泥何盘盘？百步九折萦岩峦。扪参历井仰胁息，以手抚膺坐长叹！问君西游何时还？畏途巉岩不可攀。但见悲鸟号古木，雄飞雌从绕林间。又闻子规啼夜月，愁空山。蜀道之难，难于上青天！使人听此凋朱颜。连峰去天不盈尺，枯松倒挂倚绝壁。飞湍瀑流争喧豗，冰岩转石万壑雷。其险也若此！嗟尔远道之人，胡为乎来哉？剑阁峥嵘而崔嵬，一夫当关，万夫莫开。所守或匪亲，化为狼与豺。朝避猛虎，夕避长蛇，磨牙吮血，杀人如麻。锦城虽云乐，不如早还家。蜀道之难，难于上青天，侧身西望长咨嗟！

此诗或曰作于天宝，或曰作于天宝末（见《唐诗纪事》卷十八）。近人乃有以为为明皇西幸而发者（《见徐嘉瑞著《颓废派之文人李白》）。证以当时事势，其说或然。全篇句度参差，波澜起伏，已极歌行之能事矣。然其结构之奇诡，似犹不及《梦游天姥吟》。兹更列举如下：

梦游天姥吟留别（天姥山在天台县西北）

海客谈瀛洲，烟涛微茫信难求。越人语天姥，云霞明灭或可睹。天姥连天向天横，势拔五岳掩赤城。天台四万八千丈，对此欲倒东南倾。我欲因之梦吴越，一夜飞度镜湖月。湖月照我影，送我至剡溪。谢公宿处今尚在，渌水荡漾清猿啼。脚着谢公屐，身登青云梯。半壁见海日，空中闻天鸡。千岩万转路不定，迷花倚石忽已暝。熊咆龙吟殷岩泉，栗深林兮惊层巅。云（一作"枫"）青青兮欲雨，水澹澹兮生烟。列缺霹雳，丘峦崩摧。洞天石扇，訇然中开。青冥浩荡不见底，日月照耀金银台。霓为衣兮风为马，云之君兮纷纷而来下。虎鼓瑟兮鸾回车，仙之人兮列如麻。忽魂悸以魄动，恍惊起而长嗟。惟觉时之枕席，失向来之烟霞。世间行乐亦如此，古来万事东流水。别君去兮何时还？且放白鹿青崖间，须行即骑访名山。安能摧眉折腰事权贵，使我不得开心颜？

右作惝恍迷离，涉想奇幻，用笔亦超拔纵恣，不仅能见其想像力之高而已。又如：

扶风豪士歌

洛阳三月飞胡沙，洛阳城中人怨嗟。天津流水波赤血，白骨相撑如乱麻。我亦东奔向吴国，浮云四塞道路赊。东方日出啼早鸦，城门人开扫落花。梧桐杨柳拂金井，来醉扶风豪士家。扶风豪士天下奇，意气相倾山可移。作人不倚将军势，饮酒岂顾尚书期？雕盘绮食会众客，吴歌赵舞香风吹。原尝春陵六国时，开心写意君所知。堂中各有三千士，明日报恩知是谁。抚长剑，一扬眉，清水白石何离离。脱吾帽，向君笑，饮君酒，为君吟。张良未逐赤松去，桥边黄石知我心。

其运笔直如"列子驭风而行"，不假思力，而自然高妙。惟综观其他诸作，往往有率易之病。又如《捣衣篇》，亦不脱四杰体。若论工力，视少陵终逊一筹耳。

3.**五言律诗**。太白五律，犹为古诗之遗，情深而词显，又出乎自然（说见《李诗纬》）。沈德潜以"明丽"二字评之（说见《说诗晬语》），似犹未尽。大抵太白于律体，本非性所乐为，特时会所趋，不能无作。而一出以飘摇之笔，遂成逸响。其音节高抗，盖犹"人籁"而合乎"天籁"者也。集中如：

送 友 人

青山横北郭，白水绕东城。此地一为别，孤蓬万里征。浮云游子意，落日故人情。挥手自兹去，萧萧班马鸣。

观 鱼 潭

观鱼碧潭上，木落潭水清。日暮紫鳞跃，圆波处处生。凉烟浮竹尽，秋月照沙明。何必沧浪去，兹焉可濯缨。

秋登宣城谢朓北楼

江城如画里，山晚望晴空。两水夹明镜，双桥落彩虹。人烟寒橘柚，秋色老梧桐。谁念北楼上，临风怀谢公。

夜泊牛渚怀古

牛渚西江夜，青天无片云。登舟望秋月，空忆谢将军。（谓谢尚）余亦能高咏，斯人不可闻！明朝挂帆席，枫叶落纷纷。

右诗一片神行，亦不甚拘对偶，殆犹词家所谓"曲子律缚不住"者。七律拘忌尤多，故太白遂薄而不为耳。

4. **五七言绝句**。太白绝句，与王昌龄并称，王世贞推为有唐绝唱（说见《艺苑卮言》）。五绝气体高妙（说见《唐人万首绝句选·凡例》），七绝写景入神（说见《诗薮》）。李维桢云："绝句之源，出于乐府，贵有风人之致，其声可歌。其趣在有意无意之间，使人莫可捉着。盛唐惟青莲、龙标两家。"太白此体之高妙，盖已人无异说矣。集中如：

玉 阶 怨

玉阶生白露，夜久侵罗袜。却下水精帘，玲珑望秋月。

敬 亭 独 坐

众鸟高飞尽，孤云独去闲。相看两不厌，只有敬亭山。

送陆判官往琵琶峡

水国秋风夜，殊非远别时。长安如梦里，何日是归期？

越 中 怀 古

越王勾践破吴归，战士还家尽锦衣。宫女如花满春殿，只今惟有鹧鸪飞。

下 江 陵

朝辞白帝彩云间，千里江陵一日还。两岸猿声啼不住，轻舟已过万重山。

望 五 老 峰

庐山东南五老峰，青天削出金芙蓉。九江秀色可揽结，吾将此地巢云松。

望 天 门 山

天门中断楚江开，碧水东流向北回。两岸青山相对出，孤帆一片日边来。

私意"清水出芙蓉,天然去雕饰"二语,以拟太白绝句,庶几近之。以上分论太白各体既竟,而犹有言者,则太白轶尘绝迹之才,本由天赋。其性情襟抱,亦迥不犹人。故其诗亦终一成其为"天上谪仙人"之诗,不似少陵字字从阅历经验中来,而又出之以锻炼,可以为人作模楷也。后世纷纷异同之论,本无所损于青莲。至其影响诗坛,远不及少陵之远且大,则上述诸因,亦学者所宜深切注意也。

右论李白诗竟。

盛唐大家,除李、杜外,称高(适)、岑(参)、王(维)、孟(浩然)(见叶燮《原诗》),或曰高、岑、王、李(颀)(见《说诗晬语》)。殷璠撰《河岳英灵集》选辑盛唐作者常建、李白、王维、刘眘虚、张渭、王季友、陶翰、李颀、高适、岑参、崔颢、薛据、綦毋潜、孟浩然、崔国辅、储光羲、王昌龄、贺兰进明、崔署、王湾、祖咏、卢象、李嶷、阎防二十四人,以为"既闲新声,复晓古体,文质半取,风骚两挟,言气骨则建安为传,论宫商则太康不逮"(《河岳英灵集·集论》)。兹复斟酌损益,除李、杜已有专论于前,更以常建、王维、刘眘虚、李颀、高适、岑参、孟浩然、储光羲、王昌龄、元结共十人,代表盛唐作者。于"天上谪仙人"之后,略依作者风格,别著于篇。

1. **常、刘**。殷璠曰:"建诗似初发通庄,却寻野径,百里之外,方归大道。所以其旨远,其兴僻,佳句辄来,唯论意表。"(《英灵集》上)其代表作品,如:

塞　上　曲

翩翩云中使,来问太原卒。百战苦不归,刀头怨秋月。塞云随阵落,寒日傍城没。城下有寡妻,哀哀哭枯骨。

吊王将军墓

嫖姚北伐时,深入强千里。战余落日黄,军败鼓声死。尝闻汉飞将,可夺单于垒。今与山鬼邻,残兵哭辽水。

昭君墓

汉宫岂不死?异域伤独殁。万里驮黄金,蛾眉为枯骨。回车夜出塞,立马皆不发。共恨丹青人,坟上哭明月。

宿王昌龄隐处

清溪深不测,隐处唯孤云。松际露微月,清光犹为君。茅亭宿花影,药院滋苔纹。予亦谢时去,西山鸾鹤群。

题破山寺后禅院

清晨入古寺,初日照高林。竹径通幽处,禅房花木深。山光悦鸟性,潭影空人心。万籁此都寂,但余钟磬音。

各诗锤幽凿险,返归真朴,前三章用笔尤为警绝。沈德潜以为"善于写哭",殆渐开李贺之先河欤?

殷璠又曰："昚虚诗情幽兴远，思苦语奇，忽有所得，便惊众听。顷东南高唱者数人，然声律宛态，无出其右。唯气骨不逮诸公。自永明以还，可杰立江表。"（《英灵集》上）其佳作如：

寄阎防（防时在终南丰德寺读书）

青暝南山口，君与缁锡邻。深路入古寺，乱花随暮春。纷纷对寂寞，往往落衣巾。松色空照水，经声时有人。晚心复南望，山远情独亲。应以修德业，亦惟此立身。深林度空夜，烟月锁清真。莫叹文明日，弥年从隐沦。

阙　　题

道由白云尽，春与清溪长。时有落花至，远随流水香。闲门向溪路，深柳读书堂。幽映每白日，清晖照衣裳。

二诗并清绝高绝。璠又引其断句云："归梦如流水，悠悠绕故乡。"读之令人黯然。惜其集已绝传本，无由得窥全豹矣。

以上论常、刘竟。

第六章　论开元天宝间诗　下
高　适　岑　参　元　结　王昌龄
王　维　孟浩然　李　颀　储光羲

（一）论高、岑

盛唐诗人之为七言歌行者，除李、杜外，惟高（适）、岑（参）、王（维）、李（颀）最为矫健（参沈德潜说），而高、岑尤称杰出。王世贞谓：

> 高、岑一时不易上下，岑气骨不如达夫遒上，而婉缛过之。《选》体时时入古。岑尤陟健，歌行磊落奇俊。高一起一伏，取是而已，尤为正宗。（《艺苑卮言》卷四）

此其所言，并就高、岑之作品风格加以评判。至于二人之性行与其诗之背景如何，似尤未可忽略。殷璠称：

> 评事性拓落,不拘小节,耻预常科,隐迹博徒,才名自远。然适诗多胸臆语,兼有气骨。(《河岳英灵集》)

《旧唐书》亦云:

> 适少濩落,不事生业,家贫,客于梁宋,以求丐取给。天宝中,海内事干进者注意文词。适年过五十,始留意诗什,数年之间,体格渐变,以气质自高。(卷二百十一)

适之性行,略近于豪爽一路,观上所述,可以窥知。又常在哥舒翰幕中,身与潼关之败,习知军中苦乐。晚官西川节度,留蜀数年,躬履戎行,亦足以发扬奇气。故其为诗,激壮横放,磊砢英多。集中如:

燕 歌 行

(其序云:开元二十六年,客有从御史大夫张公出塞而还者,作《燕歌行》以示,适感征戍之事,因而和焉。)

汉家烟尘在东北,汉将辞家破残贼。男儿本自重横行,天子非当赐颜色。摐金伐鼓下榆关,旌旆逶迤碣石间。校尉羽书飞瀚海,单于猎火照狼山。山川萧条极边土,胡骑凭陵杂风雨。战士军前半死生,美人帐下犹歌舞。大漠穷秋塞草腓,孤城落日斗兵稀。身当恩遇恒轻敌,力尽关山未解围。铁衣远戍辛勤久,玉箸应啼别离后。少妇城南欲断肠,征人蓟北空回首。边风飘飖那可度，绝域苍茫更何有？杀气三时作阵云，寒声一夜传刁斗。相看白刃血纷纷，死节从来岂顾勋？君不见，沙场征战苦，至今犹忆李将军。

其间"战①士军前"一联及"杀气三时"二语，非身更军旅者，描写能如是之刻至乎？又如：

九 曲 词

铁骑横行铁岭头，西看逻逤取封侯。青海只今将饮马，黄河不用更防秋。

营 州 歌

营州少年厌原野，狐裘蒙茸猎城下。虏酒千钟不醉人，胡儿十岁能骑马。

别 董 大

十里黄云白日曛，北风吹雁雪纷纷。莫愁前路无知己，天下谁人不识君？

此三绝句，亦复悲壮沉雄，不作小儿女歧路沾襟态。然适性本乐草野，垂老始留意于诗，虽曾涉历戎行，犹未亲履穷荒大漠。以视参之身临绝塞，意志坚强者，迥不相伴。集中如：

---

① "战"，原作"壮"，据前引诗改。

封 丘 作

　　我本渔樵孟诸野,一生自是悠悠者。乍可狂歌草泽中,宁堪作吏风尘下?只言小邑无所为,公门百事皆有期。拜迎官长心欲碎,鞭挞黎庶令人悲。归来向家问妻子,举家尽笑今如此。生事应须南亩田,世情尽付东流水。梦想旧山安在哉?为衔君命且迟回。乃知梅福徒为尔,转忆陶潜归去来。

此诗作于筮仕之初,与前举诸作,气象亦自不同。境地变移,作风随异,吾辈读古人诗,宁可忽略其身世乎?

　　岑参歌行陡健,尤工边塞之作。《许彦周诗话》称:

　　岑参诗亦自成一家。盖尝从封常清军,其记西域异事甚多,如《优钵罗花歌》《热海行》,古今传记所不载也。

据《旧唐书》,常清①自天宝十载,官安西,历安西副大都护,权知北庭都护,先后凡五载(详《旧唐书》卷一百四《封常清传》)。参既从之出塞,举凡耳目所经历,必有奇事异闻,以资激发,而一新境界。其间如风沙之吼怒,冰雪之崚嶒,军容之整肃,戍角之悲壮;又或边声四起,牧马哀鸣,杀气朝朝,狼烟暮暮,举凡往日文人之所想象而不获真知灼见者,参皆得目击而身亲之。以此发为诗歌,固宜其悲壮伟大,横绝一时也。

　　集中如:

---

① "清",原作"情",此处应指封常清,形近而误。

白雪歌送武判官归京

北风卷地白草折,胡天八月即飞雪。忽然一夜春风来,千树万树梨花开。散入珠帘湿罗幕,狐裘不暖锦衾薄。将军角弓不得控,都护铁衣冷难着。瀚海阑干百丈冰,愁云惨淡万里凝。中军置酒饮归客,胡琴琵琶与羌笛。纷纷暮雪下辕门,风掣红旗冻不翻。轮台东门送君去,去时雪满天山路。山回路转不见君,雪上空留马行处。

轮台歌奉送封大夫出师西征

轮台城头夜吹角,轮台城北旄头落。羽书昨夜过渠黎,单于已在金山西。戍楼西望烟尘黑,汉兵屯在轮台北。上将拥旄西出征,平明吹笛大军行。四边伐鼓雪海涌,三军大呼阴山动。虏塞兵气连云屯,战场白骨缠草根。剑河风急雪片阔,沙口石冻马蹄脱。亚相勤王甘苦辛,誓将报主静边尘。古来青史谁不见,今见功名胜古人。

热海行送崔侍御还京

侧闻阴山胡儿语,西头热海水如煮。海上众鸟不敢飞,中有鲤鱼长且肥(海中有赤鲤)。岸傍青草常不歇,空中白雪遥旋灭。燕沙烁石然虏云,沸浪炎波煎汉月。阴火潜烧天地炉,何事偏烘西一隅?势吞月窟侵太白,气连赤坂通单于。送君一醉天山郭,正见夕阳海边落。柏台霜威寒逼人,热海炎气为之薄。

天山雪歌送萧治（一作"沼"）归京

天山有雪常不开，千峰万岭雪崔嵬。北风夜卷赤亭口，一夜天山雪更厚。能兼汉月照银山，复逐胡风过铁关。交河城边飞鸟绝，轮台路上马蹄滑。掩霭寒氛万里凝，阑干阴崖千丈冰。将军狐裘卧不暖，都护宝刀冻欲断。正是天山雪下时，送君走马归京师。雪中何以赠君别，惟有青青松树枝。

走马川行奉送出师西征

君不见，走马川行雪海边，平沙莽莽黄入天。轮台九月风夜吼，一川碎石大如斗，随风满地石乱走。匈奴草黄马正肥，金山西见烟尘飞，汉家大将西出师。将军金甲夜不脱，半夜军行戈相拨，风头如刀面如割。马毛带雪汗气蒸，五花连钱旋作冰，幕中草檄砚水凝。虏骑闻之应胆慑，料知短兵不敢接，车师西门伫献捷。

酒泉太守席上醉后歌

琵琶长笛曲相和，羌儿胡雏齐唱歌。浑炙犁牛烹野驼，交河美酒归（一作"金"）叵罗。三更醉后军中寝，无奈泰山归梦何！

银山碛西馆

银山碛口风似箭，铁门关西月如练。双双愁泪沾马毛，飒飒胡沙迸人面。丈夫三十未富贵，安能终日守笔砚！

以上歌行七首，并声容激壮，表现英雄本色，读之使人神王。其间，如大寒大热，大战大宴，种种雄伟境界，笔端挥斥，逸兴遄飞，豪竹哀丝，杂然竞作。非身履其境，能如此淋漓尽致乎？故凡欲知一种伟大艺术之产生，当观其所描写之对象即其人之胸襟阅历，亦不能不加以深切注意也。据参自谓：

> 天宝庚申岁，参忝大理评事，摄监察御史，领伊西北庭度支副使。自公多暇，乃于府庭内，栽树种药，为山凿池，婆娑乎其间，足以寄傲。（《优钵罗花歌·自序》）

以此证知参在安西，为时颇久，又公余多暇，故能于绝域风土以及边军情况，加以精密之观察。即就"寄傲"一语观之，其生性之乐事戎行，可以概见。又如：

玉门关盖将军歌

盖将军，真丈夫！行年三十执金吾，身长七尺颇有须。玉门关城迥且孤，黄沙万里白草枯。南邻犬戎北接胡，将军到来备不虞。五千甲兵胆力粗，军中无事但欢娱。暖屋绣帘红地炉，织成壁衣花氍毹。灯前侍婢泻玉壶，金铛乱点野酡酥。紫绂金章左右趋，问着只是苍头奴。美人一双闲且都，朱唇翠眉映明矑（一作"眸"）。清歌一曲世所无，今日喜闻凤将雏。可怜绝胜秦罗敷，使君五马谩踟蹰。野草绣窠紫罗襦，红牙镂马对樗蒲。玉盘纤手撒作卢，众中夸道不曾输。枥上昂昂皆骏驹，桃花叱拨价最殊。骑将猎向城南隅,腊日射杀千年狐。我来塞外按边储,为君取醉酒剩沽。醉争酒盏相喧呼,忽(一作"却")忆咸阳旧酒徒。

右诗写军中生活之愉快与边将之豪奢,历历如绘。参既数与此辈交往,信足以"开拓万古之心胸,推倒一世之豪杰"(陈亮语)。后此诗人,惟陆游居蜀中所作,差能仿佛其豪情壮采耳。

仅就歌行而论,高已远不及岑,且岑之豪情壮采,又不仅表现于歌行而已。即近体律绝,亦莫不挟塞外风霜之气,不落凡响。如:

碛西头送李判官入京

一身从远使,万里向安西。汉月垂乡泪,胡沙费马蹄。寻河愁地尽,过碛觉天低。送子军中饮,家书醉里题。

日没贺延碛作

沙上见日出,沙上见日没。悔向万里来,功名是何物?

西过渭州见渭水思秦川

渭水东流去,何时到雍州。凭添两行泪,寄向故园流。

献封大夫破播仙凯歌六首

汉将承恩西破戎,捷书先奏未央宫。天子预开麟阁待,只今谁数贰师功。

官军西出过楼兰,营幕傍临月窟寒。蒲海晓霜凝马尾，葱山夜雪扑旌竿。

鸣笳迭鼓拥回军，破国平蕃昔未闻。丈夫鹊印摇（一作"迎"）边月，大（一作"天"）将龙旗掣海云。

日落辕门鼓角鸣，千群面缚出蕃城。洗兵鱼海云迎阵，秣马龙堆月照营。

蕃军遥见汉家营，满谷连山遍哭声。万箭千刀一夜杀，平明流血浸空城。

暮雨旌旗湿未干，胡烟白草月光寒。昨夜将军连晓战，蕃军只见马空鞍。

题苜蓿峰寄家人

苜蓿峰边逢立春，胡芦河上泪沾巾。闺中只是空相忆，不见沙场愁杀人。

逢入京使

故园东望路漫漫，双袖龙钟泪不干。马上相逢无纸笔，凭君传语报平安。

过　　碛

黄沙碛里客行迷，四望云天直下低。为言地尽天还尽，行到安西更向西。

碛　中　作

走马西来欲到天，辞家见月两回圆。今夜不知何处宿？平沙万里绝人烟。

赴北庭度陇思家

西向轮台万里余,也知乡信日应疏。陇山鹦鹉能言语,为报家人数寄书。

赵将军歌

九月天山风似刀,城南猎马缩寒毛。将军纵博场场胜,赌得单于貂鼠袍。

右诗或以豪壮胜,或以悲郁胜。天挺此才,使得饱览绝塞风光,以发抒其抑塞磊落之奇气,为吾诗坛别放异彩。若论歌行独到之处,真与李、杜旗鼓相当,特传作较少耳。吾观高、岑两家,并与老杜有唱酬之作,其歌行运用之妙,亦息息相通,遭际不同,面目遂异。辄因私见,附论及之。

以上论高、岑竟。

(二) 论 元 结

自杜甫"朱门酒肉臭,路有冻死骨"之诗作,而诗人乃复关心民生疾苦,不没讽谕之义。与甫生并世而怀恻隐之心,与甫表同情而为甫所称道者,厥惟元结。

结字次山,河南人。少不羁,十七乃折节向学。擢上第,复举制科。国子司业苏源明荐之。结上《时议》三篇,擢右金吾兵曹参军,摄监察御史,为山南西道节度参谋。以讨贼功,迁监察御史里行。代宗立,授著作郎。久之,拜道州刺史。为民营舍给田,免徭役,流亡归者万余。进容管经略使。罢还京师,卒年五十,赠礼部侍郎。集十卷,今编诗二卷。(《全唐诗》小传)

结诗以《舂陵行》及《贼退示官吏》二篇,为最得风人之旨:

舂陵行(并序)

癸卯岁,漫叟授道州刺史。道州旧四万余户,经贼已来,不满四千,大半不胜赋税。到官未五十日,承诸使征求符牒二百余封,皆曰:"失其限者罪至贬削。"於戏!若悉应其命,则州县破乱,刺史欲焉逃罪?若不应命,又即获罪戾,必不免也。吾将守官,静以安人,待罪而已。此州是舂陵故地,故作《舂陵行》以达下情。

军国多所需,切责在有司。有司临郡县,刑法竞欲施。供给岂不忧?征敛又可悲。州小经乱亡,遗人实困疲。大乡无十家,大族命单羸。朝餐是草根,暮食仍木皮。出言气欲绝,意速行步迟。追呼尚不忍,况乃鞭扑之?邮亭传急符,来往迹相追。更无宽大恩,但有迫促期。欲令鬻儿女,言发恐乱随。悉使索其家,而又无生资。听彼道路言,怨伤谁复知?去冬山贼来,杀夺几无遗。所愿见王官,抚养以惠慈。奈何重驱逐,不使存活为?安人天子命,符节我所持。州县忽乱亡,得罪复是谁?逋缓违诏令,蒙责固其宜。前贤重守分,恶以祸福移。亦云贵守官,不爱能适时。顾惟孱弱者,正直当不亏。何人采国风,吾欲献此辞。

贼退示官吏(并序)

<blockquote>癸卯岁,西原贼入道州,焚烧杀掠,几尽而去。明年,贼又攻永破邵,不犯此州边鄙而退。岂力能制敌欤?盖蒙其伤怜而已。诸使何为忍苦征敛,故作诗一篇,以示官吏。</blockquote>

昔岁逢太平,山林二十年。泉源在庭户,洞壑当门前。井税有常期,日晏犹得眠。忽然遭世变,数岁亲戎旃。今来典斯郡,山夷又纷然。城小贼不屠,人贫伤可怜。是以陷邻境,此州独见全。使臣将王命,岂不如贼焉?今彼征敛者,迫之如火煎。谁能绝人命,以作时世贤?思欲委符节,引竿自刺船。将家就鱼麦,归老江湖边。

右二诗写流亡之痛,哀刑政之苛,蔼然仁者之音,亦足以觇世运。杜甫称之曰:

<blockquote>当天子分忧之地,效汉朝良吏之目。今盗贼未息,知民疾苦,得结辈十数公,落落然参错天下为邦伯,万物吐气,天下少安可待矣。不意复见比兴体制,微婉顿挫之词。(杜甫《同元使君舂陵行序》)</blockquote>

至于横征暴敛,罔恤民隐,官不如贼。于今把玩遗篇,犹有余慨焉!

结宅心仁厚,目击当时社会竞著"官迷",以致涂炭生灵,莫可救药，不惜苦口开谕，冀挽颓风。集中如：

喻旧部曲

漫游樊水阴，忽见旧部曲。尚言军中好，犹望有所属。故令争者心，至死终不足。与之一杯酒，喻使烧戎服。兵兴向十年，所见堪叹哭。相逢是遗人，当合识荣辱。劝汝学全生，随我畬退谷。

喻常吾直（时为摄官）

山泽多饥人，间里多坏屋。战争且未息，征敛何时足？不能救人患，不合食天粟。何况假一官，而苟求其禄。近年更长吏，数月未为速。来者罢而官，岂得不为辱。欢为辞府主，从我游退谷。谷中有寒泉，为尔洗尘服。

右二诗对于当时人士"升官发财"思想以及吏治之腐败，加以猛烈的攻击。而此种腐败思想，深锢人心，牢不可破。集中如：

喻瀼溪乡旧游

往年在瀼滨，瀼人皆忘情。今来游瀼乡，瀼人见我惊。我心与瀼人，岂有辱与荣？瀼人异其心，应为我冠缨。昔贤恶如此，所以辞公卿。贫穷老乡里，自休还力耕。况曾经逆乱，日厌闻战争。尤爱一溪水，而能存让名。终当来其滨，饮啄全此生。

由是可知当世全民心理,莫不以作官为无上宠荣。结窥知其症结所在,故不觉屡形于咏歌。真所谓"言之有物",非"无病呻吟"者之所可拟也。

至其作风如何,吾且引沈德潜之说,以作结论:

> 次山诗自写胸次,不欲规模古人,而奇响逸趣,在唐人中另辟门径。前人譬诸古钟磬不谐里耳,信然。(《唐诗别裁集》)

(三)论王昌龄

唐人绝句,世推龙标供奉,最为擅场。而龙标所作宫词,尤深合风人微婉之义。反对宫女制度,可于经外得之。后此关①于妇女问题之作,盖实滥觞于此焉。

> 王昌龄,字少伯,京兆人。登开元十五年进士第,补秘书郎。二十二年,中宏词科,调汜水尉,迁江宁丞。晚节不护细行,贬龙标尉,卒。昌龄诗绪密而思清,与高适、王之涣齐名。有《江陵集》六卷,今编诗四卷。(《全唐诗》小传)

王世贞称:

---

① "关",原作"闗",形近而误。

> 七言绝句，王江陵与太白争胜毫厘，俱是神品。(《艺苑卮言》卷四)

王士禛①选唐人万首绝句，谓：

> 七言，初唐风调未谐，开元、天宝诸名家，无美不备。李白、王昌龄，尤为擅场。(《唐人万首绝句选·凡例》)

据上二家之说，则昌龄特善七言绝句，盖为定论矣。沈德潜称：

> 龙标绝句，深情幽怨，意旨微茫，令人测之无端，玩之无尽，谓之唐人骚语可。(《唐诗别裁集》)

历览昌龄诸作，每喜用譬喻，两相映射，为诸宫女代诉哀曲，而有深婉不迫之趣，此其所以为难能也。

集中如：

殿 前 曲

> 昨夜风开露井桃，未央前殿月轮高。平阳歌舞新承宠，帘外春寒赐锦袍。

只说他人之承宠，而己之失宠，悠然可会，此国风之体也（用沈说）。又如：

---

① "禛"，原作"贞"，音近而误。

长 信 秋 词

金井梧桐秋叶黄，珠帘不卷夜来霜。熏笼玉枕无颜色，卧听南宫清漏长。

高殿秋砧响夜阑，霜深犹忆御衣寒。银灯青琐裁缝歇，还向金城明主看。

奉帚平明金殿开，且将团扇暂徘徊。玉颜不及寒鸦色，犹带昭阳日影来。

真成薄命久寻思，梦见君王觉后疑。火照西宫知夜饮，分明复道奉恩时。

长信宫中秋月明，昭阳殿下捣衣声。白露堂中细草迹，红罗帐里不胜情。

昭阳宫，赵昭仪所居，宫在东方。寒鸦带东方日影而来，见己之不如鸦也。优柔婉丽，含蕴无穷，使人一唱而三叹（采沈说）。王士禛[①]以此诗与王维之"渭城朝雨"、李白之"朝辞白帝"、王之涣之"黄河远上"，为唐人压卷之作，以为"终唐之世，绝句亦无出此四章之右者"（《万首绝句选·凡例》）。若论寄兴深微，则三家视此，殆犹有逊色焉。此外如：

从 军 行

青海长云暗雪山，孤城遥望玉门关。黄沙百战穿金甲，不破楼兰终不还。

[①] "禛"，原作"贞"，音近而误。

故作壮语,自饥①凄厉之音。

出　　塞

秦时明月汉时关,万里长征人未还。但使龙城飞将在,不教胡马度阴山。

纯用反说,深得刺讥之体。总之昌龄七绝,殆无首不佳。姑为示例,以资隅反。其他各体,暂从略云。

(四)论王、孟

唐经安史之乱,诗人转徙②流离,备尝艰苦。其或胸怀热烈、仍抱入世思想者,每于其所身亲目击社会种种不良状态,加以深刻之观察,如实而言,发为咏歌,以讥讽当世。如杜少陵、元次山诸人之作是也。其至如素性旷达,轻视尘务,偶遭挫折,益感人生之空虚,如梦如幻,遂不觉转移其悲悯之宏愿,而寄情山水,栖心禅悦,歌唱自然,一若世间理乱,举不足以撄③其虑。故其发为诗歌,恬淡清远,超乎尘埃,如王辋川、孟襄阳、储太祝,皆以株④隐逸之诗也。其源出于陶潜,其思想上类多受佛教之影响⑤。沈德潜云:

---

① "自饥"二字,不词,疑有误,俟考。
② "徙",原作"徒",形近而误。
③ "撄",原作"樱",形近而误。
④ "株",于意不通,疑有误,俟考。
⑤ "响",原作"筹",形近而误。

> 陶诗胸次浩然,其中有一段渊深朴茂不可到处。唐人祖述者,王右丞有其清腴,孟山人有其闲远,储太祝有其朴实,韦左司有其冲和,柳仪曹有其峻洁,皆学焉而得其性之所近。(《说诗晬语》)

唐代自然派诗人之出于陶潜,盖无疑义。今乃①先论王、孟,后及其他。

> 王维,字摩诘,河东人。工书画,与弟缙俱有俊才。开元九年,进士擢第。调太乐丞。天宝末,为给事中。安禄山陷两都,维为贼所得,服药阳瘖,拘于菩提寺。禄山宴凝碧池,维潜赋诗悲悼,闻于行在。贼平,陷贼官三等定罪,特原之,责授太子中允。迁中庶子、中书舍人。复拜给事中,转尚书右丞。维以诗名盛于开元、天宝间,宁、薛诸王驸马豪贵之门,无不拂席迎之。得宋之问辋川别墅,山水绝胜,与道友裴迪浮舟往来,弹琴赋诗,啸咏终日。笃于奉佛,晚年长斋禅诵。一日,忽索笔作书数纸,别弟缙及平生亲故,舍笔而卒。殷璠谓维诗"词秀调雅,意新理惬,在泉成珠,着壁成绘"。苏轼亦云维"诗中有画,画中有诗"也。今编诗四卷。(《全唐诗》小传)

②维诗写田家风味,最近渊明,集中如③:

---

① "乃",原作"见",形近而误。
② 此处衍"诗维写田家风味,最近渊明,集中如如",删。
③ 此处衍一"如"字,删。

渭川田家

　　斜光照墟落，穷巷牛羊归。野老念牧童，倚仗候荆扉。雉雊麦苗秀，蚕眠桑叶稀。田夫荷锄至，相见语依依。即此羡闲逸，怅然吟式微。

春中田园作

　　屋上春鸠鸣，村边杏花白。持斧伐远扬，荷锄觇泉脉。归燕识故巢，旧人看新历。临觞忽不御，惆怅远行客。

并极自然，不假雕饰。又如①：

蓝田山石门精舍

　　落日山水好，漾舟信归风。探奇不觉远，因以缘源穷。遥爱云木秀，初疑路不同。安知清流转，偶与前山通。舍舟理轻策，果然惬所适。老僧四五人，逍遥荫松柏。朝梵林方曙，夜禅山更寂。道心友牧童，世事问樵客。暝宿长林下，焚香卧瑶席。涧芳袭人衣，山月映石壁。再寻畏迷误，明发更登历。笑谢桃源人，花红复来觌。

青　溪

　　言入黄花川，每逐清溪水。随山将万转，趣途无百

---

① 此处衍一"如"字，删。

里。声喧乱石中，色静深松里。漾漾泛菱荇，澄澄映葭苇。我心素已闲，清川澹如此。请留盘石上，垂钓将已矣！

自大散以往深林密竹磴道盘曲
四五十里至黄牛岭见黄花川

危径几万转，数里将三休。回环见徒侣，隐映隔林丘。飒飒松上雨，潺潺石中流。静言深溪里，长啸高山头。望见南山阳，白露霭悠悠。青皋丽已净，绿树郁如浮。曾是厌蒙密，旷然销人忧。

右作写水态山容，略参禅理，又颇与谢康①乐相近。至《辋川集》中诸②五绝，则尤简淡高远，无复人间烟火气，右③丞之绝诣矣。兹举数首下：

孟城坳

新家孟城口，古木余衰柳。来者复为谁，空悲昔人有。

华子冈

飞鸟去不穷，连山复秋色。上下华子冈，惆怅情何极。

---

① "康"，原作"秉"，据文意酌改。
② "诸"，原作"褚"，形近而误。
③ "右"后原衍"作写"，删。

斤 竹 岭
檀栾映空曲,青翠漾涟漪。暗入商山路,樵人不可知。

木 兰 柴
秋山敛余照,飞鸟逐前侣。彩翠时分明,夕岚无处所。

栾 家 濑
飒飒秋雨中,浅浅石溜泻。跳波自相溅,白鹭惊复下。

白 石 滩
清浅白石滩,绿蒲向堪把。家住水东西,浣纱明月下。

竹 里 馆
独坐幽篁里,弹琴复长啸。深林人不知,明月来相照。

辛 夷 坞
木末芙蓉花,山中发红萼。涧户寂无人,纷纷开且落。

他如《洛阳女儿行》《老将行》《桃源行》诸七言,久为世所传诵。然其诗并讲对仗,骋妍华,殆皆壮年作品,不足以代表右丞也。

孟浩然,字浩然,襄阳人。少隐鹿门山。年四十,乃游京师。尝于太学赋诗,一座嗟伏。与张九龄、王维为忘形交。维私邀入内署,适明皇至,浩然匿床下,维以实对。帝喜曰:"朕闻其人而未见也。"诏浩然出,诵所为诗。至"不才明主弃",帝曰:"卿不求仕,朕未尝弃卿,奈何诬我?"因放还。采访使韩朝宗约浩然偕至京师,欲荐诸朝,会与故人剧饮欢甚,不赴。朝宗怒,辞行,浩然亦不悔也。张九龄镇荆州,署为从事。开元末,疽发背卒。浩然为诗,伫兴而作,造意极苦。篇什既成,洗削凡近,超然独妙。虽气象清远,而采秀内映,藻思所不及。当明皇时,章句之风大得建安体,论者推李、杜为尤。介其间能不愧者,浩然也。集三卷。今编诗二卷。(《全唐诗》小传)

世以王、孟并称,以其同出于陶,又同为歌唱自然之作。然其间亦微有差别。宁乡钱槃云:

> 摩诘五言古,雅淡之中,别饶华气,故其人清贵,盖山泽间仪态,非山泽间性情也。若孟公则真山泽之癯矣。(《砚佣说诗》)

又云:

> 浩然五言清逸,风格与摩诘相近,而篇幅较窘。学问为之,才力为之也。(同上)

沈德潜氏,于二家亦颇有轩轾。其言曰:

> 襄阳诗从静悟得之,故语淡而味终不薄,此诗品也。然比右丞之浑厚,尚非鲁、卫。(《唐诗别裁集》)

又云:

> 孟诗胜人处,每无意求工,而清超越俗。正复出人意表。(同上)

凡此所说,皆就其大体言之。历览孟诗,如:

宴包二融宅

闲居枕清洛,左右接大野。门庭无杂宾,车辙多长者。是时方正夏,风物自潇洒。五月休沐归,相携竹林下。开襟成欢趣,对酒不能罢。烟暝栖鸟迷,余将归白社。

宿来公山房期丁大不至

夕阳度西岭,群壑倏已暝。松月生夜凉,风泉满清听。樵人归欲尽,烟鸟栖初定。之子期宿来,孤琴候萝径。

晚泊浔阳望香炉峰

挂席几千里,名山都未逢。泊舟浔阳郭,始见香炉峰。尝读远公传,永怀尘外踪。东林精舍近,日暮空闻钟。

过 故 人 庄

故人具鸡黍,邀我至田家。绿树村边合,青山郭外斜。开轩面场圃,把酒话桑麻。待到重阳日,还来就菊花。

凡此皆意态萧闲,不劳追琢,自然清远。唐人皮日休且引前贤之作,以相比况。其说云:

先生之作,遇景入咏,不钩奇抉异,令龌龊束人口者涵涵然有干霄之兴,若公输氏当巧而不巧者也。北齐美萧慤"芙蓉露下落,杨柳月中疏",先生则有"微云澹河汉,疏雨滴梧桐"。乐府美王融"日霁沙屿明,风动甘泉烛",先生则有"气蒸云梦泽,波动岳阳城"。谢朓之诗句精者,有"露湿寒塘草,月映清淮流",先生则有"荷风送香气,竹露滴清响"。此与古人争胜于毫厘也。(《唐诗纪事》引《孟亭记》)

又殷璠云:

浩然诗,文彩苇苕,经纬绵密,半遵雅调,全削凡体。至如"众山遥对酒,孤屿共题诗",无论兴象,兼备故实。又"气蒸云梦泽,波动岳阳城",亦为高唱。(《河岳英灵集》)

总之孟诗饶山泽之气,亦由其境地使然。以拟右丞,终稍逊其清腴朗润矣。

（五）论储光羲

储太祝诗，为渊明嫡派，最善写田园①景物。沈德潜云：

> 太祝诗学陶而得其真朴，与王右丞分道扬镳。(《唐诗别裁集》)

而钱棨亦称：

> 光羲田家诸作，真朴处胜于摩诘。(《砚佣说诗》)

惟其真朴，为能曲尽田家风趣，故能于王、孟外，独成一家。

> 光羲，兖州人，登开元中进士第。又诏中书试文章，历监察御史。禄山乱后，坐陷贼贬官。集七十卷，今编诗四卷。(《全唐诗》小传)

集中如：

牧 童 词

不言牧田远，不道牧陂深。所念牛驯扰，不乱牧童心。圆笠覆我首，长蓑披我襟。方将忧暑雨，亦以惧寒阴。大牛隐层坂，小牛穿近林。同类相鼓舞，触物成讴

---

① "园"，原作"团"，形近而误。

吟。取乐须臾间，宁问声与音。

田家即事

蒲叶日已长，杏花日以滋。老农要看此，贵不违天时。迎晨起饭牛，双驾耕东菑。蚯蚓土中出，田乌随我飞。群合乱啄噪，嗷嗷如道饥。我心多恻隐，顾此两伤悲。拨食与田乌，日暮空筐归。亲戚更相诮，我心终不移。

田家杂兴

春至鸤鹧鸣，薄言向田墅。不能自力作，黾勉娶邻女。既念生子孙，方思广田圃。闲时相顾笑，喜悦好禾黍。夜夜登啸台，南望洞庭渚。百草被霜露，秋山响砧杵。却羡故年时，中情无所取。

众人耻贫贱，相与尚膏腴。我情既浩荡，所乐在畋渔。山泽时晦暝，归家暂闲居。满园植葵藿，绕屋树桑榆。禽雀知我闲，翔集依我庐。所愿在优游，州县莫相呼。日与南山老，兀然倾一壶。

贫士养情性，不复知忧乐。去家行卖春，留滞南阳郭。秋至黍苗黄，无人可刈获。稚子朝未饭，把竿逐鸟雀。忽见梁将军，乘车出宛洛。意气轶道路，光辉满墟落。安知负薪者，哇哇笑轻薄。

楚山有高士，梁国有遗老。筑室既相邻，同田复同道。糇糒常共饭，儿孙每更抱。忘此耕耨劳，愧彼风雨好。蟪蛄鸣空泽，鹎鸠伤秋草。日夕寒风来，衣裳苦不早。

试与渊明《归田园居》诸作同读，消息必有可参。殷璠称：

> 储公诗格高调逸，趣远情深，削尽常言，挟风雅之迹，浩然之气。(《河岳英灵集》)

亦谅哉言之，辞不虚美矣。

（六）论 李 颀

自明代嘉、隆诸子①，喜为七言律体，奉东川为圭臬。积久弊生，而东川乃为世所诟病。然其诗和谐安雅，举止大方，自是一代作家，不容贬抑。

> 李颀东川人，家于颍阳，擢开元十三年进士第，官新乡尉。集一卷，今编诗三卷。(《全唐诗》小传)

王世贞云：

> 七言律体，诸家所难。王维、李颀，颇臻其妙。(《艺苑卮言》)

集中如：

---

① "子"，原作"予"，形近而误。

送魏万之京

朝闻游子唱离歌，昨夜微霜初渡河。鸿雁不堪愁里听，云山况是客中过。关城曙色催寒近，御苑砧声向晚多。莫是长安行乐处，空令岁月易蹉跎。

题璿公山池

远公遁迹庐山岑，开士幽居祇树林。片石孤云窥色相，清池皓月照禅心。指挥如意天花落，坐卧闲房春草深。此外俗尘都不染，惟余元度得相寻。

正所谓"安和正声"（用沈说），足与右丞此体堪相颉颃[①]者也。又如：

听董大弹胡笳声兼语弄寄房给事

蔡女昔造胡笳声，一弹一十有八拍。胡人落泪向边草，汉使断肠对归客。古戍苍苍烽火寒，大荒沉沉飞雪白。先拂商弦后角羽，四郊秋叶惊摵摵。董夫子，通神明，深山窃听来妖精。言迟更速皆应手，将往复旋如有情。空山百鸟散还合，万里浮云阴且晴。嘶酸雏鹰失群夜，断绝胡儿恋母声。川为净其波，鸟亦罢其鸣。乌孙部落家乡远，逻逤沙尘哀怨生。幽音变调忽飘洒，长风吹林雨堕瓦。迸泉飒飒飞木末，野鹿呦呦走堂下。长安城连东掖垣，凤凰池对青琐门。才高脱略名与利，日夕望君抱

[①] "颃"，原作"顽"，形近而误。

琴至。

殷璠谓此诗"足可歔欷，震荡心神"。又云：

> 顾诗发调既清，修辞亦秀，杂歌咸善，玄理最长。（《河岳英灵集》）

据此，则知顾况不仅以七律见长也。

第七章　论韩愈

唐诗自李、杜而还，能独辟蹊径、卓然自立一宗而影响北宋诸家最大者，厥惟昌黎韩氏。

韩愈，字退之，南阳人。少孤，刻苦为学，尽通六经百家。贞元八年，擢进士第。才高，又好直言，累被黜贬。初为监察御史，上疏极论时事，贬阳山令。元和中，再为博士，改比部郎中、史馆修撰，转考功，知制诰，进中书舍人，又改庶子。裴度讨淮西，请为行军司马。以功迁刑部侍郎。谏迎佛骨，谪刺史潮州，移袁州。穆宗即位，召拜国子祭酒、兵部侍郎，使王庭凑。归，转吏部。为时宰所构，罢为兵部侍郎，寻复吏部。卒，赠礼部尚书，谥曰文。愈自比孟轲，辟佛老异端，笃旧恤孤，好诱进后学，以之成名者甚众。文自魏晋来，拘偶对，体日衰，至愈一返之古。而为诗豪放，不避粗险，格之变亦自

愈始焉。集四十卷,内诗十卷。外集遗文十卷,内诗十八篇。今合编为十卷。(《全唐诗》小传)

沈德潜云:

> 昌黎从李、杜崛起之后,能不相沿习,别开境界;虽纵横变化不迨李、杜,而规模堂庑,弥见阔大,洵推豪杰之士。(《唐诗别裁集》)

又云:

> 善使才者当留其不尽,昌黎诗不免好尽。要之,意归于正,规模宏阔,骨格整顿,原本《雅》《颂》,而不规规于风人也。品为大家,谁曰不宜?(同上)
>
> 昌黎豪杰自命,欲以学问才力跨越李、杜之上。然恢张处多,变化处少,力有余而巧不足也。(《说诗晬语》)

所谓"好尽",正昌黎之所以为"豪杰"。沈氏执"一唱三叹"之言,以定唐诗之正变,而谬为轩轾,殆未足以深知昌黎也。

欲明韩诗之真相,以评定其价值,须先察知其所宗尚与其对于诗之见解为如何。兹且分别论之。

韩氏以诗为"不平之鸣",故主张"言之有物"。盖必有所勃郁于中,不得已而形于言,有时不免尽情宣泄以为快。观其说曰:

> 大凡物不得其平则鸣。草木之无声，风挠之鸣；水之无声，风荡之鸣。其跃也或激之，其趋也或梗之，其沸也或炙之。金石之无声，或击之鸣。人之于言也亦然，有不得已者而后言。其歌也有思，有哭也有怀。凡出乎口而为声者，其皆有弗平者乎！乐也者，郁于中而泄于外者也，择其善鸣者而假之鸣。金、石、丝、竹、匏、土、革、木八者，物之善鸣者也。维天之于时也亦然，择其善鸣者而假之鸣。是故以鸟鸣春，以雷鸣夏，以虫鸣秋，以风鸣冬。四时之相推敓（古"夺"字），其必有不得其平者乎。其于人也亦然：人声之精者为言，文辞之于言，又其精也，尤择其善鸣者而假之鸣。（《送孟东野序》）

此以种种譬况，喻诗出于人心之不平，天假以鸣，非无病呻吟者之所可拟也。即此所言，略可窥见韩氏对于诗之见解。且更进而观其所向。其《荐士》诗云：

> 周诗三百篇，雅丽理训诰。曾经圣人手，议论安敢到。五言出汉时，苏李首更号。东都渐弥漫，派别百川导。建安能者七，卓荦变风操。逶迤抵晋宋，气象日凋耗。中间数鲍谢，比近最清奥。齐梁及陈隋，众作等蝉噪。搜春摘花卉，沿袭伤剽盗。国朝盛文章，子昂始高蹈。勃兴得李杜，万类困陵暴。后来相继生，亦各臻闻奥。有穷者孟郊，受材实雄骜。冥观洞古今，象外逐幽好。横空盘硬语，妥帖力排奡。……

又《调张籍》诗云：

> 李杜文章在，光焰万丈长。不知群儿愚，那用故谤伤？蚍蜉撼大树，可笑不自量。伊我生其后，举颈遥相望。夜梦多见之，昼思反微茫。徒观斧凿痕，不瞩治水航。想当施手时，巨刃摩天扬。垠崖划崩豁，乾坤摆雷硠。唯此两夫子，家居率荒凉。帝欲长吟哦，故遣起且僵。剪翎送笼中，使看百鸟翔。平生千万篇，金薤垂琳琅。仙官敕六丁，雷电下取将。流落人间者，太山一毫芒。我愿生两翅，捕逐出八荒。精诚忽交通，百怪入我肠。刺手拔鲸牙，举瓢酌天浆。腾身跨汗漫，不著织女襄。顾语地上友，经营无太忙。乞君飞霞佩，与我高颉颃。

据此，知昌黎素所服膺，首推李、杜，而其所以倾服之故，尤在"万类困陵暴"及"想当施手时，巨刃摩天扬。垠崖划崩豁，乾坤摆雷硠"诸语。故王安石称之云：

> 吟诗各有所得。"清水出芙蓉，天然去雕饰"，此李白所得也；"或看翡翠兰苕上，未掣鲸鲵碧海中"，此杜甫所得也；"横空盘硬语，妥帖力排奡"，此韩愈所得也。（《苕溪渔隐丛话》引）

王氏以昌黎与李、杜相提并论，知三人者于后来诗坛上，直分鼎三足。而世人或讥昌黎以文为诗，不知此正昌黎力求解放

之处。所谓"盘空硬语",固不屑"束以声律","装腔作态",如俳优之所为也。宋诗人陈师道云:

> 杜之诗法,韩之文法也。诗文各有体。韩以文为诗,以诗为文,故不工耳。(《后山诗话》)

又沈括云:

> 韩退之诗,乃押韵之文耳。虽健美富赡,而格不近诗。(《苕溪渔隐丛话》引)

近人胡适以为韩诗之长处在此,短处亦在此(说见《白话文学史》四一四)。其实昌黎之"壮浪纵恣"(借用元稹评李白语),求以畅所欲言,势不得不走入"硬"之一路。又自知其才力,视李、杜微弱,往往别出奇险以取胜。故其长篇,喜用一韵到底,又故押险韵以避熟就生。及不善学者为之,或不免"百脉偾①张"及"凑韵"之弊,未流且有类于"汤头歌诀"。而昌黎不任过也。

韩诗既以豪放痛快、险峭通达取胜,故其体以七言歌行为宜。而其运用之方,务扫骈偶浮艳之习,而返归②朴素。其七言通篇不转③韵,其辟健亦即在此。沈德潜云:

---

① "偾",原作"偾",据文意酌改。
② "归",原作"谐",据文意酌改。
③ "转",原作"韩",据下文改。

歌行转韵者，可以杂入律句，借转韵以运动之，纯绵裹针，软中自有力也。一韵到底者，必须铿金锵石，一片宫商，稍混律句，便成弱调也。不转韵者，李、杜十之一二，韩昌黎十之八九。后欧、苏诸公，皆以韩为宗。（《说诗晬语》）

此言韩诗为避免律句，故恒一韵到底，斯无软靡之病。至于声律问题，昌黎一派，虽亦有其特殊之节奏，要不及盛唐诸公之铿锵悦耳。沈氏所说，微嫌含混。今观集中如：

山　石

山石荦确行径微，黄昏到寺蝙蝠飞。升堂坐阶新雨足，芭蕉叶大栀子肥。僧言古壁佛画好，以火来照所见稀。铺床拂席置羹饭，疏粝亦足饱我饥。夜深静卧百虫绝，清月出岭光入扉。天明独去无道路，出入高下穷烟霏。山红涧碧纷烂漫，时见松枥皆十围。当流赤足蹋涧石，水声激激风吹衣。人生如此自可乐，岂必局束为人鞿？嗟哉吾党二三子，安得至老不更归？

寄　卢　仝

玉川先生洛城里，破屋数间而已矣。一奴长须不裹头，一婢赤脚老无齿。辛勤奉养十余人，上有慈亲下妻子。先生结发憎俗徒，闭门不出动一纪。至今邻僧乞米送，仆忝县尹能不耻？俸钱供给公私余，时致薄少助祭祀。劝参留守谒大尹，言语才及辄掩耳。水北山人（石洪)得名声,去年去作幕下士。水南山人(温造)又继往,鞍马仆从塞闾里。少室山人(李渤)索价高,两以谏官征不起。彼皆刺口论世事,有力未免遭驱使。先生事业不可量,惟用法律自绳己。《春秋》三传束高阁,独抱遗经穷终始。往年弄笔嘲同异,怪辞惊众谤不已。近来自说寻坦途,犹上虚空跨绿駬。去年生儿名添丁,意令与国充耘耔。国家丁口连四海,岂无农夫亲未耜?先生抱才终大用,宰相未许终不仕。假如不在陈力列,立言垂范亦足恃。苗裔当蒙十世宥,岂谓贻厥无基址?故知忠孝生天性,洁身乱伦安足拟?昨晚长须来下状:"隔墙恶少恶难似。每骑屋山下窥阚,浑舍惊怕走折趾。凭依婚媾欺官吏,不信令行能禁止。"先生受屈未曾语,忽此来告良有以。嗟我身为赤县令,操权不用欲何俟?立召贼曹呼伍伯,尽取鼠辈尸诸市。先生又遣长须来:"如此处置非所喜。况又时当长养节,都邑未可猛政理。先生固是余所畏,度量不敢窥涯涘。放纵是谁之过欤?效尤戮仆愧前史。买羊沽酒谢不敏,偶逢明月曜桃李。先生有意许降临,更遣长须致双鲤。"

此种境界,纯从杜甫来。《赠卢仝》后段,尤与甫《茅屋为秋风所破歌》意格相仿,特更出以拗峭之笔耳。

又如:

寒食日出游

李花初发君始病,我往看君花转盛。走马城西惆怅归，不忍千株雪相映。迩来又见桃与梨，交开红白如争竞。可怜物色阻携手，空展霜缣吟九咏。纷纷落尽泥与尘，不共新妆比端正。桐华最晚今已繁，君不强起时难更。关山远别固其理，寸步难见始知命。忆昔与君同贬官，夜渡洞庭看斗柄。岂料生还得一处，引袖拭泪悲且庆。各言生死两追随，直置心亲无貌敬。念君又署南荒吏，路指鬼门幽且夐。三公尽是知音人，曷不荐贤陛下圣。囊空甑倒谁救之？我今一食日还并。自然忧气损天和，安得康强保天性？断鹤两翅鸣何哀？縶骥四足气空横。今朝寒食行野外，绿杨匝岸蒲生迸。宋玉庭边不见人，轻浪参差鱼动镜。自嗟孤贱足瑕疵，特见放纵荷宽政。饮酒宁嫌盏底深，题诗尚倚笔锋劲。明宵故欲相就醉，有月莫愁当火令。（自注：张十一院长见示《病中忆花》九篇，寒食日出游夜归，因以投赠。）

酬司门卢四兄云夫院长秋望作

长安雨洗新秋出，极目寒镜开尘函。终南晓望蹋龙尾，倚天更觉青巉巉。自知短浅无所补，从事久此穿朝衫。归来得便即游览，暂似壮马脱重衔。曲江荷花盖十里，江湖生目思莫缄。乐游下瞩无远近，绿槐萍合不可芟。白首窝居谁借问？平地寸步局云岩。云夫吾兄有狂气，嗜好与俗殊酸咸。日来省我不肯去，论诗说赋相喃喃。望秋一章已惊绝，犹言低抑避谤谗。若使乘酣骋雄怪，造化何以当镌劖。嗟我小生值强伴，怯胆变勇神明鉴。驰坑跨谷终未悔，为利而止真贪馋。高揖群公谢名誉，远追甫白感至诚。楼头完月不共宿，其奈就缺行擸攦？

此亦纯为"硬语"，微欠"波澜起伏"之态。"作诗如作文"，"以手写我口"，昌黎在唐代诗坛中，大胆解放，虽或矫枉过直，抑亦振时之俊也。至其状物之巧，则有：

雉 带 箭

原头火烧静兀兀，野雉畏鹰出复没。将军欲以巧伏人，盘马弯弓惜不发。地形渐窄观者多，雉惊弓满劲箭加。冲人决起百余尺，红翎白镞随倾斜。将军仰笑军吏贺，五色离披马前堕。

此诗随步换形，尽诸变态。退之七言古体，殆亦不尽以硬语见长。而衣被宋人，则前举各首，影响为大。盖此种硬语，创而非因，故能"开山作祖"也。至其五言，"开张处过于少陵，而变化不及"（《砚佣说诗》）。实由其规模前哲，未能自辟户庭，集中如：

秋 怀 诗

窗前两好树，众叶光薿薿。秋风一披拂，策策鸣不已。微灯照空床，夜半偏入耳。愁忧无端来，感叹成坐起。天明视颜色，与故不相似。羲和驱日月，疾急不可恃。浮生虽多涂，趋死惟一轨。胡为浪自苦？得酒且欢喜。

> 离离挂空悲,戚戚抱虚警。露泫秋树高,虫吊寒夜永。敛退就新懦,趋营悼前猛。归愚识夷涂,汲古得修绠。名浮犹有耻,味薄真自幸。庶几遗悔尤,即此是幽屏。

色泽意态,宛然晋宋间人语。他如《岳阳楼别窦司直》之雄放,《泷吏》之朴质,《调张籍》之奇杰,亦各有其胜处,学者须加省览焉。至王世贞诋:

> 退之于诗本无所解。宋人呼为大家,直是势利。(《艺苑卮言》卷四)

真瞽说,不足信也。

第八章　论大历贞元间诗　上

（一）大历十子　（二）韦应物　（三）柳宗元
（四）刘长卿　（五）刘禹锡

自肃、代而还，荠夷大难，浸淫至于贞元（德宗）、元和（宪宗）之际。虽强藩外树，已启割据之局，而中朝人士，喘息稍苏，陶写性灵，歌诗竞作。五言古诗，则有：

> 韦苏州（应物）之雅淡，刘随州（长卿）之闲旷，钱（起）、郎（士元）之清赡，皇甫（曾）之冲秀。（《师友诗传录》张实居说）

而大历十子，尤多以五七言近体诗擅扬。张实居论七律，谓：

> 天宝以还，钱、刘并鸣。中唐作者尤多，韦应物、皇甫伯仲以及大历十子，接迹而起，敷词益工，而气或不

逮。元和以后，律体屡变，其造意幽深，律切精密，有出常情之外。虽不足鸣大雅之林，亦可谓一倡三叹。(《师友诗传录》)

原律诗之为体，最宜兢巧于一句一字之间，雕镂风云，涂饰花草，举凡应制唱酬之作，此体为多。风尚所趋，惟豪杰之士，为态不为所囿。反观"前有沈、宋，后有钱、郎"(《唐诗纪事》卷三十)之语，足知大历诸子，盖以律体得名。纵极工巧，非吾所好。至于韦应物、柳宗元、刘长卿、刘禹锡、孟郊、贾岛、卢仝、刘叉之属，独出心裁，并有专诣。影响所及，匪特一时。故此所论，详于此而略于彼焉。

（一）大历十子

十子之称，人异其说。计有功云：

> 大历十才子，《唐书》不见人数。卢纶、钱起、郎士元、司空曙、李端、李益、苗发、皇甫曾、耿沣、李嘉祐。又云：吉顼、夏侯审亦是。或云：钱起、卢纶、司空曙、皇甫曾、李嘉祐、吉中孚、苗发、郎士元、李益、耿沣、李端。(《唐诗纪事》卷三十)

人数竟难决定。即《全唐诗》小传，以"李端与卢纶、吉中孚、韩翃、钱起、司空曙、苗发、崔峒、耿沣、夏侯审唱

和,号大历十才子",亦不言其所本。则传闻异辞,其详盖莫可得而知矣。至诸人最负盛名之作,则有钱起之《湘灵鼓瑟》诗:

> 善鼓云和瑟,常闻帝子灵。冯夷徒自舞,楚客不堪听。苦调凄金石,清音入杳冥。苍梧来怨慕,白芷动芳馨。流水传湘浦,悲风过洞庭。曲终人不见,江上数峰青。

天宝十年应试作也(说见《唐诗纪事》卷三十)。韩翃之《寒食》:

> 春城无处不飞花,寒食东风御柳斜。日暮汉宫传蜡烛,轻烟散入五侯家。

为德宗所赏,命以驾部郎中知制诰,曰:"与人韩翃。"(《唐诗纪事》卷三十)此外如卢纶兼善歌行,虽宛转流美,声调谐和,而颇饶激壮之昔,与高、岑为近。集中如:

腊月观咸宁王部曲娑勒擒豹歌

> 山头瞳瞳日将出,山下猎围照初日。前林有兽未识名,将军促骑无人声。潜形跪伏草不动,双雕旋转群鸦鸣。阴方质子才三十,译语受词蕃语揖。舍鞍解甲疾如风,人忽虎蹲兽人立。歘然扼颡批其颐,爪牙委地涎淋漓。既苏复吼拗仍怒,果叶英谋生致之。拖自深丛目如

电,万夫失容千马战。传呼贺拜声相连,杀气腾凌阴满川。始知缚虎如缚鼠,败虏降羌在眼前。祝尔嘉词尔无苦,献尔将随犀象舞。苑中流水禁中山,期尔攫搏开天颜。非熊之兆庆无极,愿纪雄名传百蛮。

中间备极各种姿态,下笔亦虎虎有生气,信足雄视一时。又如郎士元之《塞下曲》:

宝刀塞上儿。身经百战曾百胜,壮心竟未嫖姚知。白草山头日初没,黄沙城下悲歌发。萧条夜静边风吹,独倚营门望秋月。

亦沉雄悲壮一派,而起①笔径用单句,尤为生面别开者也。

(二) 韦 应 物

王、孟、韦、柳,世或相提并论。韦、柳知名较晚,而接迹陶、谢,分镳并驰。渊明宗风,自储光羲后,斫推应物,为能独得其传。

应物,京兆长安县人。少游太学。当开元、天宝间,宿卫仗内,亲近帷幄,行幸毕从,颇任侠负气。洎渔阳兵

---

① "起"后原衍"径"字,今删。

乱后，流落失职，乃更折节读书。屏居武功之上。大历十四年，除栎阳令，复以疾谢去。建中二年，拜尚书比部员外郎。明年，出为滁州刺史。俄擢江州刺史。居二岁，召至京师。贞元二年，由左司郎中补外，得苏州刺史。罢郡，寓于郡之永定佛寺。太和中，以太仆少卿兼御史中丞，为诸道盐铁转运、江淮留后，年九十余矣。不知其所终。（以上节录沈明远《补韦刺史传》）

应物性高洁，所在焚香扫地而坐。唯顾况、刘长卿、丘丹、秦系、皎然之俦，得厕宾客，与之酬倡。其诗闲淡简远，人比之陶潜，称"陶韦"云。集十卷，今编诗十卷。（以上节录《全唐诗》小传）

韦诗为世人所重，盖由于白居易之提倡。白《与元①九书》云：

> 近岁韦苏州歌行，才丽之外，颇近兴讽。其五言诗又高雅闲澹，自成一家之体。今之秉笔者，谁能及之？然当苏州在时，人亦未甚爱重，必待身后，然后贵之。（《唐诗纪事》卷二十六引）

白氏所自为诗，分讽谕、闲适二种，盖于应物有所默契，故能深识所长。而后之论者，或以孟浩然相比况，如刘辰翁云：

---

① "元"，原作"之"，据文意酌改。

> 韦应物居官自愧,闵闵有恤人之心。其诗如深山采药,饮泉坐石,日晏忘归。孟浩然如访梅问柳,偏入幽寺。二人趣意相似,然入处不同。韦诗润者如石,孟诗如雪,虽澹无彩色,不免有轻盈之意。(《四部丛刊》本《韦苏州集》附录)

察其所言,是谓韦诗品高于孟也。或以王维相比况,如钱棨云:

> 韦公古澹,胜于右丞,故于陶为独近。如"贵贱虽异等,出门皆有营"、"微雨夜来过,不知青草生"、"宁知风雨夜,复此对床眠"、"不觉朝已晏,起来望青天",如出五柳先生口也。(《砚佣说诗》)

直以韦诗学陶,乃较右丞为真切。综观众议,莫不许应物为淡远诗派之宗。而王世贞颇有非之之言,其言云:

> 韦左司平淡和雅,为元和之冠。至于拟古,如"无事此离别,不如今生死"语,使枚、李诸公见之,不作呕耶?此不敢与文通同日。宋人乃欲令之配陶陵谢,岂知诗者?(《艺苑卮言》)

以一语之疵颣,毁及全诗,未免过事吹求,亦何伤于韦也。将欲细研韦集,有极应注意者二事:

(一)语澹而情浓。古今之悼亡之诗,必极写悲痛。而应物则仍以澹笔出之。集中如：

出　还

昔出喜还家，今还独伤意。入室掩无光，衔哀写虚位。凄凄动幽幔，寂寂惊寒吹。幼女复何知，时来庭下戏。咨嗟日复老，错莫身如寄。家人劝我餐，对案空垂泪。

对　芳　树

迢迢芳园树，列映清池曲。对此伤人心，还如故时绿。风条洒余霭，露叶承新旭。佳人不再攀，下有往来躅。

寥寥数语，至情从肺腑中流出。读此，真觉"潘岳悼亡犹费词"矣。

（二）意真而词质。学陶诗者，最忌荟敷纷悦，苟炫才华。朱子谓韦诗无一字造作，气象近道。盖情至极真挚处，乃能归乎平淡，所以为难也。集中如：

寄全椒山中道士

今朝郡斋冷，忽念山中客。涧底束荆薪，归来煮白石。欲持一瓢酒，远慰风雨夕。落叶满空山，何处寻行迹？

观　田　家

微雨众卉新，一雷惊蛰始。田家几日闲？耕种从此始。丁壮俱在野，场圃亦就理。归来景常晏，饮犊西涧水。饥劬不自苦，膏泽且为喜。仓廪无宿储，徭役犹未已。方惭不耕者，禄食出闾里。

幽　居

贵贱虽异等，出门皆有营。独无外物牵，遂此幽居情。微雨夜来过，不知春草生。青山忽已曙，鸟雀绕舍鸣。时与道人偶，或随樵者行。自当安蹇劣，谁谓薄世荣？

三诗皆情意真切，亦所谓从静悟中得之者。沈德潜以《寄全椒道士》一首为化工笔，与渊明"采菊东篱下，悠然见南山"妙处不关语言意思（见《唐诗别裁集》卷三）。而《田家》一首，寄润农之意，令人油然动忧民之心。外清简而内淳至，陶派诗人所同然也。

韦氏歌行，颇近兴讽，诚如白氏所云。集中如：

鸢　夺　巢

野鹊野鹊巢林梢，鸱鸢恃力夺鹊巢。吞鹊之肝啄鹊脑，窃食偷居常自保。凤凰五色百鸟尊，知鸢为害何不言？霜鹯野鹘得残肉，同啄膻腥不肯逐。可怜百鸟生纵横，虽有深林何处宿！

燕　衔　泥

衔泥燕，声喽喽，尾涎涎。秋去何所归？春来复相见。岂不解决绝高飞碧云里，何为地上衔泥滓？衔泥虽贱意有营，杏梁朝日巢欲成。不见百鸟畏人林野宿，翻遭网罗俎其肉。未若衔泥入华屋。燕衔泥，百鸟之智莫与齐！

取较乐天新乐府，为良无二致，而一出之以比兴，不明白指斥当时，而感叹有余音，尤深得风人隐约之义。刘熙载《艺概》以韦与元结并称，谓"两家皆学陶，但气别婉劲"，能获作者之用心矣。

（三）柳　宗　元

唐代诗人，刻意学谢者，殆莫过于柳宗元氏。从内容及形式上观之，显然一脉相承，无不逼肖。虽缘学力，要亦性情环境，确有相同之点也。

宗元，字子厚，河东人。登进士第，应举宏辞，授校书郎。调蓝田尉。贞元十九年，为监察御史里行。王叔文、韦执谊用事，尤奇待宗元，擢尚书礼部员外郎。会叔文败，贬永州司马。宗元少精警绝伦，为文章雄深雅健，踔厉风发，为当时流辈所推仰。既罹窜逐，涉履蛮瘴，居闲益自刻苦，其堙厄感郁，一寓诸文，读者为之悲恻。元和十年，移柳州刺史。江岭间为进士者，走数千里从宗元游，经指授者，为文辞皆有法，世号"柳柳州"。元和十四年卒，年四十七。集四十五卷，内诗二卷。今编为四卷。（《全唐诗》小传）

刘熙载云：

> 陶、谢并称，韦、柳并称。苏州出于渊明，柳州出于康乐，殆各得其性之所近。(《艺概》)

又云：

> 韦云"微雨夜来过，不知春草生"，是道人语。柳云"回风一萧瑟，林影久参差"，是骚人语。(《艺概》)

子厚渊源大谢，刘氏所称，可谓"一语破的"。即韦柳异趣，亦剖析①精微。研习柳诗，应从此处证入。至于谢、柳性情相近，亦有可言。谢氏少年热中，卒以取祸，所谓"韩亡子房奋，秦帝鲁连耻"（详《宋书·谢灵运传》）。其人非甘心恬退，可以推知。子厚以躁进附王叔文党，因遭贬逐，此一同也。灵运好游山水，致所至以山贼相惊。子厚南迁，亦寄意泉石，此二同也。灵运有游名山志（《文选》注引），而子厚以永州诸游记见称，此三同也。明此诸因，而希诗②之出自大谢，直波烂莫二，无劳追索矣。试取二集对勘，独有二点③，可证吾言。

（一）二家并工制题，一望而知为爱好山水者之吐属也。如康乐集中诸题，有：

---

① "析"，原作"折"，形近而误。
② 此处文字疑有误，俟考。
③ "二"，原作"三"，据下文改。

《石门新营所住，四面高山，回溪石濑，茂林修竹》
《于南山往北山，经湖中瞻眺》
《从斤竹涧越岭溪行》
《入华子冈，是麻源第三谷》

柳州集中诸题，有：

《桂州北望秦驿，手开竹径至钓矶，留待徐容州》
《湘江馆，潇、湘二水所会》
《登蒲州石矶，望横江口，潭岛深迥，斜对香零山》
《游石角，过小岭，至长乌村》

凡此诸题，统极有小品游记风味。清代樊榭山人（厉鹗）于此等处心摹手追，此亦大谢一派诗之特征也。

（二）两家诗除刻画山水外，时复参以哲理也。康乐集中，如：

石壁精舍还湖中作

昏旦变气候，山水含清晖。清晖能娱人，游子憺忘归。出谷日尚早，入舟阳已微。林壑敛暝色，云霞收夕霏。芰荷迭映蔚，蒲稗相因依。披拂趋南径，愉悦偃东扉。虑澹物自轻，意惬理无违。寄言摄生客，试用此道推。

柳州集中，如：

法华寺石门精室三十韵

拘情病幽郁，旷志寄高爽。愿言怀名缁，东峰旦夕仰。始欣云雨霁，尤悦草木长。道同有爱弟，披拂恣心赏。松溪窃窕入，石栈夤缘上。萝葛绵层甍，莓苔侵标榜。密林互对耸，绝壁俨双敞。堑峭出蒙笼，墟崄临滉瀁。稍疑地脉断，悠若天梯往。结构罩群崖，回环驱万象。小劫不逾瞬，大千若在掌。体空得化元，观有遗细想。喧烦困蚁蟓，踯躅疲魍魉。寸进谅何营，寻直非所枉。探奇极遥瞩，穷妙阒清响。理会方在今，神开庶殊曩。兹游苟不嗣，浩气竟谁养？道异诚所希，名宾匪余仗。超摅藉外奖，俯默有内朗。鉴尔揖古风，终焉乃吾党。潜躯委缰锁，高步谢尘坱。蓄志徒为劳，追踪将焉仿？淹留值颓暮，眷恋睇遐壤。映日雁联轩，翻云波泱漭。殊风纷已萃，乡路悠且广。羁木畏漂浮，离旌倦摇荡。昔人叹违志，出处今已两。何用期所归？浮图有遗像。幽蹊不盈尺，虚室有函丈。微言信可传，申旦稽吾颡。

二诗偶句之多，时复相仿，而中参理语，亦正相同，惟柳诗较饶哀怨之音耳。至柳州哀乐无端、声情并到之作，则无过《南涧中题》一首：

秋气集南涧，独游亭午时。回风一萧瑟，林影久参差。始至若有得，稍深遂忘疲。羁禽响幽谷，寒藻舞沦漪。去国魂已远，怀人泪空垂。孤生易为感，失路少所宜。索寞竟何事？徘徊只自知。谁为后来者，当与此心期。

苏轼以此诗"忧中有乐，妙绝古今"，盖由情感奔迸出来，又非大谢所能笼罩矣。

复次，子厚对于劳工待遇之不平，常怀恻隐。集中如：

掩役夫张进骸

生死悠悠尔，一气聚散之。偶来纷喜怒，奄忽已复辞。为役孰贱辱，为贵非神奇。一朝纩息定，枯朽无妍蚩。生平勤皂枥，锉秣不告疲。既死给轊椟，葬之东山基。奈何值崩湍，荡析临路垂。髐然暴百骸，散乱不复支。从者幸告余，眷之涓然悲。猫虎获迎祭，犬马有盖帷。伫立唁尔魂，岂复识此为？春锄载埋瘞，沟渎护其危。我心得所安，不谓尔有知。掩骼著春令，兹焉适其时。及物非吾辈，聊且顾尔私。

彼对阶级制度之不满，悲愤见于言外，非第霭照仁者之言而已。《砚佣说诗》谓：

> 子厚幽怨有得骚旨，而不甚似陶公，盖怡旷气少，沉至语多也。

沈德潜亦称：

> 子厚哀怨有节，律中骚体，与梦得故是敌手。(《说诗

晬语》)

此由其遭际穷迫使然,故晚年之作,类不出乎哀断也。且引近体二章,以作结束:

登柳州城楼寄漳汀封连四州

城上高楼接大荒,海天愁思正茫茫。惊风乱飐芙蓉水,密雨斜侵薜荔墙。岭树重遮千里目,江流曲似九回肠。共来百越文身地,犹自音书滞一乡。

与浩初上人同看山寄京华亲故

海畔尖山似剑铓,秋来处处割愁肠。若为化得身千亿,散上峰头望故乡。

(四)刘 长 卿

中唐近体,盛推钱、刘。王渔洋谓:"唐人七言律,以李东川、王右丞为正宗,杜工部为大家,刘文房为接武。"张历友亦以"七言近体,则断乎以盛唐十四家为正宗,再羽翼之以钱、刘足矣"(说并见《师友诗传录》)。由此可知文房此体,影响后来者甚大。请略述之:

刘长卿,字文房,河间人。开元二十一年进士。至德中,为监察御史。以检校祠部员外郎为转运使判官,知淮南鄂岳转运留后。鄂岳观察使吴仲孺诬奏，贬潘州南邑尉。会有为之辩者，除睦州司马。终随州刺史。以诗驰声上元、宝应间。权德舆尝谓为"五言长城"。皇甫湜亦云："诗未有刘长卿一句，已呼宋玉为老兵。"其见重如此。集十卷，内诗九卷。今编诗五卷。（《全唐诗》小传）

高仲武云：

（长卿）诗体虽不新奇，甚能炼饰。十首已上，语意稍同，于落句尤甚，此其短也。（《唐诗纪事》卷二十六引）

沈德潜云：

中唐诗近收敛，选言取胜，元气不完，体格卑而声调亦降矣。刘文房工于铸意，巧不伤雅，独有前辈体段。（《唐诗别裁集》卷二十一）

又云：

七律至随州，工绝亦秀绝矣。然前此浑厚兀奡之气不存。（《唐诗别裁集》卷十四）

据此所言，知文房篆组虽工，而内容稍贫乏，亦由体多拘制，有以致然也。然集中如：

余 干 旅 舍

摇落暮天迥,青枫霜叶稀。孤城向水闭,独鸟背人飞。渡口月初上,邻家渔未归。乡心正欲绝,何处捣寒衣?

极萧疏闲远之致。又如:

题灵祐和尚故居

叹逝翻悲有此身,禅房寂寞见流尘。多时行径空秋草,几日浮生哭故人。风竹自吟遥入磬,雨花随泪共沾巾。残经窗下依然在,忆得山中问许询。

登余干古县城

孤城上与白云齐,万古荒凉楚水西。官舍已空秋草绿,女墙犹在夜乌啼。平江渺渺来人远,落日亭亭向客低。沙鸟不知陵谷变,朝来暮去弋阳溪。

荒凉萧瑟,令人挹之无尽。沈氏所称"工于铸意",亦伤逝怀[①]古之杰作也。

(五) 刘 禹 锡

大历后诗,梦得高于文房(用沈德潜说)。盖其人颇多迁

[①] "怀",原缺,据文意补。

谪之感，处境颇与柳子厚相同，宜①其诗凄婉得江山助也。

> 刘禹锡，字梦得，彭城人。贞元九年擢进士第，登博学宏辞科，从事淮南幕府。入为监察御史。王叔文用事，引入禁中，与之图议，言无不从。转屯田员外郎，判度支盐铁案。叔文败，坐贬连州刺史。在道，贬朗州司马。落魄不自聊，吐词多讽托幽远。蛮俗好巫，尝依骚人之旨，倚其声，作《竹枝词》十余篇，武陵溪洞间悉歌之。居十年，召还，将置之郎署，以作《玄都观看花》诗涉讥忿，执政不悦，复出刺播州。裴度以母老为言，改连州，徙夔、和二州。久之，征入为主客郎中。又以作《重游玄都观》诗出分司东都。度仍荐为礼部郎中、集贤直学士。度罢，出刺苏州，徙汝、同二州，迁太子宾客分司。禹锡素善诗，晚节尤精，不幸坐废。偃蹇寡所合，乃以文章自适。与白居易酬复颇多。居易尝叙其诗曰："彭城刘梦得，诗豪者也。其锋森然，少敢当者。"又言"其诗在处应有神物护持"。其为名流推重如此。会昌时，加检校礼部尚书。卒，年七十二，赠户部尚书。诗集十八卷。今编为十二卷。（《全唐诗》小传）

前人论梦得诗，每喜与柳、白较高下。沈德潜云：

> 大历十子后，刘梦得骨干气魄，似又高于随州。人与

---

① "宜"，原作"宣"，形近而误。

乐天并称,缘刘、白有倡和集耳。白之浅易,未可同日语也。萧山毛大哥可尊白诎刘,每难测其指趣。(《说诗晬语》)

刘熙载云:

> 刘梦得诗稍近径露,大抵骨胜于白,而韵逊于柳。要其名隽独得之句,柳亦不能掩也。(《艺概》)

参稽本集,则梦得特长,盖有二点:
(1) 能状难写之景,变化奇幻,开东坡之先声(说见《砚佣说诗》)也。如:

客有为余话登天坛遇雨之状因以赋之

清晨登天坛,半路逢阴晦。疾行穿雨过,却立视云背。白日照其上,风雷走于内。混漾雪海翻,槎牙玉山碎。蛟龙露鬐鬣,神鬼含变态。万状互相生,百音以繁会。俯观群动静,始觉天宇大。山顶自澄明,人间已霶霈。豁然重昏敛,焕若春冰溃。反照入松门,瀑流飞缟带。遥光泛物色,余韵吟天籁。洞府撞仙钟,村墟起夕霭。却见天下侣,已如迷世代。问我何处来,我来云雨外。

试与东坡《三峡桥》诗对读,虽有"出蓝"之誉,而渊源所自,可不掩也。

（2）梦得能注意民间文学，用能一新体制，遂启填词之风也。诗集十卷，而乐府居其二。其《竹枝词引》云：

> 四方之歌，异音而同乐。岁正月，余来建平，里中儿联歌《竹枝》，吹短笛，击鼓以赴节。歌者扬袂睢舞，以曲多为贤。聆其音，中黄钟之羽。其卒章激讦如吴声，虽伦伫不可分，而含思宛转，有淇澳之艳音。昔屈原居沅、湘间，其民迎神，词多鄙陋，乃为作《九歌》，到于今，荆、楚歌舞之。故余亦作《竹枝词》九篇，俾善歌者扬之，附于末。后之聆巴歈，知变风之自焉。（《刘梦得文集》卷九）

于此，可知梦得颇通音律，而有意修正民间歌谣，以自附于风人之义。又如：

白　鹭　儿

白鹭儿，最高格。毛衣新成雪不敌，众禽喧呼独凝寂。孤眠芊芊草，久立潺潺石。前山正无云，飞去入遥碧。

格调韵致，似亦带有民歌色彩。又如：

插　田　歌

冈头花草齐，燕子东西飞。田塍望如线，白水光参差。农妇白纻裙，农夫绿蓑衣。齐唱田中歌，嘤伫如竹枝。但闻怨响音,不辨俚语词。时时一大笑,此必相嘲嗤。水平苗漠漠,烟火生墟落。黄犬往复还,赤鸡鸣且啄。路傍谁家郎?乌帽衫袖长。自言上计吏,年初离帝乡。田夫语计吏:"君家侬定谙。一来长安罢,眼大不相参。"计吏笑致辞:"长安真大处!省门高轲峨,侬入无度数。昨来补卫士,唯用筒竹布。君看二三年,我作官人去。"

写农村生活,历历如绘。当亦模仿谣谚而成,故能于乐府诗中,别创一格。至刘诗之蜕化为词,除《竹枝》外,尚有《杨柳枝》《纥那曲》《忆江南》《浪淘①沙》《潇湘神》《抛球乐》等,为《尊前集》所收。私意以为尝试填词,于刘、白倡和,必为一大关机②也。

---

① "淘",原作"涛",据词调改。
② "关级",当作"关纽",形近而误。

第九章 论大历贞元间诗 下

孟　郊　贾　岛
卢　仝　刘　叉

自大历、贞元以迄长庆间诗人，约可分为艰深、平易两[①]派。韩愈首倡雄怪，而一时朋好，务为锤幽凿险，一洗肤浅庸滥之习，以与时流相抗。孟郊、卢仝，其尤著者也。此派诗人，直以诗为性命，无利禄之念杂乎其间。故其成就可惊，影响亦较大历诸子为尤大。兹更分别述之。

（一）孟　郊

东野穷愁死不休，高天厚地一诗囚。江山万古潮阳

[①] "两"，原作"易"，涉前文而误。

笔，合在元龙百尺楼。

此元遗山（好问）《论诗绝句》也。韩、孟并称，由来已旧。而遗山此论，颇存鄙薄之心。良由嗜好不同，故不惜抑此扬彼。要之韩、孟两[①]人，性情各异，五言七言，分途发展，正不容有所上下。

> 孟郊，字东野，湖州武康人。少隐嵩山，性介，少谐合。韩愈一见，为忘形交。年五十，得进士第，调溧阳尉。县有投金濑、平陵城，林薄蒙翳，下有积水。郊间往坐水旁，裴回赋诗，曹务多废。令白府，以假尉代之，分其半奉。郑余庆为东都留守，署水陆转运判官。余庆镇兴元，奏为参谋。卒，张籍私谥曰贞曜先生。郊为诗有理致，最为韩愈所称。然思苦奇涩。李观亦论其诗，曰"高处在古无上，平处下顾二谢"云。集十卷。今编诗十卷。（《全唐诗》小传）

愈铭郊墓云：

> 及其为诗，刳目钵心，刃迎缕解，钩章棘句，掐擢胃肾，神施鬼设，间见层出。唯其大玩于词而与世抹杀，人皆劫劫，我独有余。（《贞曜先生墓志铭》）

[①] "两"，原作"西"，形近而误。

又称其诗云：

> 东野动惊俗，天葩吐奇芬。(《醉赠张秘书》)

又云：

> 有穷者孟郊，受材实雄骜。………横空盘硬语，妥帖力排奡。(《荐士》)

东野耽吟成癖，往往竭其心力以赴之。观其《夜感自遣》诗云：

> 夜学晓未休，苦吟神鬼愁。如何不自闲，心与身为仇。

又吊诗人卢殷诗云：

> 至亲惟有诗，抱心死有归。

又《送淡公诗》云：

> 诗人苦为诗，不如脱空飞。一生空鷟气，非谏复非讥。脱枯挂寒枝，弃如一唾微。一步一步乞，半片半片衣。倚诗为活计，从古多无肥。诗饥老不怨，劳师泪霏霏。

其心目中，殆以诗为人间最可宝爱之物，虽以此困穷，死而无悔。盖自有诗以来,未有淫于诗若东野之甚者也。其对诗之态度意志,既如此坚强,"语不惊人死不休",自为必然之势。又其生性孤介,意窥深①,删削浮华,自出奇险。集中如:

秋　怀

秋月颜色冰（去声）,老客志气单。冷露滴梦破,峭风梳骨寒。席上印病文,肠中转愁盘。疑怀无所凭,虚听多无端。梧桐枯峥嵘,声响如哀弹。

竹风相戛语,幽闺暗中闻。鬼神满衰听,恍惚难自分。商叶堕干雨,秋衣卧单云。病骨可剸物,酸呻亦成文。瘦攒如此枯,壮落随西曛。袅袅一线命,徒言系絪缊。

一切陈言熟语,扫荡无余。又如:

偷　诗

饿犬龂枯骨,自吃馋饥涎。今文与古文,各各称可怜。亦如婴儿食,饧桃口旋旋。唯有一点味,岂见逃景延。绳床独坐翁,默览有所传。终当罢文字,别著《逍遥篇》。从来文字净,君子不以贤。

彼固以剿袭雷同为可耻,戞戞独造,时亦不避俗语俚词,其意若曰:"古今来语言文字,非经我从新陶铸,举不足以入吾诗

---

① 此句疑脱一字。

也。"创作精神,于此可见(以上略参胡适说)。至于孟诗特别风趣,东坡有诗,譬喻颇切。兹并录之如下:

读 孟 郊 诗

夜读孟郊诗,细字如牛毛。寒灯照昏花,佳处时一遭。孤芳擢荒秽,苦语余诗骚。水清石凿凿,湍激不受篙。初如食小鱼,所得不偿劳。又似煮蟛蜞,竟日持空螯。要当斗僧清,未足当韩豪。人生如朝露,日夜火消膏。何苦将两耳,听此寒虫号。不如且置之,饮我玉色醪。

我憎孟郊诗,复作孟郊语。饥肠自鸣唤,空壁转饥鼠。诗从肺腑出,出辄愁肺腑。有如黄河鱼,出膏以自煮。尚爱铜斗歌,鄙俚颇近古。桃弓射鸭罢,独速短蓑舞。不忧踏船翻,踏浪不踏土。吴姬霜雪白,赤脚浣白纻。嫁与踏浪儿,不识离别苦。歌君江湖曲,感我长羁旅。(《东坡诗集》)

所谓"诗从肺腑出,出辄愁肺腑",东野平生得力处,此十字足以尽之。

近人胡适,谓东野颇受老杜影响。观韩愈力崇老杜,而《荐士》一诗,历数诸作者,自李、杜以逮郊,仿如一脉相承,则胡说亦不为无见也。东野集中,如:

织 女 辞

夫是田中郎,妾是田中女。当年嫁得君,为君秉机杼。筋力日已疲,不息窗下机。如何织纨素,自着蓝缕衣。官家榜村路，更索栽桑树。

寒地百姓吟

无火炙地眠，半夜皆立号。冷箭何处来？棘针风骚骚。霜吹破四壁，苦痛不可逃。高堂搥钟饮，到晓闻烹炮。寒者愿为蛾，烧死彼华膏。华膏隔仙罗，虚绕千万遭。到头落地死，踏地为游遨。游遨者是谁？君子为郁陶。

两诗从老杜《奉先咏怀》出，盖无疑义。惟用意较曲折[①]，不似老杜之阔大耳。

（二）贾　　岛

郊寒岛瘦，世或并称。虽岛才万不及郊，而其一意苦[②]吟，务为僻涩，以矫一时之浮艳，则亦与孟殊途同归者也。

岛字浪仙，范阳人。初为浮屠，名无本，来东都。时洛阳令禁僧午后不得出，岛为诗自伤。韩愈怜之，因教其为文，遂去浮屠，举进士。诗思入僻，当其苦吟，虽逢公卿贵人，不之觉也。累举不中第。文宗时，坐飞谤，贬长江主簿。会昌初，以普州司仓参军迁司户，未受命卒。

---

① "折"，原作"拆"，形近而误。
② "苦"，原作"若"，形近而误。

有《长江集》十卷，小集三卷。今编诗四卷。(《全唐诗》小传)

岛以诗为命，有一事足征：

> 岛赴举至京，骑驴赋诗，得"僧推月下门"之句。欲改"推"作"敲"，引手作推敲之势。未决，不觉冲大尹韩愈，乃具言。愈曰："'敲'字佳矣。"遂并辔论诗久之。或云吟"落叶满长安"之句，唐突大尹刘栖楚，被系，一夕放之。(《唐诗纪事》卷四十)

《纪事》又称：

> 岛能诗，独变格入僻，以矫艳于元、白。

则知东坡所云"要当斗僧清，未足当韩豪"(《读孟郊诗》)，语意之间，固已承认浪仙与韩、孟，差为同派矣。观集中有《携新文诣张籍韩愈途中成》诗，知岛诗必受昌黎影响。又《投孟郊》诗：

> 月中有孤芳，天下聆薰风。江南有高唱，海北初来通。容飘清冷余，自蕴襟抱中。止息乃流溢，推寻却冥濛。我知雪山子，谒彼偈句空。必竟获所实，尔焉遂初衷。录之孤灯前，犹恨百首终。一吟动狂机，万疾辞顽躬。生平面未交，永夕梦辄同。叙诘谁君师？讵言无吾

宗？余求履其迹，君曰可但攻。啜波肠易饱，揖险神难从。前岁曾入洛，差池阻从龙。萍家复从赵，云思长萦萦。嵩海每可诣，长途追再穷。愿倾肺肠事，尽入焦梧桐。(《长江集》卷二)

其倾倒东野，直至"五体投地"。至其五①言古体，造意铸词，亦往往与东野消息相通。集中如：

客　喜

客喜非实喜，客悲非实悲。百回信到冢，未当身一归。未归长嗟愁，嗟愁填中怀。开口吐愁声，还却入耳来。常恐滴泪多，自损两目辉。鬓边虽有丝，不堪织寒衣。

哭卢仝

贤人无官死，不亲者亦悲。空令古鬼哭，更得新邻比。平生四十年，惟着白布衣。天子未辟召，地府谁来追？长安有交友，托孤遽弃移。冢侧志石短，文字行参差。无钱买松栽，自生蒿草枝。在日赠我文，泪流把读时。从兹加敬重，深藏恐失遗。

于疏朴中，间出奇险，"清瘦"二字，庶几定评。近体诗中，如：

---

① "五"，原作"五五"，衍一字，今删。

渡 桑 乾

客舍并州已十霜,归心日夜忆咸阳。如今更渡桑乾水,却望并州是故乡。

则又缠绵凄抑,饶有唱叹之音,宜为昌黎所喜也(说见《唐诗纪事》)。其七律之可诵者,如:

送 崔 约 秀 才

归宁仿佛三千里,月向船窗见几宵?野鼠独偷高树果,前山渐见短禾苗。更深栅锁淮波疾,苇动风生雨气遥。重入石头城下寺,南朝杉老未干燋。

题虢州三堂赠吴郎中

无穷草树昔谁栽?新起临湖白石台。半岸泥沙孤鹤立,三堂风雨四门开。荷翻团露惊秋近,柳转斜阳过水来。昨夜北楼堪朗咏,虢城初锁月徘徊。

虽气象不逮盛唐,亦自清隽可喜。

(三)卢 仝

自昌黎言诗,首倡雄怪,一时诙诡奇僻之词竞作。在诗体上,亦发生重大变化。始则以古文法为诗,驺假而作诗如说话,至玉川子而诗体解放极矣。

> 卢仝，范阳人，隐少室山，自号玉川子。征谏议不起。韩愈为河南令，爱其诗，厚礼之。后因宿王涯第，罹甘露之祸。诗三卷。（《全唐诗》小传）

仝以怪辞惊众，其人品情性，具见昌黎《寄卢仝》诗中。尝作①《月蚀诗》，讥刺元和朋党（说见《唐诗纪事》卷三十五）。其诗用种种可骇可愕之譬喻，句读亦极参差。胡适以为此种体裁，或由佛教梵唱、唱导以及民间佛曲俗文、盲词鼓书为其背景（说见《白话文学史》三九七），亦持之有故。原诗一千八百字，后经昌黎删改仅存三之一。大抵本为雄怪，而稍乏剪裁，以文多，今不具录。此外如《与马异结交》诗，昌黎所谓"往年弄笔嘲同异，怪辞惊众谤不已"者，视《月蚀》诗，诙诡亦不少让。其诗云：

> 天地日月如等闲，卢仝四十无往还。唯有一片心脾骨，巉岩崒硉兀郁律。刀剑为峰锷，平地放着高如昆仑山。天不容，地不受，日月不敢偷照耀。神农画八卦，凿破天心胸。女娲本是伏羲妇，恐天怒，捣炼五色石，引日月之针，五星之缕把天补。补了三日不肯归婿家，走向日中放老鸦。月里栽桂养虾蟆，天公发怒化龙蛇。此龙此蛇得死病，神农合药救死命。天怪神农党龙蛇，罚神农为牛头，令载元气车。不知药中有毒药，药杀元气天不觉。尔来天地不神圣，日月之光无正定。不知元气元不死，忽闻

---

① "作"，原本无，据文意补。

空中唤马异。马异若不是祥瑞，空中敢道不容易。昨日仝不仝，异自异，是谓大仝而小异。今日仝自仝，异不异，是谓仝不往分异不至，直当中分动天地。白玉璞里斫出相思心，黄金矿里铸出相思泪。忽闻空中崩崖倒谷声，绝胜明珠千万斛，买得西施南威一双婢。此婢娇饶恼杀人，凝脂为肤翡翠裙，唯解画眉朱点唇。自从获得君，敲金拟玉凌浮云。却返顾，一双婢子何足云。平生结交若少人，忆君眼前如见君。青云欲开白日没，天眼不见此奇骨。此骨纵横奇又奇，千岁万岁枯松枝。半折半残压山谷，盘根虺节成蛟螭。忽雷霹雾辛风暴雨撼不动，欲动不动千变万化总是鳞皴皮。此奇怪物不可欺。卢仝见马异文章，酌得马异胸中事。风姿骨本恰如此，是不是？寄一字。

马异、卢仝，可谓"无独有偶"。全诗迷离惝恍，读之如堕五里雾中，不知所云何事？而在律体盛行之日，有此大刀阔斧，摧陷廓清，一洗肤庸滥套，亦诚豪杰之士，不肯碌碌拾①人唾遗者也。

  仝诗如上所举《与马异结交》及《月蚀》诸作，在当时诗坛上，虽有摧陷廓清之功，究竟荒诞过甚，不足以垂范作则。若论其所建树，吾以为"我手写我口"一语足以尽之。集中如：

---

① "拾"，原作"捨"，形近而误。

走笔谢孟谏议寄新茶

日高丈五睡正浓,军将打门惊周公。口云谏议送书信,白绢斜封三道印。开缄宛见谏议面,手阅月团三百片。闻道新年入山里,蛰虫惊动春风起。天子须尝阳羡茶,百草不敢先开花。仁风暗结珠琲瓃,先春抽出黄金芽。摘鲜焙芳旋封裹,至精至好且不奢。至尊之余合王公,何事便到山人家?柴门反关无俗客,纱帽笼头自煎吃。碧云引风吹不断,白花浮光凝碗面。一碗喉吻润,两碗破孤闷。三碗搜枯肠,唯有文字五千卷。四碗发轻汗,平生不平事,尽向毛孔散。五碗肌骨清,六碗通仙灵。七碗吃不得也!唯觉两腋习习清风生。蓬莱山,在何处。玉川子,乘此清风欲归去。山上群仙司下土,地位清高隔风雨。安得知百万亿苍生命,堕在巅崖受辛苦。便为谏议问苍生,到头还得苏息否?

奇正相生,诙谐并作。读之令人啼笑不能自主。其人之宅心仁厚,而语多嘲戏,殆玩世东方朔之流欤?又如:

示 添 丁

春风苦不仁,呼逐马蹄行人家。惭愧癃气却怜我,入我憔悴骨中为生涯。数日不食强强行,何忍索我抱看满树花?不知四体正困惫,泥人啼哭声呀呀。忽来案上翻墨汁,涂抹诗书如老鸦。父怜母惜捆不得,却生痴笑令人嗟。宿舂连晓不成米,日高始进一碗茶。气力龙钟头欲白,凭仗添丁莫恼爷。

描写老人爱少子心理，跃然纸上。开篇四语，造意与东野相近，不仅饶谈谐风趣而已。又如：

> 别来三得书，书道违离久。书处甚粗杀，且喜见汝手。殷十七又报，汝文颇新有。别来才经年，囊盎未合斗。当是汝母贤，日夕加训诱。《尚书》当毕功，《礼记》速须剖。喽啰儿读书，何异摧枯朽。寻义低作声，便可养年寿。莫学村学生，粗气强叫吼。下学偷功夫，新宅锄藜莠。乘凉劝奴婢，园里耨葱韭。远篱编榆棘，近眼栽桃柳。引水灌竹中，蒲池种莲藕。捞漉蛙蟆脚，莫遣生科斗。竹林吾最惜，新笋好看守。万箨苞龙儿，攒迸溢林薮。吾眼恨不见，心肠痛如挡。宅钱都未还，债利日日厚。箨龙正称冤，莫杀入汝口。丁宁嘱托汝，汝活箨龙不。殷十七老儒，是汝父师友。传读有疑误，辄告咨问取。两手莫破拳，一吻莫饮酒。莫学捕鸠鸽，莫学打鸡狗。小时无大伤，习性防已后。顽发苦恼人，汝母必不受。任汝恼弟妹，任汝恼姨舅。姨舅非吾亲，弟妹多老丑。莫恼添丁郎，泪子作面垢。莫引添丁郎，赫赤日里走。添丁郎小小，别吾来久久。脯脯不得吃，兄兄莫捻搜。他日吾归来，家人若弹纠。一百放一下，打汝九十九。

丁宁琐屑，尤见溺爱幼子神情。胡适以为出于王褒《僮约》及左思《娇女》者（《白话文学史》四〇六），近是也。至《感古四首》中之咏朱买臣故事，自是古乐府《陌上桑》之支流，正不得以入世中有"听我暂话会稽朱太守"一语,遽与民间佛曲鼓词等量齐观也。

复次,玉川歌行,水①有宛转绵丽雅近当时体者。如:

有 所 思

当时我醉美人家,美人颜色娇如花。今日美人弃我去,青楼珠箔天之涯。天涯娟娟姮娥月,三五二八盈又缺。翠眉蝉鬓生别离,一望不见心断绝。心断绝,几千里。梦中醉卧巫山云,觉来泪滴湘江水。湘江两岸花木深,美人不见愁人心。含愁更奏绿绮琴,调高弦绝无知音。美人兮美人!不知为暮雨兮为朝云?相思一夜梅花发,忽到窗前疑是君。

流美中仍有飘逸之趣,似早岁曾学李青莲。大抵仝诗分②三期;第一期多息③丽之词,中间务为险怪,晚乃归乎疏朴,而又杂以诙谐。并世如东野、昌黎,实有以促成其变化。若谓全受民歌影响,则犹未免于一偏之见,不足以窥其全也。

(四)刘 叉

怪辞自川子外,有刘叉《冰柱》《雪车》二诗,为昌黎所

---

① "水",疑为"亦"之误。
② "分",原作"兮",形近而误。
③ "息",疑为"绮"之误。

赏。《唐诗纪事》称:

> 叉,节士也。少放肆,为侠行,因酒杀人,亡命。会赦,出,更折节读书。能为歌诗,然恃故时所负,不能俯仰贵人。闻韩愈接天下士,步谒之。作《冰柱》《雪车》二诗,出卢、孟右。樊宗师见,为独拜。后以争语不能下宾客,因持愈金数斤去,曰:"此谀墓中人得耳,不若与刘君为寿。"愈不能止。归齐鲁,不知所终。(卷三十五)

叉诗较仝为少,刻意几类孟郊。大抵于卢、孟之间,各有肖处。长歌如:

冰　　柱

师干久不息,农为兵兮民重嗟。骚然县宇,土崩水溃。畹中无熟谷,垄上无桑麻。王春判序,百卉茁甲含葩。有客避兵奔游僻,跋履险厄至三巴。貂裘蒙茸已敝缕,鬓发蓬舥。雀惊鼠伏,宁遑安处。独卧旅舍无好梦,更堪走风沙?天人一夜剪瑛瑶,诘旦都成六出花。南亩未盈尺,纤片乱舞空纷拏。旋落旋逐朝暾化,檐间冰柱若削出交加。或低或昂,小大莹洁,随势无等差。始疑玉龙下界来人世,齐向茅檐布爪牙。又疑汉高帝,西方未斩蛇。人不识,谁为当风杖莫邪。铿铿冰有韵,的皪玉无瑕。不为四时雨,徒于道路成泥柤。不为九江浪,徒为汩没天之涯。不为双井水,满瓯泛泛烹春茶。不为中山浆,清新馥鼻盈百车。不为池与沼,养鱼种芰成霑霪。不为醴泉与甘露，使名异瑞世俗夸。特禀朝澈气，洁然自许靡间其迩遐。森然气结一千里，滴沥声沉十万家。明也虽小，暗之大不可遮。勿被曲瓦，直下不能抑群邪。奈何时逼，不得时在我目中，倏然漂去无余些。自是成毁任天理，天于此物岂宜有忒赊？反令井蛙壁虫变容易，背人缩首竞呀呀。我愿天子回造化，藏之韫椟玩之生光华。

非特句法错落，又多作诘难之辞，此闻玉川子之风而起者也。其小诗往往呕心刮髓，务出奇峭。如：

独　饮

尽欲调太羹，自古无好手。所以山中人，兀兀但饮酒。

作　诗

作诗无知音，作不如不作。来逢赓载人，此道终寂寞。有虞今已殁，来者谁为托？朗咏豁心胸，笔与泪俱落。

偶　书

日出扶桑一丈高，人间万事细如毛。野夫怒见不平处，磨损胸中万古刀。

大抵命意似东野，命笔似昌黎，绝不作软语艳词，自是高格。惜传作较少耳。

第十章　论元和长庆间诗

元　稹　白居易

自韩派诗人，首倡雄怪，末流之弊，至于僻涩荒诞，聱牙语①诘诎，令人读之不欢。又其取境既高，只可自怡悦，不易为普通人所了解。元白出而风气为之一变，避艰深而就平易，使诗歌复趋于"社会民众化"，影响所及，不但与韩派分庭抗礼，直夺其席而代之。然二派作者，莫不祖述杜陵，特各因其性之所近，取杜之一体，更从而扩大之，以自开疆域。"语不惊人死不休"，韩、孟之所从得力也。"朱门酒肉臭，路有冻死骨"，元、白之所共同赞美，而白氏所称"文章合为时而著，歌诗合为事而作"（《与元九书》）者也。孔子称诗"可以兴，可以观，可以群，可以怨"，是诗教固不仅"吟咏性情"而已。藉文学以"救济社会，改善人生"（参用胡适说），元、白一派

---

① "语"，疑衍。

对诗之主张，自为"广义的"而非"狭义的"，宜为流传之广而感人之深也。

元稹字微之，河南河内人。九岁，工属文，十五擢明经，判入等，补校书郎。元和元年，举制科，对策第一，拜左拾遗。旋贬江陵士曹参军，徙通州司马，改虢州长史。元和末，召拜膳部员外郎。稹尤长于诗，与居易名相垺，天下传讽，号"元和体"，往往播乐府。穆宗在东宫，妃嫔近习皆诵之，宫中呼元才子。稹之谪江陵，善监军崔潭峻。长庆初，潭峻方亲幸，以稹歌词数百篇奏御。帝大悦，问："稹今安在？"曰："为南宫散郎。"即擢祠部郎中，知制诰。变诏书体，务纯厚明切，盛传一时。俄迁中书舍人、翰林承旨学士。后出为同州刺史。太和三年，召为尚书左丞。俄拜武昌节度使。五年（八三一）七月，卒于武昌，年五十三。（节录新、旧《唐书》本传）其集与居易同名《长庆》。（《全唐诗》小传）

白居易字乐天，其先太原人，后徙下邽。贞元中，擢进士、拔萃皆中，补校书郎。元和元年（八〇六），对制策乙等，调盩厔尉，为集贤校理。月中，召入翰林为学士，迁左拾遗。俄有言："居易母堕井死，而居易赋《新井篇》，言浮华，无实行，不可用。"出为州刺史。中书舍人王涯上言："不宜治郡。"追贬江州司马。既失志，能顺适所遇，托浮屠生死说，若忘形骸者。久之，徙忠州刺史。入为主客郎中，知制诰。外迁为杭州刺史。始筑堤捍钱塘湖，钟泄其水，溉田千顷。久之，以太子左庶子分司东都，复拜苏州刺史，病免。文宗立，以秘书监召，迁刑部侍郎。会昌初，以刑部尚书致任，六年（八五六）卒，年七十五。居易为当路所忌，久蕴不得施，乃放意文酒。东都所居履道里，疏沼种树，构石楼香山，凿八节滩，自号醉吟先生，又称香山居士。居易于文章精切，然最工诗。初，颇以规讽得失，及其多，更下偶俗好，至数千篇，当时士人争传。初，与元稹酬咏，故号"元白"。稹卒，又与刘禹锡齐名，号"刘白"。（节录《新唐书》本传）

居易与稹交谊最笃，唱和最多，故其所为诗，颇有同一之倾向。其所标宗旨，具详居易《与元九书》(《白氏长庆集》卷二十八）中。其论诗要义，以为：

圣人感人心而天下和平。感人心者莫先乎情，莫始乎言，莫切乎声，莫深乎义。诗者，根情，苗言，华声，实义。上自贤圣，下至愚騃，微及豚鱼，幽及鬼神，群分而气同，形异而情一。未有声入而不应，情交而不感者。圣人知其然，因其言，经之以六义；缘其声，纬之以五音。音有韵，义有类。韵协则言顺，言顺则声易入；类举则情见，情见则感易交。于是乎孕大含深，贯微洞密。上下通而一气泰，忧乐合而百志熙。

知声诗之道，感人最深，"托根于人情，而结果在正义"（胡说）。以情与义为里，以言与声为表。表里交融，声情并茂，乃能以我之热烈情感，不期然而引起全人类之同情心，藉以"改善人心，救济社会"，此实诗人之最大目的。而对于诗之外形与内质，断不能有所轻重于其间也。余往日论诗，辄持"声情相应"之说，颇与白氏所云默相契合。而胡氏乃有"语言声韵不过见苗叶花朵而已"（《白话文学史》四三）之言，一似此特雕虫小技，不足措意，其流弊乃至有不讲韵律之诗，违白氏本旨矣。居易又历数周秦以来诸大诗人之利病得失，曰：

  洎周衰秦兴，采诗官废，上不以诗补察时政，下不以歌泄导人情，乃至于谄成之风动，救失之道缺，于时六义始刓矣。国风变为骚辞，五言始于苏、李。苏、李、骚人，皆不遇者，各系其志，发而为文。故河梁之句，止于伤别；泽畔之吟，归于怨思。彷徨抑郁，不暇及他耳。然去《诗》未远，梗概尚存。故兴离别则引双凫一雁为喻，讽君子小人则引香草恶鸟为比。虽义类不具，犹得风人之什二三焉，于时六义始缺矣。

  晋、宋以还，得者盖寡，以康乐之奥博，多溺于山水；以渊明之高古，偏放于田园。江、鲍之流，又狭于此。如梁鸿《五噫》之例者，百无一二焉。于时六义寖微矣，陵夷矣。

  至于梁、陈间，率不过嘲风雪、弄花草而已。噫！风雪花草之物，三百篇中，岂舍之乎？顾所用何如耳。设如"北风其凉"，假风以刺威虐也；"雨雪霏霏"，因雪以愍征役也；"棠棣之华"，感华以讽兄弟也；"采采芣苢"，美草以乐有子也。皆兴发于此，而义归于彼，反是者可乎哉！

然则"余霞散成绮，澄江净如练"、"离花先委露，别叶乍辞风"之什，丽则丽矣，吾不知其所讽焉。故仆所谓嘲风雪、弄花草而已。于时六义尽去矣。

唐兴二百年，其间诗人不可胜数。所可举者，陈子昂有《感遇》诗二十首，鲍防有《感兴》诗十五首。又诗之豪者，世称李、杜。李之作，才矣奇矣，人不逮矣，索其风雅比兴，十无一焉。杜诗最多，可传者千余首。至于贯穿今古，覼缕格律，尽工尽善，又过于李。然撮其《新安》《石壕》《潼关吏》《塞芦子》《留花门》之章，"朱门酒肉臭，路有冻死骨"之句，亦不过三四十。杜尚如此，况不逮杜者乎！

白氏衡量前代诗人，既以"补察时政，泄导人情"八字为标准，崇比兴，黜浮华。对于诗之内容，乃趋重于现实社会，以为描写之对象。执此以绳往制，故虽康乐之刻画山水、靖节之乐志田园、青莲之仙风豪气，犹视为玩物丧志，无当风人之旨。所谓"为人生而艺术"，无取于"嘲风雪，弄花草"。虽矫过直，质亦矫矫乎振时之俊也。居易又自述其学诗之经过与其所历之艰苦云：

仆五六岁，便学为诗，九岁谙识声韵，十五六始知有进士，苦节读书。二十已来，昼课赋，夜课书，间又课诗，不遑寝息矣。以至于口舌成疮，手肘成胝，既壮而肤革不丰盈，未老而齿发早衰白，瞥瞥然如飞蝇垂珠在眸子中也，动以万数。盖以苦学力文所致，又自悲矣。家贫多故，二十七方从乡赋，既第之后，虽专于科试，亦不废诗。及授校书郎时，已盈三四百首。或出示交友如足下辈，见皆谓之工，其实未窥作者之域耳。自登朝来，年齿渐长，阅事渐多，每与人言，多询时务；每读书史，多求理道。始知文章合为时而著，歌诗合为事而作。是时皇帝初即位，宰府有正人，屡降玺书，访人急病。仆当此日，擢在翰林，身是谏官，手请谏纸，启奏之外，有可以救济人病，裨补时阙，而难于指言者，辄咏歌之，欲稍稍递进闻于上。上以广宸聪，副忧勤；次以酬恩奖，塞言责；下以复吾平生之志。岂图志未就而悔已生，言未闻而谤已成矣！又请为左右终言之：

  凡闻仆《贺雨》诗，而众口籍籍，已谓非宜矣。闻仆《哭孔戡》诗，众面脉脉，尽不悦矣。闻《秦中吟》，则权豪贵近者，相目而变色矣。闻《乐游园》寄足下诗，则执政柄者扼腕矣。闻《宿紫阁村》诗，则握军要者切齿矣。大率如此，不可遍举。不相与者号为沽名，号为诋讦，号为讪谤。苟相与者，则如牛僧孺之戒焉。乃至骨肉妻孥，皆以我为非也。其不我非者，举世不过三两人。有邓鲂者，见仆诗而喜，无何而鲂死。有唐衢者，见仆诗而泣，未几而衢死。其余则足下，足下又十年来困踬若此。呜呼！岂六义四始之风，天将破坏，不可支持耶？抑又不知天之意，不欲使下人之病苦闻于上耶？不然，何有志于诗者不利若此之甚也！

居易思藉诗以宣传其"人道主义"，故辞主直切，卒以此获罪于当时。其《新乐府序》云：

> 其辞质而径，欲见之者易谕也。其言直而切，欲闻之者深诫也。其事核而实，使采之者传信也。其体顺而肆，可以播于乐章歌曲也。

所谓"闻者深诫，采者传信"，为其宣传之目的。而"辞质而径，体顺而肆"，冀得"播于乐章歌曲"，以引起大多数之同情心，又为其宣①传之手段，流传之广，亦固其宜。居易《与元九书》云：

> 再来长安，又闻有军使高霞寓者，欲聘娼妓，妓大夸曰："我诵得白学士《长恨歌》，岂同他妓哉！"由是增价。又足下书云，到通州日，见江馆柱间有题仆诗者，复何人哉？又昨过汉南日，适遇主人集众乐，娱他宾。诸妓见仆来，指而相顾曰："此是《秦中吟》《长恨歌》主耳。"自长安抵江西，三四千里，凡乡校、佛寺、逆旅、行舟之中，往往有题仆诗者。士庶、僧徒、孀妇、处女之口，每每有咏仆诗者。

稹为居易序《长庆集》，亦称：

> 二十年间，禁省、观寺、邮候墙壁之上无不书，王公

---

① "宣"，原作"宜"，形近而误。

妾妇、牛童马走之口无不道。至于缮写模勒炫卖于市井，或持之以交酒茗者，处处皆是。其甚者有至于盗窃名姓，苟求自售，杂乱间厕，无可奈何。予尝于平水市中，见村校诸童竞习歌咏，召而问之，皆对曰："先生教我乐天、微之诗。"……自篇章以来，未有如是流传之广者。

其所以致此之由，要不外"篇篇无空文，句句必尽规，惟歌生民病，愿得天子知"（《寄唐生诗》）之作，最能入人心坎。然每因求效太急，刺激力太强，往往一泻无余，稍其在文艺上之价值，或且从而受祸。于风人微婉之义，容或有亏。即居易亦自知其病，其《和答元九诗序》云：

顷者在科试间，常与足下同笔砚。每下笔时辄相顾，共患其意太切而理太周。故理太周则辞繁，意太切则言激。然与足下为文，所长在于此，所病亦在于此。

然此当仅就其讽谕诗方而言之，要为少年气盛有之所为，但得人心一快，未暇计文字之工拙与流布后之利害为何如也。及乎挫抑迭更，锋芒自戢，未能兼济，乃思独善其身。其作风前后不同，亦由于此。其晚年生活，如《池上篇》序[①]云：

每至池风春，池月秋，水香莲开之旦，露清鹤唳之夕，拂杨石，举陈酒，援崔琴，弹《秋思》，颓然自适，

[①] "序"，原作"章"，据文意改。

不知其他。酒酣琴罢,又命乐童登中岛亭,合奏《霓裳散序》。声随风飘,或凝或散,悠扬于竹烟波月之间者久之。曲末竟而乐天陶然已醉,睡于石上矣。

其襟怀散澹,不复以世间苦乐撄①心。向之所讥"放田园,溺山水"者,时亦不免躬自蹈之矣。其自定诗集,辄分"讽谕"、"闲适"、"感伤"、"杂律"四大类,而其之说云:

> 自拾遗来,凡所适所感,关于美刺兴比者,又自武德讫元和,因事立题,题为《新乐府》者,共一百五十首,谓之讽谕诗。又或退公独处,或移病闲居,知足保和,吟玩情性者一百首,谓之闲适诗。又有事物牵于外,情理动于内,随感遇而形于叹咏者一百首,谓之感伤诗。又有五言、七言、长句、绝句,自一百韵至两韵者四百余首,谓之杂律诗。
>
> 仆志在兼济,行在独善。奉而始终之则为道,言而发明之则为诗。谓之讽谕诗,兼济之志也。谓之闲适诗,独善之义也。故览仆诗,知仆之道焉。其余杂律诗,或诱于一时一物,发于一笑一吟,率然成章,非平生所尚者。但以亲朋合散之际,取其释恨佐欢。今铨次之间,未能删去。他时有为我编集斯文者,略之可也。

究其惬心之作,仍在"讽谕"、"闲适"二类。上述"补察时

---

① "撄",原作"樱",形近而误。

政，泄导人情"八字，实其达氏①一贯之主张。而居易在当时，犹恨目的之未能全达。其《与元九书》又云：

> 今仆之诗，人所爱者，悉不过杂律诗与《长恨歌》已下耳。时之所重，仆之所轻。至于讽谕者意激而言质，闲适者思澹而词迂，以质合迂，宜人之不爱也。

此书作于谪江州时，后此盖达旷自放。盖饱经忧患，已决意晦迹于"醉吟"矣。

元稹对白氏讽谕之义，最表同情。其作诗之动机，乃与居易所称"补察时政"不谋而合。其《叙诗寄乐天书》云：

> 稹九岁学赋诗，长者往往惊其可教。年十五六，粗识声病。时贞元十年已后，德宗皇帝春秋高，理务因人，最不欲文法吏生天下罪过。外闻节将，动十余年不许朝觐，死于其地不易者十八九。而又将豪卒愎之处，因丧负众，横相贼杀，告变骆驿，使者迭窥。旋以状闻天子曰："某邑将某能遏乱，乱众宁附，愿为帅。"名为众情，其实逼诈，因而可之者又十八九。前置介倅因缘交授者亦十四五。由是诸侯敢自为旨意，有罗列儿孙以自固者，有开导蛮夷以自重者。省寺符篆，固于几阁，甚者碍诏旨，视一境如一室，刑杀其下，不啻仆畜。厚加剥夺，名为进奉，其实贡入之数百一焉。京城之中，亭第邸店以曲巷

---

① "达氏"，不词，疑衍。

断；侯甸之内，水陆腴沃以乡里计；其余奴婢、资财、生生之备，称之。朝廷大臣，以谨慎不言为朴雅。以时进见者，不过一二亲信。直臣义士，往往抑塞。禁省之间，时或缮完隤坠。豪家大帅，乘声相扇，延及老佛，土木妖炽，习俗不怪。上不欲令有司备宫闱中，小碎须求，往往持币帛以易饼饵。吏缘其端，剥夺百货，势不可禁。仆时孩呆，不惯闻见，独于书传中初习，理乱萌渐，心体悸震，若不可活，思欲发之久矣。适有人以陈子昂《感遇》诗相示，吟玩激烈，即日为《寄思玄子》诗二十首。……又久之，得杜甫诗数百首，爱其浩荡津涯，处处臻到，始病沈、宋之不存寄兴，而讶子昂之未暇旁备矣。

当时政治日非，骎启藩镇割据之局，平民疾苦，如水益深。留心世运之诗人，自不得转移倾向，感时抚事，以尽箴规。于是杜甫讽刺时政之诗，遂为元、白所宗尚。稹且以为自"诗人以来，未有如子美者"（《杜甫墓系铭序》）。又尝与居易创新乐府，其《乐府古题序》云：

> 近代唯诗人杜甫《悲陈陶》《哀江头》《兵车》《丽人》等，凡所歌行，率皆即事名篇，无复倚傍。余少时与友人白乐天、李公垂辈，谓是为当，遂不复拟赋古题。

其反抗因袭之精神，而侧重社会民生之描写，实与居易取一致态度。其诗亦自分为八类：

（1）古讽："旨意可观，而词近古往者。"
（2）乐讽："意亦可观，而流在乐府者。"
（3）古体："词虽近古，而止于吟写性情者。"
（4）新题乐府："词实乐流，而止于模象物色者。"
（5）律诗
（6）律讽："稍存寄兴，与讽为流者。"
（7）悼亡
（8）艳诗

——《叙诗寄乐天书》

较之白氏，微为繁琐。而其作诗宗旨，将以"补察时政，泄导人情"，则二氏所为，同归一揆。其最重要之作品，在稹则有《和李校书新题乐府》十二首，在居易则有《秦中吟》十首、《新乐府》五十篇。并"不虚为文"（稹说），词主质直。稹之言曰：

昔三代之盛也，士议而庶人谤。又曰："世理则词直，世忌则词隐。"余遭理世而君盛圣，故直其词以示后。（《新题乐府序》）

居易之言曰：

其辞质而径，欲见之者易谕也。其言直而切，欲闻之者深诫也。其事核而实，使采之者传信也。其体顺而肆，可以播于乐章歌曲也。总而言之，为君、为臣、为民、为

物、为事而作,不为文而作也。(《新乐府序》)

元白讽谕诗,为便宣传而使见者易喻,故不得不力求浅显,而世或以"元轻白俗"讥之。不知用常语以达下情,须求适合口吻身分,视彼"镂金错采"之作,难且倍之。善乎刘熙载氏之赞香山曰:

> 代匹夫匹妇语最难。盖饥寒劳困之苦,虽告人,人且不知。知之,必物我无闲者也。杜少陵、元次山、白香山,不但如身入闾阎,目击其事,直与疾病之在身者无异。诵其诗,顾可不知其人乎?
> 常语易,奇语难,此诗之初关也。奇语易,常语难,此诗之重关也。香山用常得奇,此境良非易到。(《艺概》)

"用常得奇",要在真切。然此类诗,拟之盛唐诸子以深婉不迫之词出之者,究不可同年而语。试为举例如下:

上阳白发人　　元稹

天宝年中花鸟使,撩花狎鸟含春思。满怀墨诏求嫔御,走上高楼半酣醉。醉酣直入卿士家,闺闱不得偷回避。良人顾妾心死别,小女呼爷血垂泪。十中有一得更衣,永配深宫作宫婢。御马南奔胡马蹙,宫女三千合宫弃。宫门一闭不复开,上阳花草青苔地。月夜闲闻洛水声,秋池暗度风荷气。日日长看提象(一作"众")门,终身不见门前事。近年又送数人来,自言兴庆南宫至。我悲此曲将彻骨，更想深冤复酸鼻。此辈贱嫔何足言，帝子天孙古称贵。诸王在阁四十年，七宅六宫门户闷。隋炀枝条袭封邑，肃宗血胤无官位。王无妃媵主无婿，阳亢阴淫结灾累。何如决壅顺众流，女遣从夫男作吏。

上阳白发人 愍怨旷也　白居易

上阳人，红颜暗老白发新。绿衣监使守宫门，一闭上阳多少春！玄宗末岁初选入，入时十六今六十。同时采择百余人，零落年深残此身。忆昔吞悲别亲族，扶入车中不教哭。皆云入内便承恩，脸似芙蓉胸似玉。未容君王得见面，已被杨妃遥侧目。妒令潜配上阳宫，一生遂向空房宿。宿空房，秋夜长，夜长无寐天不明。耿耿残灯照背影，萧萧暗雨打窗声。春日迟，日迟独坐天难暮。宫莺百啭愁厌闻，梁燕双栖老休妒。莺归燕去长悄然，春往秋来不记年。唯向深宫望明月，东西四五百回圆。今日宫中年最老，大家遥赐尚书号。小头鞋履窄衣裳，青黛点眉眉细长。外人不见见应笑，天宝末年时世妆。上阳人，苦最多。少亦苦，老亦苦，少苦老苦两如何！君不见昔时吕向《美人赋》，（天宝末，有密采艳色者，当时号花鸟使。吕向献《美人赋》以讽之。）又不见今日上阳白发歌。

二诗同为宫人代抒冤苦，白作虽较元尤"顺而肆"，究不若王昌龄之"奉帚平明金殿开，拟将团扇共徘徊。玉颜不及寒鸦色，犹带昭阳日影来"（《殿前曲》）为微婉而有余韵，令人寻

味无穷也。此外受老杜影响最深之作,如:

伤宅　白居易

谁家起甲第,朱门大道边?丰屋中栉比,高墙外回环。累累六七堂,栋宇相连延。一堂费百万,郁郁起青烟。洞房温且清,寒暑不能忤。高堂虚且迥,坐卧见南山。绕廊紫藤架,夹砌红药栏。攀枝摘樱桃,带花移牡丹。主人此中坐,十载为大官。厨有臭败肉,库有贯朽钱。谁能将我语,问尔骨肉间。岂无穷贱者,忍不救饥寒?如何奉一身,直欲保千年?不见马家宅,今作奉诚园。

秦中吟·买花

帝城春欲暮,喧喧车马度。共道牡丹时,相随买花去。贵贱无常价,酬直看花数。灼灼百朵红,戋戋五束素。上张幄幕庇,旁织笆篱护。水洒复泥封,移来色如故。家家习为俗,人人迷不悟。有一田舍翁,偶来买花处。低头独长叹,此叹无人喻:一丛深色花,十户中人赋。(同上)

此类之作,皆从老杜《奉先咏怀》来,特用笔较平,少开阖变化之趣耳。《新乐府》五十篇,大半祖述少陵之"三吏[①]"、"三别"。再举一首如下:

---

① "吏",原作"兼",据文意改。

新丰折臂翁 戒边功也

新丰老翁八十八,头鬓眉须皆似雪。玄孙扶向店前行,左臂凭肩右臂折。问翁臂折来几年?兼问致折何因缘?翁云"贯属新丰县,生逢圣代无征战。惯听梨园歌管声,不识旗枪与弓箭。无何天宝大征兵,户有三丁点一丁。点得驱将何处去,五月万里云南行。闻道云南有泸水,椒花落时瘴烟起。大军徒涉水如汤,未过十人二三死。村南村北哭声哀,儿别爷娘夫别妻。皆云前后征蛮者,千万人行无一回。是时翁年二十四,兵部牒中有名字。夜深不敢使人知,偷将大石捶折臂。张弓簸旗俱不堪,从兹始免征云南。骨碎筋伤非不苦,且图拣退归乡土。此臂折来六十年,一肢虽废一身全。至今风雨阴寒夜,直到天明痛不眠。痛不眠,终不悔,且喜老身今独在。不然当时泸水头,身死魂孤骨不收。应作云南望乡鬼,万人冢上哭呦呦"。老人言,君听取!君不闻,开元宰相宋开府,不赏边功防黩武。又不闻,天宝宰相杨国忠,欲求恩幸立边功。边功未立生人怨,请问新丰折臂翁。

以纯文艺眼光,衡量此等篇什,究嫌平铺直叙,缺乏波澜。是时(元和四年)居易方官拾遗,负有谏诤之责。所谓"为民、为物、为事而作",致其体转近箴规。且值壮年气盛之时,自亦难免径露之病。至于铺陈时事,溢为歌行,多则千言,少犹数百,其情词宛转,而声调铿锵,最易动人。而号称"元和体"者,在居易则有《长恨歌》《琵琶行》等篇,在稹则莫过

《连昌宫词》。兹录《连昌宫词》以示例：

连昌宫中满宫竹，岁久无人森似束。又有墙头千叶桃，风动落花红蔌蔌。宫边老翁为余泣，小年进食曾因入。上皇正在望仙楼，太真同凭阑干立。楼上楼前尽珠翠，炫转荧煌照天地。归来如梦复如痴，何暇备言宫里事？"初过寒食一百六，店舍无烟宫树绿。夜半月高弦索鸣，贺老琵琶定场屋。力士传呼觅念奴，念奴潜伴诸郎宿。须臾觅得又连催，特敕街中许然烛。春娇满眼睡红绡，掠削云鬟旋妆束。飞上九天歌一声，二十五郎吹管逐。逡巡大遍《凉州》彻，色色《龟兹》轰陆续。李谟擪笛傍宫墙，偷得新翻数般曲。平明大驾发行宫，万人歌舞途路中。百官队仗避岐薛，杨氏诸姨车斗风。明年十月东都破，御路犹存禄山过。驱令供顿不敢藏，万姓无声泪潜堕。两京定后六七年，却寻家舍行宫前。庄园烧尽有枯井，行宫门闭树宛然。尔后相传六皇帝，不到离宫门久闭。往来年少说长安，玄武楼成花萼废。去年敕使因斫竹，偶值门开暂相逐。荆榛栉比塞池塘，狐兔骄痴缘树木。舞榭歌倾基尚在，文窗窈窕纱犹绿。尘埋粉壁旧花钿，乌啄风筝碎珠玉。上皇偏爱临砌花，依然御榻临阶斜。蛇出燕巢盘斗栱，菌生香案正当衙。寝殿相连端正楼，太真梳洗楼上头。晨光未出帘影黑，至今反挂珊瑚钩。指似傍人因恸哭，却出宫门泪相续。自从此后还闭门，夜夜狐狸上门屋。"我闻此语心骨悲，太平谁致乱者谁？翁言野父何分别？耳闻眼见为君说。姚崇宋璟作相公，劝谏上皇言语切。爕理阴阳禾黍丰，调和中外无兵戎。长官清平太守好，拣选皆言由至公。开元之末姚宋死，朝廷渐渐由妃子。禄山宫里养作儿，虢国门前闹如市。弄权宰相不记名，依稀忆得杨与李。庙谟颠倒四海摇，五十年来作疮痏。今皇神圣丞相明，诏书才下吴蜀平。官军又取淮西贼，此贼亦除天下宁。年年耕种宫前道，今年不遣子孙耕。老翁此意深望幸，努力庙谟休用兵。

此类诗纯用铺张排比，联翩而下。清代吴伟业一派，即其支流。至元、白二氏之抒情诗，以年龄身世关系，颇不一致。大抵元氏最笃夫妇朋友之谊，兼富凄音。除《遣悲怀》三首为世传诵，悼亡之作竟至一卷之多。寄白诸篇，并极恳挚。兹举二绝句，以见一斑：

残灯无焰影幢幢，此夕闻君谪九江。垂死病中惊坐起，暗风吹雨入寒窗。(《闻乐天授江州司马》)
远信入门先有泪，妻惊女哭问何如？寻常不省曾如此，应是江州司马书。(《得乐天书》)

居易自遭迁谪，诗境即日趋平淡。洎乎晚岁，一切纯任自然。闲适之诗，不觉多于讽谕。此类之作，亦举一篇：

平旦起视事，亭午卧掩关。除亲簿领外，多在琴书前。况有虚白亭，坐见海门山。潮来一凭槛，宾至一开

筵。终朝对云水，有时听管弦。持此聊过日，非忙亦非闲。山林太寂寞，朝阙空喧烦。唯兹郡阁内，嚣静得中间。(《郡亭》)

近人陈石遗先生(衍)又极赏白氏七言律诗，谓其"骨肉停匀，铢两悉称，非火候功深者，不克有此"。集中如《偶作》云：

篮舁出即忘归舍，柴户昏犹未掩关。闻客病时惭体健，见人忙处觉心闲。清凉秋寺行香去，和暖春城拜表还。《木雁》一篇须记取，致身才与不才间。

一种萧闲自得之状，溢于字里行间。总之元、白少年诗，多涉讽谕，或伤径直。至其抒写性灵之作，亦复真趣盎然。至杜牧讥其"纤艳不逞，非庄士雅人所为，流传人间，子父女母，交口教授，淫言媟语，入人肌骨不可去"(《新唐书》引)，直党同伐异之论，元、白不任受过也。

(二) 张 籍 王 建

唐代新乐府派诗人，主张与元、白相同而辈行稍先者，当推张籍、王建。张、王乐府，当世并称。其关怀社会民生、指斥时政得失，胆大不亚于元、白，而技术精巧，犹或过之。虽并源出杜陵，面目自异。沈德潜横加贬抑，谓："张文昌、王仲初乐府,专以口齿利便胜人,雅非贵品。"(《说诗晬语》)真迂腐之谈也。

张籍字文昌,和州乌江人。第进士,为太常寺太祝。久次,迁秘书郎。(韩)愈荐为国子博士,历水部员外郎,主客郎中。当世有名士皆与游,而愈贤重之。籍性狷直,尝责愈喜博簺及为驳杂之说,论议好胜人。……为诗长于乐府,多警句。仕终国子司业。(《唐书》卷一百七十六)

籍与韩(愈)、孟(郊)、元(稹)、白(居易)并有往还,而韩、白对之尤为敬礼。愈有《调张籍》《赠张籍》《咏雪赠张籍》及《与张十八籍》酬和之作二十余篇,可见其交谊之笃。郊亦有《寄张籍》诗云:

穷瞎张太祝,纵尔有眼谁尔珍。天子咫尺不得见,不如闭眼且养真。

籍之牢落失意,可于此诗知之。其《祭退之》诗,历数平生风谊。略云:

籍在江湖间,独以道自将。学诗为众体,久乃溢笈囊。略无相知人,黯如雾中行。北游偶逢公,盛语相称明。名因天下闻,传者入歌声。……出则连辔驰,寝则对榻床。搜穷古今书,事事相酌量。有花必同寻,有月必同望。为文先见草,酿熟偕共觞。新果及异鲜,无不相待

> 尝。到今三十年，曾不少异更。公文为时师，我亦有微声。而后之学者，或号为"韩张"。

两人之亲密如此，宜其诗风一似昌黎。而除此等叙事诗一用古文法为之，与愈格调相仿外，其横空硬语专以抒写胸臆为务。如愈诸七言古体者，籍固不少概见，而转移其方向，专注于讽刺当世之言。以此见韩门之大无不包，而籍之不以一体自隘也。籍又有《酬浙东元尚书》诗，又有《寄白宾客分司东都》诗。张、王、元、白创作新乐府之动机，不免彼此交互影响。韩孟、元白，在当时显然二大潮流。吾意能融会沟通，居调停地位而卓然有以自树者，则张籍之为也。故居易亦盛称之。其《读张籍古乐府》云：

> 张君何为者？业文三十春。尤工乐府诗，举代少其伦。为诗意如何？六义互铺陈。风雅比兴外，未尝著空文。读君学仙诗，可讽放佚君。读君董公诗，可诲贪暴臣。读君商女诗，可感悍妇仁。读君勤齐诗，可劝薄夫敦。上可裨教化，舒之济万民。下可理情性，卷之善一身。始从青衿岁，迨此白发新。日夜秉笔吟，心苦力亦勤。时无采诗官，委弃如泥尘。恐君百岁后，灭没人不闻。愿藏中秘书，百代不湮沦。愿播内乐府，时得闻至尊。………（《白氏长庆集》）

居易于韩、孟诗不少称说，独对籍服膺如是，其意固以杜陵而后"但歌生民病"者，惟籍为然也。籍所有关于社会问题之作，约可分为下列各类。

（甲）指斥商人为剥削阶级者：

山 农 词

老农家贫在山住，耕种山田三四亩。苗疏税多不得食，输入官仓化为土。岁暮锄犁傍空室，呼儿登山收橡实。——西江贾客珠百斛，船中养犬长食肉。

贾 客 乐

金陵向西贾客多，船中生长乐风波。欲发移船近江口，船头祭神各浇酒。停杯共说远行期，入蜀经蛮远别离。金多众中为上客，夜夜算缗眠独迟。秋江初月猩猩语，孤帆夜发潇湘渚。水工持楫防暗滩，直过山边及前侣。年年逐利西复东，姓名不在县籍中。农夫税多长辛苦，弃业宁为贩宝翁。

（乙）反对战争，因而攻击统治阶级者：

废 居 行

胡马崩腾满阡陌，都人避乱唯空宅。宅边青桑垂宛宛，野蚕食叶还成茧。黄雀衔草入燕窠，啧啧啾啾白日晚。去时禾黍埋地中，饥兵掘土翻重重。鸱鸮养子庭树上，曲墙空屋多旋风。——乱后几人还本土？唯有官家重作主。

（丙）为妇人女子，代呼冤屈者：

妾薄命

薄命嫁得良家子，无事从军去万里。汉家天子平四夷，护羌郡尉裹尸归。念君此行为死别，对君裁缝泉下衣。与君一日为夫妇，千年万岁亦相守。君爱龙城征战功，妾愿青楼歌乐同。人生各各有所欲，讵得将心入君腹？

离妇

十载来夫家，闺门无瑕疵。薄命不生子，古制有分离。托身言同穴，今日事乖违。念君终弃捐，岂能强在兹？堂上谢姑嫜，长跪请离辞。姑嫜见我往，将决复沉疑。与我古时钗，留我嫁时衣。高堂拊我身，哭我于路陲。昔日初为妇，当君贫贱时。昼夜常纺绩，不得事蛾眉。辛勤积黄金，济君寒与饥。洛阳买大宅，邯郸买侍儿。夫婿乘龙马，出入有光仪。将为富家妇，永为子孙资。谁谓出君门，一身上车归！——有子未必荣，无子坐生悲。为人莫作女，作女实难为！

凡此所言，出诸当世诗人之口，自是非常异义可怪之论。愈虽雄骜①，但作得"臣罪当诛兮，天王圣明"而已，何曾有此胆量魄力？又其开阖动宕，不假铺排，有时调急声繁，旋折而下。

---

① "骜"，原作"鹜"，据文意改。

居易且当避席,遑论微之?

若论描写手腕之高,则集中《乌夜啼引》尤为哀艳。其体亦源古乐府,但能将痴心少妇情怀曲曲传出,为难能可贵耳。兹录如下:

> 秦乌啼哑哑,夜啼长安吏人家。吏人得罪囚在狱,倾家卖产将自赎。少妇起听夜啼乌,知是官家有赦书。下床心喜不重寐,未明上堂贺舅姑。少妇语啼乌:"汝啼慎勿虚!借汝庭树作高巢,年年不令伤尔雏。"

> 王建字仲初,颍川人。大历十年进士。初为渭南尉,历秘书丞、侍御史。太和中,出为陕州司马,从军塞上。后归咸阳,卜居原上。建工乐府,与张籍齐名。宫词百首,尤传诵人口。(《全唐诗》小传)

建与籍厚善,其《送张①籍归江东》诗既云:"君诗发大雅,正气回我肠。复令五彩姿,洁白归天常。"又有"出处两相因,如彼衣与裳"之句。宜建诗之受其影响,而并驾齐驱也。独怪籍所交游,如韩、孟、元、白之伦与建都无来往,岂出处会遇,容有参差欤?

建所作乐府,多为劳工代抱不平,而致慨乎在上者之未能关心民瘼、社会制度之未能适符民望。综其要旨,不外二端:

(甲)写男工之痛苦者:

---

① "张",原缺,据《全唐诗》补。

水 夫 谣

苦哉生长当驿边,官家使我牵驿船。辛苦日多乐日少,水宿沙行如海鸟。逆风上水万斛重,前驿迢迢后淼淼。半夜缘堤雪和雨,受他驱遣还复去。夜寒衣湿披短蓑,臆穿足裂忍痛何!至明辛苦无处说,齐声腾踏牵船出。一间茅屋何所直?父母之乡去不得!我愿此水作平田,长使水夫不怨天。

水 运 行

西江运船立红帜,万棹千帆绕江水。去年六月无稻苗,已说水乡人饿死。县官部船日算程,暴风恶雨亦不停。在生有乐当有苦,三年作官一年行。坏舟畏鼠复畏漏,恐向太仓折升斗。辛勤耕种非毒药,看着不入农夫口。用尽百金不为费,但得一金即为利。远征海稻供边食,岂如多种边头地?

(乙)写女工之痛苦者:

簇 蚕 辞

蚕欲老,箔头作茧丝皓皓。场宽地高风日多,不向中庭瞰蒿草。神蚕急作莫悠扬,年来为尔祭神桑。但得青天不下雨,上无苍蝇下无鼠。新妇拜簇愿茧稠,女洒桃浆男打鼓。三日开箔雪团团,先将新茧送县官。已闻乡里催织作,去与谁人身上着!

当　窗　织

叹息复叹息！园中有枣行人食。贫家女为富家织，翁母隔墙不得力。水寒手涩丝脆断，续来续去心肠烂。草虫促促机下啼，两日催成一匹半。输官上头有零落，姑未得衣身不着。当窗却羡青楼倡，十指不动衣盈箱。

织　锦　曲

大女身为织锦户，名在县家供进簿。长头起样呈作官，闻道官家中苦难。回花侧叶与人别，唯恐秋天丝线干。红缕葳蕤紫茸软，蝶飞参差花宛转。一梭声尽重一梭，玉腕不停罗袖卷。窗中夜久睡髻偏，横钗欲堕垂着肩。合衣卧时参没后，停灯起在鸡鸣前。一匹千金亦不卖，限日未成官里怪。锦江水涸贡转多，宫中尽着单丝罗。莫言山积无尽日，百尺高楼一曲歌。

此等诗并有社会主义色彩，所谓"为事而作，为人而作"，纯用客观描写，而与元、白同其旨归者也。至于宫词百首，并写宫中行乐之情，富丽堂皇，别具风格。玩华藻者，可睹①观焉。

（三）李　贺　　李　益

贞元、元和间（约八〇一——八二〇），乐府歌词除张、王

---

① "睹"，原作"者"，据文意改。

外，其辈行稍先于元、白者，当推李贺、李益。而益长绝句，专尚风神；贺擅歌行，务为险丽。以视张、王、元、白，取径各殊，而往往播于乐章，俨然分鼎三足。贺之呕心琢句，采藻缤纷，宋代词人莫不沾丐余馥。论其铸词造语，当时惟一孟郊差堪颉颃。而郊之清寒，不若贺之奇丽。唐诗人技术之巧，方面之多，盖未有盛于此时者也。

  贺字长吉，系出郑王后。七成能辞章。每旦日出，骑弱马，从小奚奴，背古锦囊。遇所得，书投囊中。未始先立题然后为诗，如他人牵合程课者。及暮归，足成之。非大醉、吊丧日率如此。过亦不甚省。母使婢探囊中，见所书多，即怒曰："是儿要呕出心乃已耳。"辞尚奇诡，所得皆惊迈，绝去翰墨畦径，当时无能效者。乐府数十篇，云韶诸工，皆合之弦管。为协律郎，卒，年二十七。（《新唐书·文艺传》）

贺死后凡十有五年（太和五年），京兆杜牧为序其歌诗编，推挹备至。所谓：

  云烟绵联，不足为其态也；水之迢迢，不足为其情也；春之盎盎，不足为其和也；秋之明洁，不足为其格也；风樯阵马，不足为其勇也；瓦棺篆鼎，不足为其古也；时花美女，不足为其色也；荒国陊殿，梗莽丘垄，不足为其怨恨悲愁也；鲸呿鳌掷，牛鬼蛇神，不足为其虚荒诞幻也。盖骚之苗裔，理虽不及，辞或过之。

牧又称："使贺且未死，少加以理，奴仆命骚可也。"原贺诗之所以能备诸变化，由其刻意之极，锤幽凿险，开径自行。日徜徉于溪山间，赏玩大自然之景色，心摹而手追之，以类万物之情。恒随物态转移，斯无笼统陈熟之语绕其笔端。观察入微，体会入微，描写入微，长吉胜处在此。后来评论，互有抑扬，且引数条，以资参证：

（一）王世贞云："长吉师心，故尔作怪。亦有出人意表者，然奇过则凡，老过则稚。此君所谓不可无一，不可有二。"（《艺苑卮言》卷四）

（二）沈德潜云："长吉诗每近《天问》《招魂》，楚骚之苗裔也。特语语求工，而波澜堂庑又窄，所以有'山节藻棁'之诮。"（《说诗晬语》卷上）

（三）黎简云："长吉诗似小古董，不足贡明堂清庙。然使人摩挲凭吊不能已，其体未纯而情有余也。"（黎批李集）

诸家评论贺诗，大抵玩华藻者赏其琢句之新奇，喜幽僻者取其运意之精辟。所谓"私心作怪"，其长处迥不犹人，而火候未纯，往往至于费解。综观全集，亦颇受韩派诗人影响。有排奡雄强，雅近昌黎者，如《雁门太守行》之类是也：

雁门太守行

黑云压城城欲摧，甲光向日金鳞开。角声满天秋色里，塞上胭脂凝夜紫。半卷红旗临易水，霜重鼓寒声不起。报君黄金台上意,提携玉龙为君死。

有怪诞杂以神话,极似玉川者,如《苦昼短》之类是也:

苦 昼 短

飞光飞光,劝尔一杯酒。吾不识青天高,黄地厚。惟见月寒日暖,来煎人寿。食熊则肥,食蛙则瘦。神君何在?太乙安有?天东有若木,下置衔烛龙。吾将斩龙足,嚼龙肉,使之朝不得回,夜不得伏。自然老者不死,少者不哭。何为服黄金,吞白玉?谁是任公子,云中骑碧驴?刘彻茂陵多滞骨,嬴政梓棺费鲍鱼。

(以下缺)

诗词学（受砚庐丛稿之一）

整理说明

《诗词学》,署龙榆生述,国立暨南大学讲义,与《唐宋诗学概论》合订,上海图书馆藏。查张晖《龙榆生先生年谱(增订本)》,未见著录。根据书名副标题"受砚庐丛稿之一"可知,书稿约成于1931年朱祖谋去世后。全书分为上、中、下两篇,上篇为诗词曲学总论,中篇为诗学通论,下篇为词学通论,惜今仅存上篇前五章内容,亦为残稿。书中另有不少圈点和校改字迹,经初步辨认,当为作者批点手迹。今据上图藏本录入整理,为避免繁冗,凡引文中出现的讹误,皆据征引文献之通行本径改,不再另出校记;而作者在正文表述中出现的误字、缺字和衍字,则一律出校,并加以说明。

目 次 ○

上 篇

第一章　诗词之义界 / 211

第二章　诗歌起源 / 214

第三章　诗歌之体制 / 217

第四章　曲词起原 / 227

第五章　曲词之体制 / 233

第六章　四声与韵律

第七章　宫调

第八章　诗歌作法

第九章　曲词作法

中 篇

第一章　论十五国风

第二章　论汉魏乐府诗

第三章　南北朝诗概说

第四章　唐诗概说

第五章　宋诗概说 / 9

第六章　元明诗概说

第七章　清诗概说

第八章　近代诗体之解放

下　篇

第一章　唐五代词概说

第二章　宋词概说

第三章　金元词概说

第四章　明词概说

第五章　清词概说

第六章　附论元人散曲

第七章　附论明清散曲

第八章　近人研究词曲之态度

第九章　结论

上篇

第一章　诗词之义界

"诗"与"词",其始皆乐歌也。《史记》称:"《诗》三百五篇,孔子皆弦歌之,以求合韶武雅颂之音。"(卷四十七)由三百篇而汉魏乐府,而唐人绝句,而宋词,而元曲,其体制之变移,咸以音乐为枢纽。诗、词异名而同实,盖一时代乐曲之转变,有以致之也。

诗、词既以音乐关系,在形式上,遂不能不有显然之区别。兹且明定义界,以便研寻。

《诗大叙》称:"诗者,志之所之也。在心为志,发言为诗。情动于中,而形于言。言之不足,故嗟叹之;嗟叹之不足,故咏歌之;咏歌之不足,不知手之舞之,足之蹈之也。"所谓情动言形,手舞足蹈,举凡人世间可悲可喜可歌可泣之事,未有不思所以表达之,以引起人类之共鸣而后快者。其表达之方式,要不外语言与文字、舞蹈与音乐而已。而声情与乐艺,往往藉文字以传。故知诗者,为有声韵组织之特殊文字，而以发抒人类情感、引起共鸣为职志，而与乐舞同其功能者也。

"词"亦诗之流变，唐宋间谓之"曲子词"（见《花间集序》），简称"曲子"，亦称"长短句"。后来作者益众，乃取"词"之一字，为此种新兴乐府诗之专名，骎骎与诗立于对等地位。方成培曰："古者诗与乐合，而后世诗与乐分，古人缘诗而作乐，后人倚调以填词。古今若是其不同，而钟律宫商之理，未尝有异也。自五言变为近体，乐府之学几绝。唐人所歌多五、七言绝句，必杂以散声，然后可被之管弦，如《阳关》诗必三叠而后成音，此自然之理。后来遂谱其散声，以字句实之，而'长短句'兴焉。故'词'者，所以济近体之穷，而上承乐府之变也。"（《香研居词麈》卷一）此其说又本诸宋人。沈括云："古乐府有声有词，连属书之，如曰'贺贺贺'、'何何何'之类，皆和声也。今管弦中之缠绕声，亦其遗法。唐人乃以词填入曲中，不复用和声。"（《梦溪笔谈》）朱熹云："古乐府只是诗，中间却添许多泛声。后来人怕失了那泛声，逐一声添个实字，遂成长短句，今曲子便是。"（《朱子语类》百四十）综上诸家之论，则知词体之成，实由于欲求声词之吻合。在乐府诗中，为一大进步。然此种演进，亦有多方面之影响，而其最大原因，当推"胡夷里巷之曲"，凭藉群众势力，以转移一时风气。此当于词体起源章内，更详论之。姑先为"词"定一义界曰："词者，为适应复繁之西域乐，因而创作之一种抒情文字也。"

诗词之疆界，既以音乐之转变而划分。其在形式上，则诗多四言、五言、七言，词则悉属参差不齐之长短句法。而其句度长短之数，声韵上平之差，又莫不由乐谱以为准度，非可任意出入也。大抵古诗多先有歌词而后按之以制谱，填词则先有乐谱而后实之以文字，此其根本不同之点也。至诗中有长短句，词中有自度腔，溢出恒情，又当别论矣。

第二章　诗歌起源

诗歌开始于人类语言开始之处（陆侃如《诗史》引波格达诺夫《无产阶级的诗歌》）。东西各国，莫不皆然。

《虞书》云："诗言志，歌永言，声依永，律和声。"诗歌伴舞蹈、音乐而俱生，实为人类发抒情感之工具，而对音乐关系，尤为密切。《小戴礼记》云："夫民有血气心知之性，而无哀乐喜怒之常，应感起物而动，然后心术形焉。"人类情感之表现于体态动作者为舞蹈，表现于金石丝竹匏土革木诸器具者为音乐，表现于语言文字者为诗歌，而音声之感人为尤至。《乐记》又云："凡音之起，由人心生也。人心之动，物使之然也。感于物而动，故形于声。声相应，故生变，变成方，谓之音。比音而乐之，及干戚、羽旄，谓之乐。"由此可知：一种有组织、富情感之语言，为音乐所有[①]生，亦即诗词之所由

[①] "有"，据作者旁批，疑为"自"之误。

起。沈约著《宋书·谢灵运传论》曰："民禀天地之灵，含五常之德，刚柔迭用，喜愠分情。夫志动于中，则歌咏外发。六义所因，四始攸系，升降讴谣，纷披风什。虽虞、夏以前，遗文不睹，禀气怀灵，理无或异。然则歌咏所兴，宜自生民始也。"据上诸说，则诗歌之起原问题，可以了然矣。

诗之起原，既若斯之早，何以商、周以前，绝少传作？此其故殆由彼时之文字，尚未臻于完善，难以表现人类复杂之情感。即有所讴咏，亦口耳相传，如今半开化民族之恋歌，曾无有为之收辑整理者。姬周尚文，始立采诗之官。《汉书·食货志》云：

> 孟春之月，群居者将散，行人振木铎徇于路，以采诗，献之大师，比其音律，以闻于天子。

何休《公羊传》注亦有"男年六十、女年五十无子者，官衣食之，使之民间求诗"之说。《诗》三百篇，独《国风》传作尤夥，则采诗之制，未必尽属汉人之臆度。且其中"三颂"，论时代或早于《国风》。庙堂文学之见重当时，被诸弦管，著之竹帛，自较民间讴谣，留传为易。孔子既有"《诗》三百五篇，皆弦歌之，以求合韶武雅颂之音"之事，则所传诸作，其始必曾经过音乐师（即所谓太师）一度之整理与编制，可以无疑。此种制度，汉代犹偶一举行。《汉书·礼乐志》云：

> 武帝定郊祀之礼，……乃立乐府，采诗夜诵，有赵、代、秦、楚之讴。以李延年为协律都尉，多举司马相如等

数十人造为诗赋，略论律吕，以合八音之调，作十九章之歌。

在汉以前，未有以诗为业且因以名家者。所有诗歌，除《雅》《颂》二体为歌功颂德之词，出于有意制作者外，大抵皆里巷男女自道其哀乐喜愠之情，其能发于声音者，未必悉能表于文字。不有人出而为之搜集整理，安有传世垂后之可能？观于《三百篇》及汉魏乐府之多无作者主名，其故可思矣。兹编所述，在未有专门诗家以前，一以《诗》三百篇及汉魏乐府为主，并先著其说于此云。

第三章　诗歌之体制

《周礼·春官·宗伯》:"大师教六诗:曰风,曰赋,曰比,曰兴,曰雅,曰颂。"《诗大叙》亦云:"诗有六义焉:一曰风,二曰赋,三曰比,四曰兴,五曰雅,六曰颂。"所谓"六诗""六义",应谓诗歌之体制,合有六种。而郑玄答张逸问云:"赋、比、兴,吴札观诗已不歌。孔子录诗,已合风、雅、颂中,难得摘别。"(《郑志》)由是诸家对"六诗"之义,亦复聚讼纷如。兹特节取众说,分释如下:

(1) 释"六义"为六种诗体。《周礼》郑注:"风,言贤圣治道之遗化也。赋之言铺,直铺陈今之政教善恶。比,见今之失不敢斥言,取比类以言之。兴,见今之美,嫌于媚谀,取善事以喻劝之。雅,正也,言今之正者以为后世法。颂之言诵也,容也,诵今之德,广以美之。"近人章太炎先生,解风雅颂,亦依旧说,对于"赋"认为与后代之赋相同,"比"读为《驾辩》《九辩》之"辩","兴"读为"𢅥","兴、讔相似"

(《检讨六诗说》)。

（2）释"六义"为半系诗体、半系作诗之法。孔颖达曰："'风雅颂'者，诗篇之异体。'赋比兴'者，诗文之异辞耳。大小不同，而得并为六义者，'赋比兴'是诗之所用，'风雅颂'是诗之成形。用彼三事，成此三事，是故同称为义，非别有篇卷也。"(《毛诗正义》)后来朱熹，亦主此说，因有"三经""三纬"之称。以"风雅颂"为经，所谓十五国风、二雅、三颂是也。以"赋比兴"为纬，释作"直陈"、"比喻"、"托物"（详见《朱子语类》）。

（3）释"六义"全系作诗之法。程颢主张此说，其释"赋比兴"与旧说同，对于"风雅颂"则释为"讽刺"、"陈理"、"称美"（《吕氏家塾读书记》引）。

综上三说，皆不免牵强附会。我以为诗歌与音乐，既有连带关系，则所谓"六义"者，当然为诗体组织上之六种区别。"风雅颂"就音乐上之组织而言，"赋比兴"则为文字上三种不同之表现方式。请更征旧说，以证吾言：

> 惠士奇曰："风雅颂以音别也。《乐记》师乙曰：'广大而静，疏达而信者，宜歌大雅。恭俭而好礼者，宜歌小雅。'据此则大、小二雅，当以音乐别之。"(《诗说》)

以"风雅颂"为音乐上区别，征之《左氏传》而益信：

> 襄二十九年《春秋左氏传》："延陵季子观乐于鲁，使工为之歌《周南》《召南》，曰：'美哉！始基之矣，犹未

也。然勤而不怨矣。'为之歌《邶》《鄘》《卫》，曰：'美哉，渊乎！忧而不困者也。'为之歌《王》，曰：'美哉！思而不惧，其周之东乎？'为之歌《郑》，曰：'美哉！其细已甚。'为之歌《齐》，曰：'美哉，泱泱乎，大风也哉！'为之歌《豳》，曰：'美哉，荡乎！乐而不淫，其周公之乐乎？'为之歌《秦》，曰：'此之谓夏声。夫能夏则大，大之至也，其周之旧乎？'为之歌《魏》，曰：'美哉，沨沨乎！大而婉，险而易行，以德辅此，则明主也。'为之歌《唐》，曰：'思深哉！其有陶唐氏之遗民乎？'为之歌《陈》，曰：'国无主，其能久乎？'自《郐》以下无讥焉。为之歌《小雅》，曰：'美哉！思而不贰，怨而不言，其周德之衰乎？犹有先王之遗民焉。'为之歌《大雅》，曰：'广哉，熙熙乎！曲而有直体，其文王之德乎？'为之歌《颂》，曰：'至矣哉！五声和，八风平，节有度，守有序，盛德之所同也。'"

据此，诗体既异，乐音亦殊，则所谓六诗中之"风雅颂"，侧重于音乐组织上之区别，盖可知也。

至"赋比兴"为诗歌三种不同之表现方式，自郑玄、刘勰、钟嵘、朱熹之流，都无异说。刘氏《文心雕龙》云："比者，附也。兴者，起也。附理者切类以指事，起情者依微以拟议。起情故兴体以立，附理故比例以生。"（《比兴篇》）又曰："赋者，铺也，铺采摛文，体物写志也。"（《诠赋篇》）钟氏《诗品》亦云："文已尽而意有余，兴也。因物喻志，比也。直书其事，寓言写物，赋也。"郑、朱二说，已见上文，毋劳称引。此一事既明,请更进而讨论"六诗"之义。

"风雅颂"既与"赋比兴"同称"六诗",何以《三百五篇》又特标"风雅颂"三体?此其故盖由编辑诗歌者,以音乐为主。故孔子于正乐之际,犹取《三百篇》弦而歌之,以求合韶武雅颂之音。后世习见"风雅颂"之名,遂于"六诗"妄分体用。其实,"六义"皆乐歌组织上之要素,特"赋比兴"可于文字上求之,"风雅颂"则非听其音乐未易区别耳。

以上论《三百篇》体制。

自秦燔《乐经》,由是诗与乐离。至汉武帝立乐府,采赵、代、秦、楚之讴,而乐府诗遂继《三百篇》而起,规复声诗合一之旧。历汉魏晋宋,斯体大昌。郭茂倩辑《乐府诗集》,依歌曲之性质,析为二十类,每类皆有解题,叙述源流,极为赅备。兹分录如下:

(1) 郊庙歌辞

(2) 燕射歌辞

(3) 鼓吹曲辞

> 鼓吹曲,一曰短箫铙歌。蔡邕《礼乐志》曰:"汉乐四品,其四曰短箫铙歌,军乐也。"

(4) 横吹曲辞

> 横吹曲,其始亦谓之鼓吹,马上奏之,盖军中之乐也。北狄诸国,皆马上作乐,故自汉已来,北狄乐总归鼓吹署。其后分为二部,有箫笳者为鼓吹,用之朝会、道

路，亦以给赐。汉武帝时，南越七郡，皆给鼓吹，是也。有鼓角者为横吹，用之军中，马上所奏者是也。

（5）相和歌辞

《宋书·乐志》曰："相和，汉旧曲也，丝竹更相和，执节者歌。"《晋书·乐志》曰："凡乐章古辞之存者，并汉世街陌讴谣，《江南可采莲》《乌生十五子》《白头吟》之属。"其后渐被于弦管，即相和诸曲是也。魏晋之世，相承用之。……凡诸调歌词，并以一章为一解。

（6）清商曲辞

清商乐，一曰清乐。清乐者，九代之遗声。其始即相和三调是也，并汉魏已来旧曲。其辞皆古调及魏三祖所作。

（7）舞曲歌辞
（8）琴曲歌辞
（9）杂曲歌辞

《宋书·乐志》曰："古者天子听政，使公卿大夫献诗，耆艾修之，而后王斟酌焉。"然后被于声，于是有采诗之官。周室下衰，官失其职。汉、魏之世，歌咏杂兴，而诗之流乃有八名：曰行，曰引，曰歌，曰谣，曰吟，曰咏，曰怨，曰叹，皆诗人六义之余也。……杂曲者，历代有之，或心志之所存，或情思之所感，或宴游欢乐之所发，或忧愁愤怨之所兴，或叙离别悲伤之怀，或言征战行役之苦，或缘于佛老，或出自夷虏。兼收备载，故总谓之杂曲。

（10）近代曲辞

近代曲者，亦杂曲也，以其出于隋、唐之世，故曰近代曲也。

（11）杂歌谣辞

《尔雅》曰："徒歌谓之谣。"《广雅》曰："声比于琴瑟曰歌。"梁元章（一作"帝"）《纂要》曰："齐歌曰讴，吴歌曰歈，楚歌曰艳，浮歌曰哇，振旅而歌曰凯歌，堂上奏乐而歌曰登歌，亦曰升歌。"

（12）新乐府辞

凡乐府歌辞，有因声而作歌者，若魏之三调歌诗，因弦管金石，造歌以被之是也。有因歌而造声者，若清商、吴声诸曲，始皆徒歌，既而被之弦管是也。有有声有辞者，若郊庙、相和、铙歌、横吹等曲是也。有有辞无声者，若后人之所述作，未必尽被于金石是也。新乐府者，皆唐世之新歌也。以其辞实乐府，而未常被于声，故曰新乐府也。

以上十二类,皆依乐曲性质,加以区分,亦犹《诗二百篇》之有"风雅颂"也。至乐府命题,亦复名称不一。吴讷《文章辨体》所举,凡十二类。兹并列举之:

(1)歌。放情长言,杂而无方者曰歌。如《挟瑟歌》《襄阳歌》是。

(2)行。步骤驰骋,疏而不滞者曰行。如《君子行》《兵车行》是。

(3)歌行。兼之曰歌行。如《短歌行》《燕歌行》是。

(4)引。述事本末,先后有序,以抽其臆者曰引。如《箜篌引》《丹青引》是。

(5)曲。高下长短,委曲尽情,以道其微者曰曲。如《乌栖曲》《明妃曲》是。

(6)吟。吁嗟慨叹,悲忧深思,以申其郁者曰吟。如《梁父吟》《古长城吟》是。

(7)辞。因其立辞之意曰辞。如《明君辞》《白丝辞》是。

(8)篇。本其命篇之意曰篇。如《白马篇》《美女篇》是。

(9)唱。发歌曰唱。如《气出唱》是。

(10)调。条理曰调。如《清平调》是。

(11)怨。愤而不怒曰怨。如《长门怨》《玉阶怨》是。

(12)叹。感而发言曰叹。如《明妃叹》《楚妃叹》是。

此外,琴曲有畅,有操,有引,有弄(见梁元帝《纂要》)。杂歌谣有长歌、短歌、雅歌、缓歌、浩歌、放歌、怨歌、劳歌等行。体制纷繁，不可得而殚①述矣。

以上论乐府歌辞体制。

古诗以入乐为主，其辞亦多采自各方，故有诗篇，而无以诗为专业之诗人。汉魏以降，作者辈出，放言写志，乃有不歌之诗。又自沈约声病之说行，言诗者骎讲对仗，重浮切。自齐梁以讫隋唐之际，遂形成后世之所谓律诗。律诗至初唐，始完全树立。以其出世较晚，故亦谓之近体诗。而以篇无定句、句无定字、不拘平仄者谓之古体。古、近，对待名词，故假以为两种诗体之标识耳。古诗有四言、五言、七言、杂言诸体，而近体有律、绝之分，兹分述之如下：

（1）四言诗。四言诗以《三百篇》为主，汉魏间作者犹多，迨五、七言兴，此体遂日见式微。钟嵘《诗品》云："四言文约义广，取效风雅，每苦文繁而意少，故世罕习焉。"

（2）五言古体诗。五言诗起自何代何人，迄今未有定论。大抵《古诗十九首》多杂汉人之辞，建安文人并倡斯体。至魏晋南北朝，遂臻极盛。以上二下三句法，音节舒徐，而又无平仄、对偶之拘制，最宜抒写怀抱，故文人乐用，迄于今犹未全衰云。

（3）七言古体诗。世称七言起于汉武《柏梁台》诗，顾炎武已辨其谬误。今所传七言，莫早于曹丕之《燕歌行》"秋风萧瑟天气凉"一首。则建安之际，或为斯体之创作时期乎？

诗句之构成，由简趋繁，至五、七言而遂止。虽间有杂言

---

① "殚"，原作"弹"，形近而误。

一体，究属例外。岂不以声音之道，原不过五，递增变宫、变徵，以有七音。诗歌与乐律相应，至此遂不复能有增益乎？

诗本为有声韵组织之语言，以和谐为主。在声诗合一时代，其所藉以调和声律之法，有乐曲以资是正。故《诗三百篇》及汉魏乐府，无待于四声八病之发明，而自然有其疾徐高下之节奏也。迨文人以诗为专业，又未必人尽知音，乃创出一方便法门，以谋口耳间之和畅，而平仄之说，遂适用于诗歌。兹将律、绝诸体分述如下：

（1）五、七律。马位《秋窗随笔》："声律虽起于沈约，而以前粗已见之。陆云相谑之词，所谓'日下荀鸣鹤，云间陆士龙'，是五言律联；江淹《别赋》'春宫闷此青苔色，秋帐含兹明月光'，是七言律联。此近体之发端。"钱木庵《唐音审体》云："律诗始于初唐，至沈、宋而其格始备。律者，六律也，谓其声之协律也，如用兵之纪律、用刑之法律，严不可犯也。齐梁体二句一联，四句一绝，律诗因之，加以平仄相俪，用韵必双，不用单韵。"诗歌文字上之组织，盖至斯体而紧密极矣。

（2）五、七绝。论绝句之起原者，古有二说：一谓律先于绝，绝句犹言截句，盖截律诗之半而成。五言绝句，截五言律诗之半也。有截前四句者，如"移舟泊烟渚"云云是也；有截后四句者，如"功盖三分国"云云是也；有截中四句者，如"白日依山尽"云云是也；有截前后四句者，如"山中相送罢"云云是也。七绝亦然（《岘佣说诗》）。一谓绝先于律，五言绝句自五言古诗来，七言绝句自歌行来。此二体本在律诗之前，律诗从此出，演令充畅耳（《姜斋诗话》）。按二说各有所蔽。前说但见唐人绝句声调上恰似律诗之半,而忘五言四句之体已盛行于南北朝。后说但见四句诗古已有之,而不细辨唐调之平仄自异。其实绝句亦有古、近二体,未可以一例而言也。

（3）排律。《唐音审体》云:"自高棅《唐诗品汇》出,创'排律'之名。古人所谓排比声律者,排偶栉比,声和律整也。乃于四字中摘取二字,呼为排律,于义何居?"王士禛则谓:"唐人省试皆用排律,本只六韵而止,至杜始为长律。中唐元、白又蔓延至百韵,非古也。其法则'首尾开合、波澜顿挫'八字,约略尽之。"(《答古夫于亭诗问》)律诗格式,本极平板,八句之中,已不易运转自如,况连篇累牍,一以排偶之句法行之。其结果之不佳,自意中事。王氏"八字诀",能者几何?宜此体之不为世重也。

此外尚有六言律绝,作者偶一为之,究以格平而韵促,少弦外之音,不能抒写微婉之情,故流传绝尠。凡此脱离音乐关系之古今体诗,为魏晋以来文人抒情之工具,不歌而诵,沿袭至今,果其韵美而情真,亦自有其独立之价值,正不必以末流之弊,谓此体悉当拉杂摧烧之也。

以上论五七言诗体制。

第四章　曲词起原

诗词学之"词",亦曰"长短句",为"曲子词"或"乐府歌词"之简称。世人喜引《说文》"词,意内而言外也"一语,为此种文体之定义。其实所谓"意内而言外"者,不过指委曲达情之言词,初不为后来之词体,预标义例也。近人唐兰谓:"《花间集》所载唐五代词之调名,几全见于唐崔令钦《教坊记》所载曲名中,不如名之为曲之为当。"(《东方杂志》载《白石道人歌曲旁谱考》)其言近是。今为正名曰"曲词"。

欲知曲词之起原,当先知词为何种乐曲而作。郭茂倩云:"隋自开皇初,文帝置七部乐:一曰西凉伎,二曰清商伎,三曰高丽伎,四曰天竺伎,五曰安国伎,六曰龟兹伎,七曰文康伎。至大业中,炀帝乃立清乐、西凉、龟兹、天竺、康国、疏勒、安国、高丽、礼毕,以为九部,乐器工衣于是大备。唐武德初,因隋旧制,用九部乐。太宗增高昌乐,又造燕乐,而去礼毕曲。其著令者十部:一曰燕乐,二曰清商,三曰西凉,四曰天竺，五曰高丽，六曰龟兹，七曰安国，八曰疏勒，九曰高昌，十曰康国，而总谓之燕乐。声辞繁杂，不可胜纪。凡燕乐诸曲，始于武德、贞观，盛于开元、天宝。"（《乐府诗集·近代曲辞》）曲词原于隋唐间之燕乐杂曲，即郭茂倩所称之近代曲。举凡《乐府诗集》及《教坊记》所载杂曲三百余调，五代宋人大半皆用以填词。今高丽所传唐乐之基础小曲，别有《惜奴娇》《水龙吟》《千秋岁》《浪淘沙》《雨淋铃》《西江月》等令、慢曲四十三种，并全录宋、金时代之词（见《小说月报》第二十二卷内藤虎次郎著《宋乐与朝鲜乐之关系》）。可知唐宋以来盛行之词，与燕乐杂曲，相伴以起。欲解决词之起源问题及词与乐府诗之界限，非认定词生于燕乐杂曲，断不能得一满意之答案也。

《隋书·音乐志》载："开皇二年，齐黄门侍郎颜之推上言：'礼崩乐坏，其来自久。今太常雅乐，并用胡声。'"而《新唐书·礼乐志》亦云："周隋管弦杂曲数百，皆西凉乐也；鼓舞曲，皆龟兹曲也；唯琴工犹传楚汉旧声。"又《旧唐书·音乐志》云："自开元已来，歌者杂用胡夷里巷之曲。"据此种种，足证中国音乐界自隋迄宋，咸为西域乐即所谓燕乐之势力，而所谓"曲词"，即为适应此种乐曲而作者也。

惟是燕乐杂曲既盛行于隋唐之间，或由域外传来，或出国人自造，即如《乐府诗集》所载近代曲，其调名亦多见《花间集》中。然一检其词，除《纪辽东》《忆江南》《潇湘神》《拜新月》诸调参用三、五、七言，《宫中调笑》间用四言、六言句法外，余皆五、七言诗。欲求如五代宋人所作之长短句词，竟不可多得。此其故亦深可研究。

王灼《碧鸡漫志》叙述历代歌词之变化,并可灼然于曲词之起源。兹特节录其言如下:

> 古人初不定声律,因所感发为歌,而声律从之,唐、虞三代以来是也,余波至西汉末始绝。西汉时,今之所谓古乐府者渐兴,晋魏为盛,隋氏取汉以来乐器歌章古调并入清乐,余波至李唐始绝。唐中叶虽有古乐府,而播在声律则尠矣。士大夫作者,不过以诗一体自名耳。盖隋以来今之所谓曲子者渐兴,至唐稍盛,今则繁声淫奏,殆不可数。古歌变为古乐府,古乐府变为今曲子,其本一也。

王氏分中国乐歌为古歌、古乐府、今曲子三个时期,而说明其转变之由,皆为音乐关系。而以今曲子为继承古乐府之新兴歌词,最有特识。至于曲之有慢、近,不知始于何时,宋柳永、张先辈始盛为之,苏轼又稍附益以琴曲,然大抵皆燕乐曲也。

曲词与燕乐之关系既明,今且以历史眼光推测词体进展之步骤,约可分为下列各期:

(一)杂曲创作时期

自隋初以迄开元、天宝,方注意于乐曲之创作,而不遑注意于歌词之形式改造。故当时长短句之作,尚少流行。兹就《乐府诗集》所录近代曲,分类略述如下:

(甲)隋唐君臣所造曲:如隋炀帝之《纪辽东》《水调》

《河传》,唐太宗之《破阵乐》,唐明皇之《雨淋铃》,白居易之《桂华曲》《杨柳枝》等是。

(乙)边塞所进曲:如西凉府都督郭知运所进之《凉州歌》,西京节度盖嘉运所进之《伊州歌》,西凉府节度杨敬述所进之《婆罗门》等是。

(丙)乐工所造曲:如太常乐工马顺儿所造之《圣明乐》,张文收所造之《大酺乐》等是。

(丁)民间所造曲:如武后朝有一士人妻善觱栗,撰《离别难》曲以寄情;刘禹锡之《竹枝》,本出巴渝是。

此外如《宋史·乐志》所载歌舞曲,遽数不能悉终,其为隋唐间所创杂曲,当亦不在少数也。

(二)歌曲过渡时期

自唐初以迄贞元、元和之际,歌者仍多用新曲,杂和声以歌旧体律绝诗。《碧鸡漫志》云:"唐时古意亦未全丧,《竹枝》《浪淘沙》《抛球乐》《杨柳枝》,乃诗中绝句,而定为歌曲。故李太白《清平调》三章皆绝句。元、白诸诗,亦为知音者协律作歌。……《唐史》称李贺乐府数十篇,云韶诸工皆合之弦管。又称李益诗名与贺相埒,每一篇成,乐工争以赂求取之,被声歌,供奉天子。又称元微之诗,往往播乐府。"当时伶伎,既喜取名士诗句入歌曲,于是文人亦高自位置,不屑以词就者。然以长短有定数、形式极平板之诗句,入参差繁复之乐曲,势不得不用和声以资调协。沈括云:"诗之外又有和声,则所谓'曲'也。古乐府皆有声、有词，连属书之，如曰'贺贺贺'、'何何何'之类，皆和声也。今管弦之中缠声，亦其遗法也。唐人乃以词填入曲中，不复用和声。"（《梦溪笔谈》）在未以词填入曲中之前，唱时声词未能吻合，亦其进展之步骤应尔，不足深怪也。

（三）文人尝试填词时期

世传唐词以李白《忆秦娥》《菩萨蛮》二阕为最古，而此二词是否确出白手，尚成疑案。然以隋炀帝与其臣王胄所作之《纪辽东》，参用五、七言句法，固俨然曲词格式，则隋唐间非绝对无发生倚声填词之可能。但文人不屑以词就音，故少传作耳。文人之倚声填词，其有明文可考者，当推刘禹锡、白居易之《忆江南》一调。禹锡和居易《春词》，自注云："和乐天《春词》，依《忆江南》曲拍为句。"（《刘梦得文集》）刘、白皆能注意民间，不惜纡尊降格，以迁就当时流行之曲调，而收声词吻合之功。嗣是乃有文人，注意于此种新兴歌词之发展，而技术益加精密。在尝试时期，刘、白实开风气之先，厥功伟矣。

（四）曲诗确立时期

词至晚唐五代，已如奇葩之初胎，灿烂光华，照耀一世。今敦煌石室发现之唐写本《云谣集杂曲子》三十首，多男女相思及行役征戍之词。其真朴或出《花间》《尊前》之上，观其标题杂曲，可信为初期作品。但作者俱无名氏，每调字数多寡亦各悬殊。故吾人断定曲词确立时期，仍当以晚唐为准耳。晚唐诗人，如温庭筠、韦庄辈，遂以此为专业。史称庭筠"能逐弦吹之音，为侧艳之词"，不得不推为倚声家之鼻祖。此外如《花间》《尊前》二集之所采录，亦复美不胜收。欧阳炯叙《花间》，所谓："绮筵公子，绣幌佳人，递叶叶之花笺，文抽丽锦；举纤纤之玉指，拍按香檀。不无清绝之辞，用助娇娆之态"，可以想要[①]当时之盛况矣。

由上述四期，以观曲词之进展，自隋初以迄唐季，历四百年，暗长潜滋，乃获有此光荣之历史。可知一种新兴文学之建立，其来有渐，非偶然也。

吾人既知词之原于燕乐杂曲及其进展之步骤，则以前所称诗余等等之缪说，皆可不攻自破。即宋代慢词之云起，亦可以《宋史·乐志》"因旧曲造新声"一语解答之。至文字上之组织，以其为继承古乐府之新体歌词，自亦不能无所因袭，要不能以古诗或六朝乐府，为曲词之祖也。

[①] "想要"，疑为"想象"之误。

第五章　曲词之体制

《宋史·乐志》有"急慢诸曲几千数"之语。急、慢对文，二者当就乐曲之节拍言之，未必以歌词篇幅之长短论，如后来言词者以字数分令、慢也。自《草堂诗余》有小令、中调、长调之分，后世因之。毛先舒《填词名解》逞其臆说，谓："五十八字以内为小令，字五十九字始至九十字止为中调，九十一字以外者俱长调，此古人定例也。"万树《词律》，辞而辟之，是矣。张炎《词源·音谱篇》，除法曲、大曲外，则慢曲、引、近，名曰小唱。《高丽史·乐志》载唐乐基础小曲四十三种，亦皆令、慢词。可见世传之词调，如《词律》《词谱》之所收，皆小曲也。今言曲词之体制，当以小唱为主。张炎之说曰：

> 粤自隋、唐以来，声诗间为长短句。至唐人则有《尊前》《花间集》。迄于崇宁，立大晟府，命周美成诸人讨

论古音,审定古调,沦落之后,少得存者。由此八十四调之声稍传。而美成诸人又复增演慢曲、引、近,或移宫换羽,为三犯、四犯之曲,按月律为之,其曲遂繁。(《词源》卷下)

慢曲、引、近,为曲词之三种体制。张氏又为言其唱法云:"须得声字清圆,以哑筚篥合之,其音甚正,箫则弗及也。慢曲不过百余字,中间抑扬高下,丁、抗、掣、拽,有大顿、小顿、大住、小住、打、捎等字。真所谓上如抗,下如坠,曲如折,止如槁木,倨中矩,句中钩,累累乎端如贯珠之语,斯为难矣。"味张氏此语,则慢曲、引、近,殆皆一人独唱之歌词,非若大曲之遍数既多,必须连歌带舞也。兹且就此种小唱,为分别言其体制如下:

(一)令。词之有小令,人尽知之。然令之意义云何?载籍中无道及者。以私意推测,此"令"字似当作"酒令"之"令"解。盖令词之起,本以助绮筵之清欢。《本事诗》云:"中宗之世,尝因内宴,群臣皆歌《回波乐》,撰辞起舞。"《回波乐》本令词,以其字数不多,故得即时撰辞起舞。此令词之所以早于其他诸曲也。《词源》卷下论令曲云:"词之难于令曲,如诗之难于绝句,不过十数句,一句一字闲不得。末句最当留意,有有余不尽之意始佳。"宋翔凤《乐府余论》曰:"词自南唐以来,但有小令。"

(二)引、近。《乐府余论》曰:"以小令征引而长之,于是有《阳关引》《千秋岁引》《江城梅花引》之类。又谓之近,如《诉衷情近》《祝英台近》之类,以音调相近,从而引之也。"

（三）慢曲。《乐府余论》曰："引而愈长者则为慢。慢与曼通，曼之训，引也，长也，如《木兰花慢》《长亭怨慢》《拜新月慢》之类，其始皆令也。亦有以小令曲度无存，遂去慢字。亦有别制名目者。"又曰："慢词盖起宋仁宗朝。中原息兵，汴京繁庶，歌台舞席，竞赌新声。耆卿失意无俚，流连坊曲，遂尽收俚俗语言，编入词中，以便伎人传习。一时动听，散播四方。其后东坡、少游、山谷辈，相继有作，慢词遂盛。"按宋氏所说，皆臆度之词。今所传唐人写本《云谣集杂曲子》，兼备令、慢。即耆卿《乐章集》中之《倾杯乐》《雨淋铃》等皆唐调，不得谓慢词创自耆卿。《碧鸡漫志》亦称"唐中叶渐有今体曲子"，特宋代创作新声，为尤繁富耳。

（四）犯曲。姜夔曰："凡曲言犯者，谓以宫犯商、商犯宫之类，如道调宫'上'字住，双调亦'上'字住，所住字同，故道调曲中犯双调，或于双调曲中犯道调，其他准此。"（《白石道人歌曲·凄凉犯序》）今万氏《词律》所传，有《侧犯》《小镇西犯》《凄凉犯》《尾犯》《玲珑四犯》《花犯》《倒犯》《八犯玉交枝》等八调。

如上所述四类，后来填词家所用之调，类皆不出乎此。此四类皆缘乐曲上之分别，不能以字数多寡遽行断定为属某类。如《洞仙歌令》《采莲令》《六幺令》《百字令》之属，由八十余字以至百字，不得谓为慢曲、引、近也。又同一调名，而或令或慢，如《浪淘沙》有刘禹锡之七言绝句体，有李后主等之五十二字体，有周邦彦等之一百三十三字体。移宫换羽，偷声减字，其权操自知音之乐工。不似诗之律、绝，可由字句决定其体制也。

小唱之外，又有法曲、大曲、曲破、传踏之属，大率皆兼歌舞，联队合唱，声辞较繁，有似近来之歌舞剧，不若小曲之简而易举，故后世罕传焉。《词源·音谱篇》云："古人按律制谱，以词定声，此正'声依永，律和声'之遗意。有法曲，有五十四大曲，有慢曲。若曰法曲，则以倍四头管（即筚篥也）品之，其声清越。大曲则以倍六头管品之，其声流美。即歌者所谓曲破，如《望瀛》，如《献仙音》，乃法曲，其源自唐来。如《六幺》，如《降黄龙》，乃大曲，唐时鲜有闻。法曲有散序、歌头，音声近古，大曲有所不及。若大曲亦有歌者，有谱而无曲，片数与法曲相上下。其说亦在歌者称停紧慢，调停音节，方为绝唱。"据此，知法曲、大曲在南宋已日见式微矣。兹更分述如下：

（一）法曲。《唐书·礼乐志》："初隋有法曲，其音清而近雅。"《乐府诗集》："法曲起于唐，谓之法部。其曲之妙者，有《破阵乐》《一戎大定乐》《长生乐》《赤白桃李花》，余曲有《堂堂》《望瀛》《霓裳羽衣》《献仙音》《献天花》之类，总名法曲。"又"舞曲歌辞①"《霓裳辞》解题："白居易曰：'《霓裳》，法曲也，其曲十二遍，起于开元，盛于天宝。'凡曲将终，声拍皆促，唯《霓裳》之末，长引一声。故其歌云'繁音急节十二遍，跳鹤曲终长引声'是也。"法曲遍数既多，亦有散序。是其制作，略与大曲相同。特其音清雅，较为

（以下缺）

---

① "辞"，原作"舞"，据《乐府诗集》改。

朱弦集

龙榆生选录圈点

整理说明

《朱弦集》,一册,稿本,据序文可知,系1947年龙榆生在苏州狱中手抄唐宋绝句诗选。原书赠次女美宜,后归其侄龙培春(堂兄龙杞生之子)收藏,又由龙培春交予其子龙思训,今保存于北京风雨龙吟文化中心。张晖《龙榆生先生年谱(增订本)》"一九四七年"条曾引录龙氏致张寿平信札云:"比除撰《倚声学》外,曾选录唐宋诗词为《大风集》(七古)、《朱弦集》(七绝)、《明月集》(小令)以寄儿辈读之。惜参考书不多,殊为简陋耳!"张晖生前亦曾以此事询之龙厦材先生,"厦材先生说从来不曾记得有上面所说的几种书。也许这几种书并未完成;或者曾寄龙顺宜女士,其他兄弟姐妹并未看到"。今《朱弦集》尚存于大陆,而《大风集》和《明月集》也陆续在台湾被发现和披露。此次整理《朱弦集》,即据龙氏亲属所藏稿本录入,并校以唐诗总集和诗人别集,诗中圈点皆予以保留,而缺损文字亦据以补足。原书未编目次,为便于阅读,兹补编目录,谨此说明。

序

余以诗词教授各大学二十有余年，精力疲于为人，而对吾儿女，虽朝夕相聚，乃不及多所启示，以传吾业，心滋愧焉。一载坐困，生意都尽，交游遍海内，及门何啻万数。而患难之中，能相濡呴者，曾不及千之一。独吾长、次二女及长男，奋其智力，为我负教养弟妹之任。使予在缧绁中，得以安心养病，无家室冻馁之忧，以是益感骨肉天伦之爱出于至性，亦诗教之所由生也。余既深憾往时未尽教导之责，因以暇日纂录唐宋小词为《明月集》，以贻吾长女。今吾次女美宜，将离阿母，于役台湾，远致菽水之养，来吴作别。余不能无所系念，而又无物以赠行也。乃复采集唐宋小诗为《朱弦集》，使携之行箧，为朝夕吟讽之资。美儿生于厦门，素喜美术，今以余故，不获竟其所学，而孑身远行。余于万感交集之余，惟冀吾儿观大海之波涛，以自拓其襟抱。台湾与厦门，仅隔一衣带水，沦亡且五十年而复归我版图。揽域外之风光，思宗邦之憔悴，或有如唐诗人所谓"一片伤心画不成"者。无声诗，有声画，吾儿试一参之。阿爹且排遣闲愁，以待吾儿归来之日，相与浩歌长啸也。

中华民国三十六年一月二十一日，夏历丙戌岁除，忍翁书于吴门狮子口狱中。

目 次 ○

五 言

洛堤晓行	上官仪 / 257
南行别弟	韦承庆 / 257
广州作	张说 / 257
汾上惊秋	苏颋 / 257
自君之出矣	张九龄 / 257
南楼望	卢僎 / 258
鸟鸣涧	王维 / 258
萍池	王维 / 258
鸬鹚堰	王维 / 258
孟城坳	王维 / 258
华子冈	王维 / 258
鹿柴	王维 / 258

木兰柴	王维	/ 258
栾家濑	王维	/ 259
白石滩	王维	/ 259
竹里馆	王维	/ 259
辛夷坞	王维	/ 259
相思子	王维	/ 259
杂咏二首	王维	/ 259
木兰柴	裴迪	/ 259
夜思	李白	/ 259
敬亭独坐	李白	/ 260
八阵图	杜甫	/ 260
长干曲三首（录二）	崔颢	/ 260
见渭水思秦川	岑参	/ 260
九日思长安故园	岑参	/ 260
登鹳雀楼	王之涣	/ 260
江南曲	储光羲	/ 260
左掖梨花	丘为	/ 260
答王卿送别	韦应物	/ 261
送灵澈	刘长卿	/ 261
江南曲	李益	/ 261

塞下曲	卢纶 / 261
江雪	柳宗元 / 261
秋风引	刘禹锡 / 261
古别离	孟郊 / 261
南浦别	白居易 / 261
行宫	元稹 / 262
渡汉江	李频 / 262
哥舒歌	西鄙人 / 262

七 言

凉州词	王翰 / 263
越中怀古	李白 / 263
送孟浩然之广陵	李白 / 263
春夜洛阳闻笛	李白 / 263
下江陵	李白 / 264
望五老峰	李白 / 264
舟下荆门	李白 / 264
与贾舍人至泛洞庭	李白 / 264
望天门山	李白 / 264

长门怨	李白 / 264
闺怨	王昌龄 / 265
芙蓉楼送辛渐	王昌龄 / 265
长信秋词	王昌龄 / 265
从军行三首	王昌龄 / 265
殿前曲	王昌龄 / 265
送元二使安西	王维 / 266
九月九日忆山东兄弟	王维 / 266
凉州词	王之涣 / 266
江畔独步寻花	杜甫 / 266
江南逢李龟年	杜甫 / 266
赠花卿	杜甫 / 266
三绝句之一	杜甫 / 267
官池春雁	杜甫 / 267
黄河	杜甫 / 267
绝句四首之一	杜甫 / 267
漫成一绝	杜甫 / 267
除夜	高适 / 267
玉关寄长安主簿	岑参 / 268
赴北庭度陇思家	岑参 / 268

巴陵与李十二裴九泛洞庭	贾至	/ 268
桃花矶	张旭	/ 268
山中留客	张旭	/ 268
军城早秋	严武	/ 268
休日访人不遇	韦应物	/ 269
滁州西涧	韦应物	/ 269
归雁	钱起	/ 269
寒食	韩翃	/ 269
夜上受降城闻笛	李益	/ 269
从军北征	李益	/ 269
隋宫燕	李益	/ 270
写情	李益	/ 270
汴河曲	李益	/ 270
古艳词	卢纶	/ 270
曲江春望二首	卢纶	/ 270
征人怨	柳中庸	/ 271
送别红线	冷朝阳	/ 271
枫桥夜泊	张继	/ 271
月夜	刘方平	/ 271
春怨	刘方平	/ 271

听角思归	顾况 / 271
夜发袁江寄李颍川刘侍御	戴叔伦 / 272
丹阳送人	严维 / 272
宿武关	李涉 / 272
竹枝词二首	李涉 / 272
京口送朱昼之淮南	李涉 / 272
春兴	武元衡 / 273
晚次宣溪酬张使君	韩愈 / 273
柳州二月	柳宗元 / 273
石头城	刘禹锡 / 273
乌衣巷	刘禹锡 / 273
与歌者何戡	刘禹锡 / 273
竹枝词	刘禹锡 / 274
杨柳枝词	刘禹锡 / 274
春词	刘禹锡 / 274
宫词	白居易 / 275
暮江吟	白居易 / 275
对酒	白居易 / 275
看采莲	白居易 / 275
昌谷北园新笋	李贺 / 275

秋思	张籍 / 275
凉州词	张籍 / 276
寒塘曲	张籍 / 276
十五夜望月	王建 / 276
渡桑乾	贾岛 / 276
集灵台二首	张祜 / 276
金陵渡	张祜 / 276
游淮南	张祜 / 277
落花	唐彦谦 / 277
宫中词	朱庆馀 / 277
过华清宫	杜牧 / 277
江南春	杜牧 / 277
赤壁	杜牧 / 277
泊秦淮	杜牧 / 278
寄扬州韩绰判官	杜牧 / 278
江上	杜牧 / 278
山行	杜牧 / 278
七夕	杜牧 / 278
登乐游原	杜牧 / 278
华清宫	杜牧 / 279

金谷园	杜牧	/ 279
暮春浐水送别	韩琮	/ 279
夜雨寄北	李商隐	/ 279
夕阳楼	李商隐	/ 279
龙池	李商隐	/ 279
嫦娥	李商隐	/ 280
贾生	李商隐	/ 280
题分水岭	温庭筠	/ 280
鄠杜郊居	温庭筠	/ 280
谢亭送别	许浑	/ 280
经汾阳旧宅	赵嘏	/ 280
江楼感旧	赵嘏	/ 281
白莲	陆龟蒙	/ 281
淮上与友人别	郑谷	/ 281
金陵晚望	高蟾	/ 281
华清宫二首	崔橹	/ 281
闻雨	韩偓	/ 281
已凉	韩偓	/ 282
寒食夜	韩偓	/ 282
新上头	韩偓	/ 282

深院	韩偓 / 282
陇西行	陈陶 / 282
鄜州寒食	韦庄 / 282
金陵图	韦庄 / 283
新雁	杜荀鹤 / 283
惜花	张泌 / 283
寄人	张泌 / 283
谢赐珍珠	梅妃 / 283
竹郎庙	薛涛 / 283
杂诗	无名氏 / 284
阙题	郑文宝 / 284
宿甘露僧舍	曾公亮 / 284
行色	司马池 / 284
梦中作	欧阳修 / 284
别滁	欧阳修 / 284
淮中晚泊犊头	苏舜钦 / 285
客中初夏	司马光 / 285
微雨登城	刘敞 / 285
安乐窝	邵雍 / 285
夏日登车盖亭	蔡确 / 285

春游	王令 / 285
北陂杏花	王安石 / 286
北山	王安石 / 286
南浦	王安石 / 286
书湖阴先生壁	王安石 / 286
金陵即事	王安石 / 286
鱼儿	王安石 / 286
乌塘	王安石 / 287
午枕	王安石 / 287
钟山即事	王安石 / 287
送和甫至龙安微雨因寄吴氏女子	王安石 / 287
夜直	王安石 / 287
越人以幕养花因游其下	王安石 / 287
鄞县西亭	王安石 / 288
澄迈驿通潮关	苏轼 / 288
南堂	苏轼 / 288
金山梦中作	苏轼 / 288
题西林壁	苏轼 / 288
六月二十七日望湖楼醉书	苏轼 / 288
寒芦港	苏轼 / 289

南园	苏轼	/ 289
东栏梨花	苏轼	/ 289
饮湖上初晴后雨	苏轼	/ 289
海棠	苏轼	/ 289
惠崇春江晚景	苏轼	/ 289
东坡一绝	苏轼	/ 290
次韵中玉水仙花二首	黄庭坚	/ 290
鄂州南楼书事	黄庭坚	/ 290
绝句	陈师道	/ 290
春日	秦观	/ 290
秋日	秦观	/ 290
此君庵	文同	/ 291
登贺园高亭	孔平仲	/ 291
春日二首	陈与义	/ 291
寻诗	陈与义	/ 291
将至杉木铺望野人居	陈与义	/ 291
三衢道中	曾几	/ 291
池州翠微亭	岳飞	/ 292
题画	李唐	/ 292
偶成	饶节	/ 292

眠石	饶节	/ 292
晚起	饶节	/ 292
题阊门外小寺壁	寇国宝	/ 292
绝句	吕希哲	/ 293
夏日田园杂兴	范成大	/ 293
观书有感二首	朱熹	/ 293
古梅二首	萧德藻	/ 293
过百家渡	杨万里	/ 293
都下无忧馆小楼春尽旅怀	杨万里	/ 294
闲居初夏午睡起	杨万里	/ 294
新柳	杨万里	/ 294
春草	杨万里	/ 294
晚风	杨万里	/ 294
初入淮河四绝句之二	杨万里	/ 294
过五里径	杨万里	/ 295
题钟家村石崖	杨万里	/ 295
秋晚思梁益旧游	陆游	/ 295
剑门道中遇微雨	陆游	/ 295
沈园	陆游	/ 295
示儿	陆游	/ 296

江阴浮远堂	戴复古 / 296
除夜自石湖归苕溪	姜夔 / 296
姑苏怀古	姜夔 / 296
过垂虹	姜夔 / 296
游园不值	叶绍翁 / 296
江上	葛天民 / 297
岁晚书事	刘克庄 / 297
七月九日	刘克庄 / 297
戍妇	罗公升 / 297
机女叹	叶茵 / 297
荆江口望见君山	郑震 / 297
过杭州故宫	谢翱 / 298
重过	谢翱 / 298
小窗新糊有故朝封事稿阅之有感	林景熙 / 298
口占答宋太祖	花蕊夫人 / 298
醉歌	汪元量 / 298
临平道中	道潜 / 298

五 言

洛堤晓行　上官仪
脉脉广川流，驱马历长洲。鹊飞山月曙，蝉噪野风秋。

南行别弟　韦承庆
万里人南去，三春雁北飞。未知何岁月，得与尔同归。

广州作　张说
去国年方晏，愁心转不堪。离人与江水，终日向西南。

汾上惊秋　苏颋
北风吹白云，万里渡河汾。心绪逢摇落，秋声不可闻。

自君之出矣　张九龄
自君之出矣，不复理残机。思君如满月，夜夜减清辉。

南楼望　卢僎

去国三巴远，登楼万里春。伤心江上客，不是故乡人。

鸟鸣涧（《云溪杂题》）　王维

人闲桂花落，夜静春山空。月出惊山鸟，时鸣春涧中。

萍　池

春池深且广，会待轻舟回。靡靡绿萍合，垂杨扫复开。

鸬　鹚　堰

乍向红莲没，复出清①蒲飔。独立何褵褷，衔鱼古查上。

孟城坳（《辋川集》）

新家孟城口，古木余衰柳。来者复为谁，空悲昔人有。

华　子　冈

飞鸟去不穷，连山复秋色。上下华子冈，惆怅情何极。

鹿　柴

空山不见人，但闻人语响。返景入深林，复照青苔上。

木　兰　柴

秋山敛余照，飞鸟逐前侣。彩翠时分明，夕岚无处所。

---

① "清"，原作"青"，据《全唐诗》改。

栾　家　濑

飒飒秋雨中，浅浅石溜泻。跳波自相溅，白鹭惊复下。

白　石　滩

清浅白石滩，绿蒲尚堪把。家住水东西，浣纱明月下。

竹　里　馆

独坐幽篁里，弹琴复长啸。深林人不知，明月来相照。

辛　夷　坞

木末芙蓉花，山中发红萼。涧户寂无人，纷纷开且落。

相　思　子

红豆生南国，春来发几枝。劝君休采撷，此物最相思。

杂　咏　二　首

客自故乡来，应知故乡事。来日绮窗前，寒梅着花未。
已见寒梅发，复闻啼鸟声。心心视春草，畏向玉阶生。

木兰柴　　裴迪

苍苍落日时，鸟声乱溪水。缘溪路转深，幽兴何时已。

夜思　　李白

床前明月光，疑是地上霜。举头望明月，低头思故乡。

敬亭独坐

众鸟高飞尽，孤云去独闲。相看两不厌，只有敬亭山。

八阵图　杜甫

功盖三分国，名高八阵图。江流石不转，遗恨失吞吴。

长干曲三首（录二）　崔颢

君家住何处，妾住在横塘。停舟暂借问，或恐是同乡。
家临九江水，来去九江侧。同是长干人，生小不相识。

见渭水思秦川　岑参

渭水东流去，何时到雍州。凭添两行泪，寄向故园流。

九日思长安故园

强欲登高去，无人送酒来。遥怜故园菊，应傍战场开。

登鹳雀楼　王之涣

白日依山尽，黄河入海流。欲穷千里目，更上一层楼。

江南曲　储光羲

日暮长江里，相邀归渡头。落花如有意，来去逐船流。

左掖梨花　丘为

冷艳全欺雪，余香乍入衣。春风且莫定，吹向玉阶飞。

答王卿送别　韦应物
去马嘶春草,归人立夕阳。元知数日别,要使两情伤。

送灵澈　刘长卿
苍苍竹林寺,杳杳钟声晚。荷笠带斜阳,青山独归远。

江南曲　李益
嫁得瞿塘贾,朝朝误妾期。早知潮有信,嫁与弄潮儿。

塞下曲　卢纶
月黑雁飞高,单于远遁逃。欲将轻骑逐,大雪满弓刀。

江雪　柳宗元
千山鸟飞绝,万径人踪灭。孤舟蓑笠翁,独钓寒江雪。

秋风引　刘禹锡
何处秋风至,萧萧送雁群。朝来入庭树,孤客最先闻。

古别离　孟郊
欲别牵郎衣,郎今向何处。不恨归来迟,莫向临邛去。

南浦别　白居易
南浦凄凄别,西风袅袅秋。一看肠一断,好去莫回头。

行宫　元稹

寥落古行宫,宫花寂寞红。白头宫女在,闲坐说玄宗。

渡汉江　李频

岭外音书断,经冬复历春。近乡情更怯,不敢问来人。

哥舒歌　西鄙人

北斗七星高,哥舒夜带刀。至今窥牧马,不敢过临洮。

七 言

凉州词　王翰
蒲桃美酒夜光杯,欲饮琵琶马上催。醉卧沙场君莫笑,古来征战几人回。

越中怀古　李白
越王勾践破吴归,战士还家尽锦衣。宫女如花满春殿,只今惟有鹧鸪飞。

送孟浩然之广陵
故人西辞黄鹤楼,烟花三月下扬州。孤帆远影碧空尽,惟见长江天际流。

春夜洛阳闻笛
谁家玉笛暗飞声,散入春风满洛城。此夜曲中闻折柳，何人不起故园情。

下 江 陵

朝辞白帝彩云间，千里江陵一日还。两岸猿声啼不住，轻舟已过万重山。

望 五 老 峰

庐山东南五老峰，青天削出金芙蓉。九江秀色可揽结，吾将此地巢云松。

舟 下 荆 门

霜落荆门烟树空，布帆无恙挂秋风。此行不为鲈鱼脍，自爱名山入剡中。

与贾舍人至泛洞庭

洞庭西望楚江分，水尽南天不见云。日落长沙秋色远，不知何处吊湘君。

望 天 门 山

天门中断楚江开，碧水东流向北回。两岸青山相对出，孤帆一片日边来。

长 门 怨

天回北斗挂西楼，金屋无人萤火流。月光欲到长门殿，别作深宫一段愁。

闺怨　王昌龄

闺中少妇不知愁,春日凝妆上翠楼。忽见陌头杨柳色,悔教夫婿觅封侯。

芙蓉楼送辛渐

寒雨连江夜入吴,平明送客楚山孤。洛阳亲友如相问,一片冰心在玉壶。

长 信 秋 词

奉帚平明金殿开,且将团扇共徘徊。玉颜不及寒鸦色,犹带昭阳日影来。

从军行三首

青海长云暗雪山,孤城遥望玉门关。黄沙百战穿金甲,不破楼兰终不还。

秦时明月汉时关,万里长征人未还。但使龙城飞将在,不教胡马度阴山。

大漠风尘日色昏,红旗半卷出辕门。前军夜战洮河北,已报生擒吐谷浑。

殿 前 曲

昨夜风开露井桃,未央前殿月轮高。平阳歌舞新承宠,帘外春寒赐锦袍。

送元二使安西　王　维

渭城朝雨浥轻尘，客舍青青柳色新。劝君更尽一杯酒，西出阳关无故人。

九月九日忆山东兄弟

独在异乡为异客，每逢佳节倍思亲。遥知兄弟登高处，遍插茱萸少一人。

凉州词　王之涣

黄河远上白云间，一片孤城万仞山。羌笛何须怨杨柳，春光不度玉门关。

江畔独步寻花　杜　甫

黄四娘家花满蹊，千朵万朵压枝低。流连戏蝶时时舞，自在娇莺恰恰啼。

江南逢李龟年

岐王宅里寻常见，崔九堂前几度闻。正是江南好风景，落花时节又逢君。

赠　花　卿

锦城丝管日纷纷，半入江风半入云。此曲只应天上有，人间能得几回闻。

三绝句之一

门外鸬鹚去不来,沙头忽见眼相猜。自今已后知人意,一日须来一百回。

官池春雁

青春欲尽急还乡,紫塞宁论尚有霜。翅在云天终不远,力微矰缴绝须防。

黄　河

黄河北岸海西军,椎鼓鸣钟天下闻。铁马长鸣不知数,胡人[①]高鼻动成群。

绝句四首之一

两个黄鹂鸣翠柳,一行白鹭上青天。窗含西岭千秋雪,门泊东吴万里船。

漫成一绝

江月去人只数尺,风灯照夜欲三更。沙头宿鹭联拳静,船尾跳鱼拨剌鸣。

除夜　高适

旅馆寒灯独不眠,客心何事转凄然。故乡今夜思千里,霜鬓明朝又一年。

---

① "人",原作"儿",据《全唐诗》改。

玉关寄长安主簿　　岑参

东去长安万里余，故人何惜一行书。玉关西望肠堪断，况复明朝是岁除。

赴北庭度陇思家

西向轮台万里余，也知乡信日应疏。陇山鹦鹉能言语，为报家人数寄书。

巴陵与李十二裴九泛洞庭　　贾至

枫岸纷纷落叶多，洞庭秋水晚来波。乘兴轻舟无近远，白云明月吊湘娥。

桃花矶　　张旭

隐隐飞桥隔野烟，石矶西畔问渔船。桃花尽日随流水，洞在清溪何处边。

山中留客

山光物态弄春晖，莫为轻阴便拟归。纵使晴明无雨色，入云深处亦沾衣。

军城早秋　　严武

昨夜秋风入汉关，朔云边月满西山。更催飞将追骄虏，莫遣沙场匹马还。

休日访人不遇　韦应物

九日驱驰一日闲,寻君不遇又空还。怪来诗思清人骨,门对寒流雪满山。

滁州西涧

独怜幽草涧边生,上有黄鹂深树鸣。春潮带雨晚来急,野渡无人舟自横。

归雁　钱起

潇湘何事等闲回,水碧沙明两岸苔。二十五弦弹夜月,不胜清怨却飞来。

寒食　韩翃

春城无处不飞花,寒食东风御柳斜。日暮汉宫传蜡烛,轻烟散入五侯家。

夜上受降城闻笛　李益

回乐烽前沙似雪,受降城外月如霜。不知何处吹芦管,一夜征人尽望乡。

从军北征

天山雪后海风寒,横笛偏吹行路难。碛里征人三十万,一时回首月中看。

隋宫燕

燕语如伤旧国春,宫花欲落旋成尘。自从一闭风光后,几度飞来不见人。

写情

冰纹珍簟思悠悠,千里佳期一夕休。从此无心爱良夜,任他明月下西楼。

汴河曲

汴水东流无限春,隋家宫阙已成尘。行人莫上长堤望,风起杨花愁杀人。

古艳词　卢纶

自拈裙带结同心,暖处偏知香气深。爱捉狂夫问闲事,不知歌舞用黄金。

曲江春望二首

菖蒲翻叶柳交枝,暗上莲舟鸟不知。更到无花最深处,玉楼金殿影参差。

泉声遍①野入芳洲,拥沫吹花上碧流。落日行人渐无路,巢蜂乳燕满高楼。

---

① "遍",原作"边",据《全唐诗》改。

征人怨　柳中庸

岁岁金河复玉关,朝朝马策与刀环。三春白雪归青冢,万里黄河绕黑山。

送别红线　冷朝阳

采菱歌怨木兰舟,送客魂销百尺楼。还似洛妃乘雾去,碧天无际水空流。

枫桥夜泊　张继

月落乌啼霜满天,江枫渔火对愁眠。姑苏城外寒山寺,夜半钟声到客船。

月夜　刘方平

更深月色半人家,北斗阑干南斗斜。今夜偏知春气暖,虫声新透绿窗纱。

春　怨

纱窗日落渐黄昏,金屋无人见泪痕。寂寞空庭春欲晚,梨花满地不开门。

听角思归　顾况

故园黄叶满青苔,梦破城头晓角哀。此夜断肠人不见,起行残月影徘徊。

夜发袁江寄李颍川刘侍御　戴叔伦

半夜回舟入楚乡,月明山水共苍苍。孤猿更发秋风里,不是愁人亦断肠。

丹阳送人　严维

丹阳郭里送行舟,一别心知两地秋。日晚江南望江北,寒鸦飞尽水悠悠。

宿武关　李涉

远别秦城万里游,乱山高下入商州。关门不锁寒溪水,一夜潺湲送客愁。

竹枝词二首

石壁千重树万重,白云斜掩碧芙蓉。昭君溪上年年月,偏照婵娟色最浓。

十二峰头月欲低,空聆①滩上子规啼。孤舟一夜东归客,泣向春风忆建溪。

京口送朱昼之淮南

两行客泪愁中落,万树山花雨后残。君到扬州见桃叶,为传风水渡江难。

---

① "聆",原作"舲",据《全唐诗》改。

春兴　　武元衡

杨柳阴阴细雨晴,残花落尽见流莺。春风一夜吹乡梦,梦逐春风到洛城。

晚次宣溪酬张使君　　韩愈

潮州南去接宣溪,云水苍茫日向西。客泪数行先自落,鹧鸪休傍耳边啼。

柳州二月　　柳宗元

宦情羁思共凄凄,春半如秋意转迷。山城过雨百花尽,榕叶满庭莺乱啼。

石头城　　刘禹锡

山围故国周遭在,潮打空城寂寞回。淮水东边旧时月,夜深还过女墙来。

乌衣巷

朱雀桥边野草花,乌衣巷口夕阳斜。旧时王谢堂前燕,飞入寻常百姓家。

与歌者何戡

二十余年别帝京,重闻天乐不胜情。旧人唯有何戡在,更与殷勤唱渭城。

竹 枝 词

　　山桃红花满上头,蜀江春水拍山流。花红易衰似郎意,水流无限似侬愁。

　　城西门前滟滪堆,年年波浪不能摧。懊恼人心不如石,少时东去复西来。

　　瞿唐嘈嘈十二滩,此中道路古来难。长恨人心不如水,等闲平地起波澜。

　　山上层层桃李花,云间烟火是人家。银钏金钗来负水,长刀短笠去烧畲。

　　杨柳青青江水平,闻郎江上踏歌声。东边日出西边雨,道是无晴还有晴。

杨 柳 枝 词

　　花萼楼前初种时,美人楼上斗腰肢。如今抛掷长街里,露叶如啼欲恨谁。

　　炀帝行宫汴水滨,数株残柳不胜春。晚来风起花如雪,飞入宫墙不见人。

　　城外春风吹酒旗,行人挥袂日西时。长安陌上无穷树,唯有垂杨管别离。

春 词

　　新妆宜面下朱楼,深锁春光一院愁。行到中庭数花朵,蜻蜓飞上玉搔头。

宫词　白居易

泪尽罗巾梦不成,夜深前殿按歌声。红颜未老恩先断,斜倚熏笼坐到明。

暮江吟

一道残阳铺水中,半江瑟瑟半江红。谁怜九月初三夜,露似真珠月似弓。

对酒

百岁无多时壮健,一春能几日晴明。相逢且莫推辞醉,听唱阳关第四声。

看采莲

小桃闲上小莲船,半采红莲半白莲。不似江南恶风浪,芙蓉池在卧床前。

昌谷北园新笋　李贺

斫取青光写楚辞,腻香春粉黑离离。无情有恨何人见,露压烟啼千万枝。

秋思　张籍

洛阳城里见秋风,欲作家书意万重。复恐匆匆说不尽,行人临发又开封。

凉 州 词

边城暮雨雁飞低，芦笋初生渐欲齐。无数铃声遥过碛，应驮白练到安西。

寒 塘 曲

寒塘沉沉柳叶疏，水暗人语惊栖凫。舟中少年醉不起，持烛照水射游鱼。

十五夜望月　王建

中庭地白树栖鸦，冷露无声湿桂花。今夜月明人尽望，不知秋思在谁家。

渡桑乾　贾岛

客舍并州已十霜，归心日夜忆咸阳。无端更渡桑乾水，却望并州是故乡。

集灵台二首　张祜

日光斜照集灵台，红树花迎晓露开。昨夜上皇新授箓，太真含笑入帘来。

虢国夫人承主恩，平明骑马入宫门。却嫌脂粉污颜色，淡扫蛾眉朝至尊。

金 陵 渡

金陵津渡小山楼，一宿行人自欲愁。潮落夜江斜月里，两三星火是瓜洲。

游 淮 南

十里长街市井连，月明桥上看神仙。人生只合扬州死，禅智山光好墓田。

落花 唐彦谦

纷纷从此见花残，转觉长绳系日难。楼上有愁春不浅，小桃风雪凭阑干。

宫中词 朱庆馀

寂寂花时闭院门，美人相并立琼轩。含情欲说宫中事，鹦鹉前头不敢言。

过华清宫 杜牧

长安回望绣成堆，山顶千门次第开。一骑红尘妃子笑，无人知是荔枝来。

江 南 春

千里莺啼绿映红，水村山郭酒旗风。南朝四百八十寺，多少楼台烟雨中。

赤 壁

折戟沉沙铁未消，自将磨洗认前朝。东风不与周郎便，铜雀春深锁二乔。

泊秦淮

烟笼寒水月笼沙，夜泊秦淮近酒家。商女不知亡国恨，隔溪犹唱后庭花。"溪"，一作"江"。

寄扬州韩绰判官

青山隐隐水迢迢，秋尽江南草未凋。二十四桥明月夜，玉人何处教吹箫。

江　　上

楚乡寒食橘花时，野渡临风驻彩旗。草色连云人去住，水纹如縠燕差池。

山　　行

远上寒山石径斜，白云生处有人家。停车坐爱枫林晚，霜叶红于二月花。

七　　夕

银烛秋光冷画屏，轻罗小扇扑流萤。瑶阶夜色凉如水，坐看牵牛织女星。

登乐游原

长空澹澹孤鸟没，万古销沉向此中。看取汉家何事业，五陵无树起秋风。

华 清 宫

零叶翻红万树霜,玉莲闲蕊暖泉香。行云不下朝元阁,一曲淋铃泪万行。

金 谷 园

繁华事散逐香尘,流水无情草自春。日暮东风怨啼鸟,落花犹似坠楼人。

暮春浐水送别　韩琮

绿暗红稀出凤城,暮云宫阙古今情。行人莫听宫前水,流尽年光是此声。

夜雨寄北　李商隐

君问归期未有期,巴山夜雨涨秋池。何当共剪西窗烛,却话巴山夜雨时。

夕 阳 楼

花明柳暗绕天愁,上尽重城更上楼。欲问孤鸿向何处,不知身世自悠悠。

龙 池

龙池赐酒敞云屏,羯鼓声高众乐停。夜半宴归宫漏永,薛王沉醉寿王醒。

嫦　娥

云母屏风烛影深，长河渐落晓星沉。嫦娥应悔偷灵药，碧海青天夜夜心。

贾　生

宣室求贤访逐臣，贾生才调更无伦。可怜夜半虚前席，不问苍生问鬼神。

题分水岭　温庭筠

溪水无情似有情，入山三日得同行。岭头便是分头处，惜别潺湲一夜声。

鄠杜郊居

槿篱芳援近樵家，垄麦青青一径斜。寂寞游人寒食后，夜来风雨送梨花。

谢亭送别　许浑

劳歌一曲解行舟，红叶青山水急流。日暮酒醒人已远，满天风雨下西楼。

经汾阳旧宅　赵嘏

门前不改旧山河，破虏曾轻马伏波。今日独经歌舞地，古槐疏冷夕阳多。

江楼感旧

独上江楼思渺然,月光如水水如天。同来望月人何处,风景依稀似去年。

白莲　陆龟蒙

素蘤多蒙别艳欺,此花真合在瑶池。无情有恨何人见,月晓风清欲堕时。

淮上与友人别　郑谷

扬子江头杨柳春,杨花愁杀渡江人。数声风笛离亭晚,君向潇湘我向秦。

金陵晚望　高蟾

曾伴浮云归晚翠,犹陪落日泛秋声。世间无限丹青手,一片伤心画不成。

华清宫二首　崔橹

草遮回磴绝鸣銮,云树深深碧殿寒。明月自来还自去,更无人倚玉阑干。

门横金锁悄无人,落日秋声渭水滨。红叶下山寒寂寂,湿云如梦雨如尘。

闻雨　韩偓

香侵蔽膝夜寒轻,闻雨伤春梦不成。罗帐四垂红烛背,玉钗敲著枕函声。

已　凉

碧阑干外绣帘垂，猩色屏风画折枝。八尺龙须方锦褥，已凉天气未寒时。

寒　食　夜

恻恻轻寒剪剪风，杏花飘雪小桃红。夜深斜搭秋千索，楼阁朦胧细雨中。

新　上　头

学梳蝉鬓试新裙，消息佳期在此春。为爱好多心转惑，遍将宜称问傍人。

深　院

鹅儿唼啑栀黄觜，凤子轻盈腻粉腰。深院下帘人昼寝，红蔷薇映碧芭蕉。

陇西行　陈陶

誓扫匈奴不顾身，五千貂锦丧胡尘。可怜无定河边骨，犹是春闺梦里人。

鄜州寒食　韦庄

满街杨柳绿丝烟，画出清明二月天。好是隔帘花树动，女郎撩乱送秋千。

金 陵 图

江雨霏霏江草齐,六朝如梦鸟空啼。无情最是台城柳,依旧烟笼十里堤。

新雁　杜荀鹤

暮天新雁起汀洲,红蓼花疏水国秋。想得故园今夜月,几人相忆在江楼。

惜花　张泌

蝶散莺啼尚数枝,日斜风定更离披。看多记得伤心事,金谷楼前委地时。

寄 人

别梦依依到谢家,小廊回合曲阑斜。多情只有春庭月,犹为离人照落花。

谢赐珍珠　梅妃

桂叶双眉久不描,残妆和泪污红绡。长门尽日无梳洗,何必真珠慰寂寥。

竹郎庙　薛涛

竹郎庙前多古木,夕阳沉沉山更绿。何处江村有笛声,声声尽是迎郎曲。

杂诗　无名氏

近寒食雨草萋萋，着麦苗风柳映堤。等是有家归未得，杜鹃休向耳边啼。

阙题　郑文宝

亭亭画舸系寒潭，直到行人酒半酣。不管烟波与风雨，载将离恨过江南。

宿甘露僧舍　曾公亮

枕中云气千峰近，床底松声万壑哀。要看银山拍天浪，开窗放入大江来。

行色　司马池

冷于陂水淡于秋，远陌初穷到渡头。赖是丹青不能画，画成应遣一生愁。

梦中作　欧阳修

夜凉吹笛千山月，路暗迷人百种花。棋罢不知人换世，酒阑无奈客思家。

别　　滁

花光浓烂柳轻盈，酌酒花前送我行。我亦且如常日醉，莫教弦管作离声。

淮中晚泊犊头　苏舜钦

春阴垂野草青青，时有幽花一树明。晚泊孤舟古祠下，满川风雨看潮生。

客中初夏　司马光

四月清和雨乍晴，南山当户转分明。更无柳絮因风起，惟有葵花向日倾。

微雨登城　刘敞

雨映寒空半有无，重楼闲上倚城隅。浅深山色高低树，一片江南水墨图。

安乐窝　邵雍

半记不记梦觉后，似愁无愁情倦时。拥衾侧卧未欲起，帘外落花撩乱飞。

夏日登车盖亭　蔡确

纸屏石枕竹方床，手倦抛书午梦长。睡起莞然成独笑，数声渔笛在沧浪。

春游　王令

春城儿女纵春游，醉倚层台笑上楼。满眼落花多少意，若何无个解春愁。

北陂杏花　　王安石

一陂春水绕花身，花影妖娆各占春。纵被春风吹作雪，绝胜南陌碾成尘。

北　　山

北山输绿涨横陂，直堑回塘滟滟时。细数落花因坐久，缓寻芳草得归迟。

南　　浦

南浦东冈二月时，物华撩我有新诗。含风鸭绿粼粼起，弄日鹅黄袅袅垂。

书湖阴先生壁

茅檐长扫净无苔，花木成畦手自栽。一水护田将绿绕，两山排闼送青来。

金陵即事

水际柴门一半开，小桥分路入青苔。背人照影无穷柳，隔屋吹香并是梅。

鱼　　儿

绕岸①车鸣水欲干，鱼儿相逐尚相欢。无人挈入沧江去，汝死那知世界宽。

---

① "绕岸"，原作"岸上"，据《临川先生文集》改。

乌　塘

乌塘渺渺绿平堤，堤上行人各有携。试问春风何处好，辛夷如雪柘冈西。

午　枕

午枕花前簟欲流，日催红影上帘钩。窥人鸟唤悠飏梦，隔水山供宛转愁。

钟山即事

涧水无声绕竹流，竹西花草弄春柔。茅檐相对坐终日，一鸟不鸣山更幽。

送和甫至龙安微雨因寄吴氏女子

荒烟凉雨助人悲，泪染衣巾不自知。除却春风沙际绿，一如看汝过江时。

夜　直

金炉香烬漏声残，剪剪轻风阵阵寒。春色恼人眠不得，月移花影上栏干。

越人以幕养花因游其下

尚有残红已可悲，更忧回首只空枝。莫嗟身世浑无事，睡过春风作恶时。

鄞县西亭

收功无路去无田，窃食穷城度两年。更作世间儿女态，乱栽花竹养风烟。

澄迈驿通潮关　苏轼

余生欲老海南村，帝遣巫阳招我魂。杳杳天低鹘没处，青山一发是中原。

南堂

扫地焚香闭阁眠，簟纹如水帐如烟。客来梦觉知何处，挂起西窗浪接天。

金山梦中作

江东贾客木绵裘，会散金山月满楼。夜半潮来风又熟，卧吹箫管到扬州。

题西林壁

横看成岭侧成峰，远近高低无一同。不识庐山真面目，只缘身在此山中。

六月二十七日望湖楼醉书

放生鱼鳖逐人来，无主荷花到处开。水枕能令山俯仰，风船解与月徘徊。

寒芦港

溶溶晴港漾春晖，芦笋生时柳絮飞。还有江南风物否，桃花流水鲎鱼肥。

南园

不种夭桃与绿杨，使君应欲作农桑。春畦雨过罗纨腻，麦垅风来饼饵香。

东栏梨花

梨花淡白柳深青，柳絮飞时花满城。惆怅东栏一株雪，人生看得几清明。

饮湖上初晴后雨

水光潋滟晴方好，山色空濛雨亦奇。欲把西湖比西子，淡妆浓抹总相宜。

海棠

东风袅袅泛崇光，香雾霏霏月转廊。只恐夜深花睡去，高烧银烛照红妆。

惠崇春江晚景

竹外桃花三两枝，春江水暖鸭先知。蒌蒿满地芦芽短，正是河豚欲上时。

东 坡 一 绝

雨洗东坡月色清，市人行尽野人行。莫嫌荦确坡头路，自爱铿然曳杖声。

次韵中玉水仙花二首　黄庭坚

借水开花自一奇，水沉为骨玉为肌。暗香已压酴醾倒，只比寒梅无好枝。

淤泥解作白莲藕，粪壤能开黄玉花。可惜国香天不管，随缘流落小民家。

鄂州南楼书事

四顾山光接水光，凭栏十里芰荷香。清风明月无人管，并作南楼一味凉。

绝句　陈师道

书当快意读易尽，客有可人期不来。世事相违每如此，好怀百岁几回开。

春日　秦观

一夕轻雷落万丝，霁光浮瓦碧参差。有情芍药含春泪，无力蔷薇卧晓枝。

秋　日

月团新碾瀹花瓷，饮罢呼儿课楚辞。风定小轩无落叶，青虫相对吐秋丝。

此君庵　文同

斑斑堕箨开新筠,粉光璀璨香氛氲。我常爱君此默坐,胜见无限寻常人。

登贺园高亭　孔平仲

东武名园数贺家,更于高处望春华。深红浅白知多少,直到南山尽是花。

春日二首　陈与义

朝来庭树有鸣禽,红绿扶春上远林。忽有好诗生眼底,安排句法已难寻。

忆看梅雪绕中庭,转眼桃梢无数青。万事一身双鬓发,竹床欹卧数窗棂。

寻　　诗

楚酒困人三日醉,园花经雨百般红。无人画出陈居士,亭角寻诗满袖风。

将至杉木铺望野人居

春风漠漠野人居,若使能诗我不如。数株苍桧遮官道,一树桃花映草庐。

三衢道中　曾几

梅子黄时日日晴,小溪泛尽却山行。绿阴不减来时路,添得黄鹂四五声。

池州翠微亭　岳飞

经年尘土满征衣，特特寻芳上翠微。好水好山看不足，马蹄催趁月明归。

题画　李唐

云里烟村雨里滩，看之容易作之难。早知不入时人眼，多买燕脂画牡丹。

偶成　饶节

松下柴门闭绿苔，只有蝴蝶双飞来。蜜蜂两股大如茧，应是前山花已开。

眠石

静中与世不相关，草木无情亦自闲。挽石枕头眠落叶，更无魂梦到人间。

晚起

月落庵前梦未回，松间无限鸟声催。莫言春色无人赏，野菜花开蝶也来。

题阊门外小寺壁　寇国宝

黄叶西陂水漫流，蘧篨风急滞扁舟。夕阳暝色来千里，人语鸡声共一丘。

绝句　吕希哲

老读文书兴易阑，须知养病不如闲。行林瓦枕虚堂上，卧看江南雨后山。

夏日田园杂兴　范成大

昼出耘田夜绩麻，村庄儿女各当家。童孙未解供耕织，也傍桑阴学种瓜。

观书有感二首　朱熹

半亩方塘一鉴开，天光云影共徘徊。问渠那得清如许，为有源头活水来。

昨夜江边春水生，蒙冲巨舰一毛轻。向来枉费推移力，此日中流自在行。

古梅二首　萧德藻

湘妃危立冻蛟脊，海月冷挂珊瑚枝。丑怪惊人能妩媚，断魂只有晓寒知。

百千年藓着枯树，一两点春供老枝。绝壁笛声那得到，只愁斜日冻蜂知。

过百家渡　杨万里

园花落尽路花开，白白红红各自媒。莫道早行奇绝处，四方八面野香来。

都下无忧馆小楼春尽旅怀

不关老去愿春迟，只恨春归我未归。最是杨花欺客子，向人一一作西飞。

闲居初夏午睡起

梅子留酸软齿牙，芭蕉分绿与窗纱。日长睡起无情思，闲看儿童捉柳花。

新　柳

柳条百尺拂银塘，且莫深青只浅黄。未必柳条能蘸水，水中柳影引他长。

春　草

天欲游人不踏尘，一年一换翠茸茵。东风犹自嫌萧索，更遣飞花绣好春。

晚　风

晚风不许鉴清漪，却许重帘到地垂。平野无山遮落日，西窗红到月来时。

初入淮河四绝句之二

两岸舟船各背驰，波浪交涉亦难为。只余鸥鹭无拘管，北去南来自在飞。

中原父老莫空谈，逢着王人诉不堪。却是归鸿不能语，一年一度到江南。

过 五 里 径

野水奔来不小停，知渠何事太忙生。也无一个人催促，自爱争先落涧声。

题钟家村石崖

水与高崖有底冤，相逢不得镇相喧。若教渔父头无笠，只着蓑衣便是猿。

秋晚思梁益旧游　陆游

忆昔西行万里余，长亭夜夜梦归吴。如今历尽风波恶，飞栈连云是坦途。

沧波极目江乡恨，衰草连天塞路愁。三十年间行万里，不论南北怯登楼。

剑门道中遇微雨

衣上征尘杂酒痕，远游无处不消魂。此身合是诗人未，细雨骑驴入剑门。

沈　园

城上斜阳画角哀，沈园非复旧池台。伤心桥下春波绿，曾是惊鸿照影来。

梦断香消四十年，沈园柳老不吹绵。此身行作稽山土，犹吊遗踪一泫然。

示　儿

死去元知万事空，但悲不见九州同。王师北定中原日，家祭无忘告乃翁。

江阴浮远堂　戴复古

横冈下瞰大江流，浮远堂前万里愁。最苦无山遮望眼，淮南极目尽神州。

除夜自石湖归苕溪　姜夔

千门列炬散林鸦，儿女相思未到家。应是不眠非守岁，小窗春色入灯花。

笠泽茫茫雁影微，玉峰重叠护云衣。长桥寂寞春寒夜，只有诗人一舸归。

姑　苏　怀　古

夜暗归云绕柁牙，江涵秋影鹭眠沙。行人怅望苏台柳，曾与吴王扫落花。

过　垂　虹

自作新词韵最娇，小红低唱我吹箫。曲终过尽松陵路，回首烟波十四桥。

游园不值　叶绍翁

应怜屐齿印苍苔，小扣柴扉久不开。春色满园关不住，一枝红杏出墙来。

江上　葛天民

连天芳草雨漫漫,赢得鸥边野水宽。花欲尽时风扑起,柳绵无力护春寒。

岁晚书事　刘克庄

踏破侬家一径苔,双鱼去换只鸡回。幸然不识聱牙字,省得闲人载酒来。

日日抄书懒出门,小窗弄笔到黄昏。丫头婢子忙匀粉,不管先生砚水浑。

七月九日

樵子俄从闲路回,因言溪谷响如雷。分明雨怕城中去,只隔前峰不过来。

戍妇　罗公升

夫戍关西妾在东,东西何处望相从。只应两处秋宵梦,万一关头得暂逢。

机女叹　叶茵

机声伊轧到天明,万缕千丝织得成。售与绮罗人不顾,看纱嫌重绢嫌轻。

荆江口望见君山　郑震

荆江江口望漫漫,一白无边夕照寒。只是青云浮水上,教人错认作山看。

过杭州故宫　　谢翱

紫云楼阁宴流霞,今日凄凉佛子家。残照下山花雾散,万年枝上挂袈裟。

重　　过

复道垂杨草欲交,武林无树着凌霄。野猿引子移来住,覆尽花枝翡翠巢。

山窗新糊有故朝封事稿阅之有感　　林景熙

偶伴孤云宿岭东,四山欲雪地炉红。何人一纸防秋疏,却与山窗障北风。

口占答宋太祖　　花蕊夫人

君王城上竖降旗,妾在深宫那得知。十四万人齐解甲,更无一个是男儿。

醉歌　　汪元量

南苑西宫棘露芽,万年枝上乱啼鸦。北人环立阑干曲,手指红梅作杏花。

临平道中　　道潜

风蒲猎猎弄清柔,欲立蜻蜓不自由。五月临平山下路,藕花无数满汀州。

古今诗选

龙榆生 辑录

整理说明

《古今诗选》,系龙榆生在二十世纪三十年代初执教上海国立暨南大学时期自编讲义。原稿已缺,今仅存七页,归龙氏后人所藏。此稿共选曹操、曹丕、曹植、秦嘉、蔡琰、王粲、繁钦、阮籍等八家诗,所据底本为民国扫叶山房石印《八代诗选》。今据此残稿整理,并校以各家诗别集,另有编者圈点,遵编者意照录于文字下方。

钟记室嵘云："自王、扬、枚、马之徒，词赋竞爽，而吟咏靡闻。从李都尉迄班婕妤，将百年间，有妇人焉，一人而已。诗人之风，顿已缺丧。东京二百载中，惟有班固《咏史》，质木无文。降及建安，曹氏父子，笃好斯文。平原兄弟，郁为文栋。刘桢、王粲，为其羽翼。"（《诗品》）诗有专门作者，其肇始建安乎？自《三百篇》后，诗与乐离。崛兴楚辞，衍为汉赋。汉时文士，辄以词赋名家。武帝杂采赵代秦楚之讴，爰立乐府。今之传作，实鲜主名。乐府歌辞，极于晋宋。《宋书·谢灵运传论》历叙《风》《骚》以来才士之作，如贾、马、王、刘、扬、班、崔、蔡，率为骚赋之支流；汉末曹、王，乃以五言诗显。嗣是诗渐脱离音乐而独立，复与词赋分镳。予既分中国诗歌为入乐与不入乐两大系，其汉魏以来乐府诗，容当别辑。兹编所采，断自建安。爰为发凡于此云。

魏 武 帝
短 歌 行[①]

对酒当歌，人生几何。譬如朝露，去日苦多。慨当以慷，忧思难忘。何以解忧，惟有杜康。青青子衿，悠悠我心。但为君故，沉吟至今。呦呦鹿鸣，食野之苹。我有嘉宾，鼓瑟吹笙。明明如月，何时可掇。忧从中来，不可断绝。越陌度阡，枉用相存。契阔谈䜩，心念旧恩。月明星稀，乌鹊南飞。绕树三匝，何枝可依？山不厌高，海不厌深。周公吐哺，天下归心。

苦 寒 行

北上太行山，艰哉何巍巍！羊肠坂诘屈，车轮为之摧。树木何萧瑟，北风声正悲。熊罴对我蹲，虎豹夹路啼。溪谷少人民，雪落何霏霏。延颈长叹息，远行多所怀。我心何怫郁？思欲一东归。水深桥梁绝，中路正徘徊。迷惑失故路，薄暮无宿栖。行行日已远，人马同时饥。担囊行取薪，斧冰持作糜。悲彼《东山》诗，悠悠使我哀。

魏 文 帝
杂 诗 二 首

漫漫秋夜长，烈烈北风凉。展转不能寐，披衣起彷

[①] 编者案：此处有编者眉批云："旁边圈子照写"，"每句空一格，新式标点加在下面空格中"。

徨。彷徨忽已久，白露沾我裳。俯视清水波，仰看明月光。天汉回西流，三五正纵横。草虫鸣何悲？孤雁独南翔。郁郁多悲思，绵绵思故乡。愿飞安得翼，欲济河无梁。向风长叹息，断绝我中肠。

西北有浮云，亭亭如车盖。惜哉时不遇，适与飘风会。吹我东南行，行行至吴会。吴会非我乡，安能久留滞。弃置勿复陈，客子常畏人。

燕　歌　行

秋风萧瑟天气凉，草木摇落露为霜，群燕辞归雁南翔。念君客游思断肠，慊慊思归恋故乡，君何淹留寄他方。贱妾茕茕守空房，忧来思君不可忘，不觉泪下霑衣裳。援琴鸣弦发清商，短歌微吟不能长。明月皎皎照我床，星汉西流夜未央。牵牛织女遥相望，尔独何辜限河梁。

曹　植
箜　篌　引

置酒高殿上，亲交从我游。中厨办丰膳，烹羊宰肥牛。秦筝何慷慨，齐瑟和且柔。阳阿奏奇舞，京洛出名讴。乐饮过三爵，缓带倾庶羞。主称千金寿，宾奉万年酬。久要不可忘，薄终义所尤。谦谦君子德，磬折欲何求。惊风飘白日，光景驰西流。盛时不可再，百年忽我遒。生存华屋处，零落归山丘。先民谁不死，知命复何忧。

野田黄雀行

高树多悲风,海水扬其波。利剑不在掌,结友何须多。不见篱间雀,见鹞自投罗。罗家得雀喜,少年见雀悲。拔剑捎罗网,黄雀得飞飞。飞飞摩苍天,来下谢少年。

赠白马王彪一首

序曰:黄初四年正月,白马王、任城王与余俱朝京师,会节气。到洛阳,任城王薨。至七月,与白马王还国。后有司以二王归藩,道路宜异宿止,意毒恨之。盖以大别在数日,是用自剖,与王辞焉,愤而成篇。

谒帝承明庐,逝将归旧疆。清晨发皇邑,日夕过首阳。伊洛广且深,欲济川无梁。泛舟越洪涛,怨彼东路长。顾瞻恋城阙,引领情内伤。其一

太谷何寥廓,山树郁苍苍。霖雨泥我涂,流潦浩纵横。中逵绝无轨,改辙登高冈。修坂造云日,我马玄以黄。其二

玄黄犹能进,我思郁以纡。郁纡将何念,亲爱在离居。本图相与偕,中更不克俱。鸱枭鸣衡轭,豺狼当路衢。苍蝇间白黑,谗巧反亲疏。欲还绝无蹊,揽辔止踟蹰。其三

踟蹰亦何留?相思无终极。秋风发微凉,寒蝉鸣我侧。原野何萧条,白日忽西匿。归鸟赴乔林,翩翩厉羽翼。孤兽走索群,衔草不遑食。感物伤我怀,抚心长太息。其四

太息将何为,天命与我违。奈何念同生,一往形不

归。孤魂翔故域，灵柩寄京师。存者忽已过，亡没身自衰。人生处一世，去若朝露晞。年在桑榆间，影响不能追。自顾非金石，咄唶令心悲。其五

心悲动我神，弃置莫复陈。丈夫志四海，万里犹比邻。恩爱苟不亏，在远分日亲。何必同衾帱，然后展殷勤。忧思成疾疢，无乃儿女仁。仓卒骨肉情，能不怀苦辛？其六

苦辛何虑思，天命信可疑。虚无求列仙，松子久吾欺。变故在斯须，百年谁能持？离别永无会，执手将何时？王其爱玉体，俱享黄发期。收泪即长路，援笔从此辞。

杂　　诗

明月照高楼，流光正徘徊。上有愁思妇，悲叹有余哀。借问叹者谁？言是宕子妻。君行逾十年，孤妾常独栖。君若清路尘，妾若浊水泥。浮沉各异势，会合何时谐？愿为西南风，长逝入君怀。君怀良不开，贱妾独何依？

西北有织妇，绮缟何缤纷。明晨秉机杼，日昃不成文。太息终长夜，悲啸入青云。妾身守空闺，良人行从军。自期三年归，今已历九春。飞鸟绕树翔，嗷嗷鸣索群。愿为南流景，驰光见我君。

微阴翳阳景，清风飘我衣。游鱼潜渌水，翔鸟薄天飞。眇眇客行士，遥役不得归。始出严霜结，今来白露晞。游子叹《黍离》，处者歌《式微》。慷慨对嘉宾，凄怆

内伤悲。

　　揽衣出中闺，逍遥步两楹。闲房何寂寞，绿草被阶庭。空室自生风，百鸟翩南征。春思安可忘，忧戚与我并。佳人在远道，妾身单且茕。欢会难再遇，芝兰不重荣。人皆弃旧爱，君岂若平生。寄松为女萝，依水如浮萍。赍身奉衿带，朝夕不堕倾。倘终顾盼恩，永副我中情。

　　南国有佳人，容华若桃李。朝游江北岸，夕宿潇湘沚。时俗薄朱颜，谁为发皓齿。俯仰岁将暮，荣曜难久恃。

　　高台多悲风，朝日照北林。之子在万里，江湖迥且深。方舟安可极，离思故难任。孤雁飞南游，过庭长哀吟。翘思慕远人，愿欲托遗音。形影忽不见，翩翩伤我心。

　　转蓬离本根，飘飘随长风。何意回飚举，吹我入云中。高高上无极，天路安可穷？类此游客子，捐躯远从戎。毛褐不掩形，薇藿常不充。去去莫复道，沉忧令人老。

　　仆夫早严驾，吾将远行游。远游欲何之，吴国为我仇。将骋万里途，东路安足由。江介多悲风，淮泗驰急流。愿欲一轻济，惜哉无方舟。闲居非吾志，甘心赴国忧。

　　飞观百余尺，临牖御棂轩。远望周千里，朝夕见平原。烈士多悲心，小人媮自闲。国仇亮不塞，甘心思丧元。拊剑西南望，思欲赴太山。弦急悲风发，聆我慷慨言。

秦　嘉

赠妇诗三首并序

嘉为上郡掾。其妻徐淑寝疾，还家，不获面别，赠诗云尔。

人生譬朝露，居世多屯蹇。忧艰常早至，欢会常苦晚。念当奉时役，去尔日遥远。遣车迎子还，空往复空返。省书情凄怆，临食不能饭。独坐空房中，谁与相劝勉？长夜不能眠，伏枕独辗转。忧来如循环，匪席不可卷。

皇灵无私亲，为善荷天禄。伤我与尔身，少小罹茕独。既得结大义，欢乐苦不足。念当远离别，思念叙款曲。河广无舟梁，道近隔丘陆。临路怀惆怅，中驾正踯躅。浮云起高山，悲风激深谷。良马不回鞍，轻车不转毂。针药可屡进，愁思难为数。贞士笃终始，恩义不可促。

肃肃仆夫征，锵锵扬和铃。清晨当引迈，束带待鸡鸣。顾看空室中，仿佛想姿形。一别怀万恨，起坐为不宁。何用叙我心，遗思致款诚。宝钗好耀首，明镜可鉴形。芳香去垢秽，素琴有清声。诗人感木瓜，乃欲答瑶琼。愧彼赠我厚，惭此往物轻。虽知未足报，贵用叙我情。

蔡　琰

悲愤诗

汉季失权柄，董卓乱天常。志欲图篡弒，先害诸贤良。逼迫迁旧邦，拥主以自强。海内兴义师，欲共讨不祥。卓众来东下，金甲耀日光。平土人脆弱，来兵皆胡羌。猎野围城邑，所向悉破亡。斩截无孑遗，尸骸相撑拒。马边县男头，马后载妇女。长驱西入关，迥路险且阻。还顾邈冥冥，肝脾为烂腐。所略有万计，不得令屯聚。或有骨肉俱，欲言不敢语。失意几微间，辄言毙降虏。要当以亭刃，我曹不活汝。岂复惜性命，不堪其詈骂。或便加棰杖，毒痛参并下。旦则号泣行，夜则悲吟坐。欲死不能得，欲生无一可。彼苍者何辜？乃遭此厄祸。边荒与华异，人俗少义理。处所多霜雪，胡风春夏起。翩翩吹我衣，肃肃入我耳。感时念父母，哀叹无穷已。有客从外来，闻之常欢喜。迎问其消息，辄复非乡里。邂逅徼时愿，骨肉来迎己。己得自解免，当复弃儿子。天属缀人心，念别无会期。存亡永乖隔，不忍与之辞。儿前抱我颈，问母欲何之。人言母当去，岂复有还时。阿母常仁恻，今何更不慈？我尚未成人，奈何不顾思？见此崩五内，恍惚生狂痴。号泣手抚摩，当发复回疑。兼有同时辈，相送告离别。慕我独得归，哀叫声摧裂。马为立踟蹰，车为不转辙。观者皆歔欷，行路亦呜咽。去去割情恋，遄征日遐迈。悠悠三千里，何时复交会。念我出腹子，胸臆为摧败。既至家人尽，又复无中外。城廓为山林，庭宇生荆艾。白骨不知谁？从横莫覆盖。出门无人声，豺狼号且吠。茕茕对孤景，怛咤糜肝肺。登高远眺望，魂神忽飞逝。奄若寿命尽，旁人相宽大。为复强视息，虽生何聊赖。托命于新人，竭心自勖励。流离成鄙贱，常恐复捐废。人生几何时？怀忧终年岁。

王粲

七哀诗三首

西京乱无象，豺虎方遘患。复弃中国去，委身适荆蛮。亲戚对我悲，朋友相追攀。出门无所见，白骨蔽平原。路有饥妇人，抱子弃草间。顾闻号泣声，挥涕独不还。未知身死处，何能两相完。驱马弃之去，不忍听此言。南登霸陵岸，回首望长安。悟彼下泉人，喟然伤心肝。

荆蛮非我乡，何为久滞淫？方舟泝大江，日暮愁我心。山冈有余映，岩阿增重阴。狐狸驰赴穴，飞鸟翔故林。流波激清响，猴猿临岸吟。迅风拂裳袂，白露沾衣襟。独夜不能寐，摄衣起抚琴。丝桐感人情，为我发悲音。羁旅无终极，忧思壮难任。

边城使心悲，昔吾亲更之。冰雪截肌肤，风飘无止期。百里不见人，草木谁当迟？登城望亭燧，翩翩飞戍旂。行者不顾反，出门与家辞。子弟多俘虏，哭泣无已时。天下尽乐土，何为久留兹。蓼虫不知辛，去来勿与谘。

繁钦

定情诗

我出东门游，邂逅承清尘。思君即幽房，侍寝执衣巾。时无桑中契，迫此路侧人。我既媚君姿，君亦悦我颜。何以致拳拳？绾臂双金环。何以道殷勤？约指一双银。何以致区区？耳中双明珠。何以致叩叩？香囊系肘后。何以致契阔？绕腕双跳脱。何以结恩情？美玉缀罗缨。何以结中心？素缕连双针。何以结相于？金薄画搔头。何以慰别离？耳后玳瑁钗。何以答欢忻？纨素三条裙。何以结愁悲？白绢双中衣。与我期何所？乃期东山隅。日旰兮不来，谷风吹我襦。远望无所见，涕泣起踟蹰。与我期何所？乃期山南阳。日中兮不来，飘风吹我裳。逍遥莫谁睹，望君愁我肠。与我期何所？乃期西山侧。日夕兮不来，踯躅长叹息。远望凉风至，俯仰正衣服。与我期何所？乃期山北岑。日暮兮不来，凄风吹我襟。望君不能坐，悲苦愁我心。爱身以何为，惜我华色时。中情既款款，然后克密期。褰衣蹑茂草，谓君不我欺。厕此丑陋质，徙倚无所之。自伤失所欲，泪下如连丝。

阮 籍

咏 怀 诗

一日复一朝，一昏复一晨。容色改平常，精神自飘沦。临觞多哀楚，思我故时人。对酒不能言，凄怆怀酸辛。愿耕东皋阳，谁与守其真。愁苦在一时，高行伤微身。曲直何所为，龙蛇为我邻。

世务何缤纷？人道苦不遑。壮年以时逝，朝露待太阳。愿揽羲和辔，白日不移光。天阶路殊绝，云汉邈无梁。濯发旸谷滨，远游昆岳旁。登彼列仙岨，采此秋兰芳。时路乌足争，太极可翱翔。

谁言万事艰？逍遥可终身。临堂翳华树，悠悠念无形。彷徨思亲友，倏忽复至冥。寄言东飞鸟，可用慰我情？

嘉时在今辰，零雨洒尘埃。临路望所思，日夕复不来。人情有感慨，荡漾焉能排。挥涕怀哀伤，辛酸谁语哉？

炎光延万里，洪川荡湍濑。弯弓挂扶桑，长剑倚天外。泰山成砥砺，黄河为裳带。视彼庄周子，荣枯何足赖？捐身弃中野，乌鸢作患害。岂若雄杰士，功名从此大？

壮士何慷慨？志欲威八荒。驱车远行役，受命忘自忘。良弓挟乌号，明甲有精光。临难不顾生，身死魂飞扬。岂为全躯士，效命争战场。忠为百世荣，义使令名彰。垂声谢后世，气节故有常。

开秋兆凉气，蟋蟀鸣床帷。感物怀殷忧，悄悄令心悲。多言焉所告？繁辞将诉谁？微风吹罗袂，明月耀清晖。晨鸡鸣高树，命驾起旋归。

昔年十四五，志尚好诗书。被褐怀珠玉，颜闵相与期。开轩临四野，登高望所思。丘墓蔽山冈，万代同一时。千秋万岁后，荣名安所之？乃悟羡门子，噭噭今自嗤。

徘徊蓬池上，还顾望大梁。绿水扬洪波，旷野莽茫茫。走兽交横驰，飞鸟相随翔。是时鹑火中，日月正相望。朔风厉严寒，阴气下微霜。羁旅无俦匹，俛仰怀哀伤。小人计其功,君子道其常。岂惜终憔悴,咏言著斯章。

独坐空堂上,谁可与欢者?出门临永路,不见行车马。登高望九州,悠悠分旷野。孤鸟西北飞,离兽东南下。日暮思亲友,晤言用自写。

有悲则有情,无悲亦无思。苟非攖网罟,何必万里羇。翔风拂重霄,庆云招所晞。灰心寄枯宅,曷顾人间姿。始得忘我难,焉知嘿自遗?

木槿荣丘墓,煌煌有光色。白日颓林中,翩翩零路侧。蟋蟀吟户牖,蟪蛄鸣荆棘。蜉蝣玩三朝,采采修羽翼。衣裳为谁施,俯仰自收拭。生命几何时?慷慨各努力。

修涂驰轩车,长川载轻舟。性命岂自然,势路有所由。高名令志惑,重利使心忧。亲昵怀反侧,骨肉还相仇。更希毁珠玉,可用登遨游。

唐宋诗选

龙榆生辑录

整理说明

　　此稿与《古今诗选》共置一处,亦为龙榆生执教上海国立暨南大学时自编讲义。今存纸廿一页,散页,未装订,共选韩偓、陆游、陈与义、杨万里和元好问五家诗,所据底本不详。今据此残稿整理,并参校各家诗别集,编者圈点仍予以保留。

晚唐律绝诗·韩偓

秋郊闲望有感

枫叶微红近有霜,碧云秋色满吴乡。鱼冲骇浪雪鳞健,鸦闪夕阳金背光。心为感知长惨戚,鬓缘经乱早苍浪。可怜广武山前语,楚汉虚教作战场。

半　醉

水向东流竟不回,红颜白发递相催。壮心暗逐高歌尽,往事空因半醉来。云护雁霜笼澹月,雨连莺晓落残梅。西楼怅望芳菲节,处处斜阳草似苔。

惜　花

皱白离情高处切,腻红愁态静中深。眼随片片沿流去,恨满枝枝被雨淋。总得苔遮犹慰意,若教泥污更伤心。临轩一盏悲春酒,明日池塘是绿阴。

春　尽

惜春连日醉昏昏,醒后衣裳见酒痕。细水浮花归别涧,断云含雨入孤村。人闲易得芳时恨,地迥难招自古魂。惭愧流莺相厚意，清晨犹为到西园。

伤乱

岸上花根总倒垂，水中花影几千枝。一枝一影寒山里，野水野花清露时。故国几年犹战斗，异乡终日见旌旗。交亲流落身羸病，谁在谁亡两不知。

乱后春日途经野塘

世乱他乡见落梅，野塘晴暖独徘徊。船冲水鸟飞还住，袖拂杨花去却来。季重旧游多丧逝，子山新赋极悲哀。眼看朝市成陵谷，始信昆明是劫灰。

三月

辛夷才谢小桃发，踏青过后寒食前。四时最好是三月，一去不回唯少年。吴国地遥江接海，汉陵魂断草连天。新愁旧恨真无奈，须就邻家瓮底眠。

离家第二日却寄诸兄弟

睡起褰帘日出时，今辰初恨间容辉。千行泪激傍人感，一点心随健步归。却望山川空黯黯，回看僮仆亦依依。定知兄弟高楼上，遥指征途羡鸟飞。

闻雨

香侵蔽膝夜寒轻，闻雨伤春梦不成。罗帐四垂红烛背，玉钗敲着枕函声。

已　凉

碧阑干外绣帘垂，猩色屏风画折枝。八尺龙须方锦褥，已凉天气未寒时。

重 游 曲 江

鞭梢乱拂暗伤情，踪迹难寻露草青。犹是玉轮曾辗处，一泓秋水涨浮萍。

宫　词

绣裙斜立正销魂，侍女移灯掩殿门。燕子不来花着雨，春风应自怨黄昏。

倚　醉

倚醉无端寻旧约，却怜惆怅转难胜。静中楼阁深春雨，远处帘栊半夜灯。抱柱立时风细细，绕廊行处思腾腾。分明窗下闻裁剪，敲遍阑干唤不应。

南宋律诗·陆游
武担东台晚望

憔悴西窗已一翁，登高意气尚豪雄。关河霸国兴亡后，风月诗人醉醒中。病起顿惊双鬓改，春归一扫万花空。栏边徙倚君知否，直到吴天目未穷。

夜行宿湖头寺

卧载篮舆黄叶村，疏钟杳杳隔溪闻。清霜十里伴微月，断雁半行穿乱云。去国不堪心破碎，平戎空有胆轮囷。泗滨乐石应如旧，谁勒中原第一勋。

望江道中

吾道非耶来旷野，江涛如此去何之。起随乌鹊初翻后，宿及牛羊欲下时。风力渐添帆力健，橹声常杂雁声悲。晚来又入淮南路，红树青山合有诗。

梦至成都怅然有作

春风小陌锦城西，翠箔珠帘客意迷。下尽牙筹闲纵博，刻残画烛戏分题。紫氍毹暖帐中醉，红叱拨骄花外嘶。孤梦凄凉身万里，令人憎杀五更鸡。

七十三吟

七十三年事事新，涵濡幸作六朝民。发无可白方为老，酒不能赊始觉贫。末路已悲身是客，此心犹与物为春。柴门勿谓常岑寂，时有乡邻请药人。

书　感

壮岁功名妄自期，晚途流落鬓成丝。临风画角晓三弄，酿雪野云寒四垂。金锁甲思酣战地，皂貂裘记远游时。此心炯炯空添泪，青史他年未必知。

江楼醉中作

淋漓百榼宴江楼,秉烛挥毫气尚遒。天上但闻星主酒,人间宁有地埋忧。生希李广名飞将,死慕刘伶赠醉侯。戏语佳人频一笑,锦城已是六年留。

幽居书事

莫恨人间苦不谐,清时有味是归来。已因积毁成高卧,更借阳狂护散才。正欲清言闻客至,偶思小饮报花开。纷纷争夺成何事,白骨生苔但可哀。

忆　昔

忆昔西游变姓名,猎围屠肆狎豪英。淋漓纵酒沧溟窄,慷慨狂歌华岳倾。壮士有心悲老大,穷人无路近功名。生涯自笑惟诗在,旋种芭蕉听雨声。

过广安吊张才叔谏议

春风匹马过孤城,欲吊先贤泪已倾。许国肺肝知激烈,照人眉宇尚峥嵘。中原成败宁非数,后日忠邪自有评。叹息知人真未易,流芳遗臭尽书生。

宿武连县驿

平日功名浪自期,头颅到此不难知。宦情薄似秋蝉翼,乡思多于春茧丝。野店风霜趣装早,县桥灯火下程迟。寒鞭慰手戎衣窄,忽忆南山射虎时。

南定楼遇急雨

行遍梁州到益州，今年又作度泸游。江山重复争供眼，风雨纵横乱入楼。人语侏离逢洞獠，棹歌欸乃下渔舟。天涯住稳归心懒，登览茫然却欲愁。

晚春感事

少年骑马入咸阳，鹘似身轻蝶似狂。蹴鞠场边万人看，秋千旗下一春忙。风光流转浑如昨，志气低摧只自伤。日永东斋淡无事，闭门扫地独焚香。

新年书感

早岁西游赋子虚，暮年负耒返乡闾。残躯未死敢忘国，病眼欲盲犹爱书。朋旧何劳记车笠，子孙幸不废菑畬。新年冷落如常日，白发萧萧闷自梳。

书愤

白发萧萧卧泽中，只凭天地鉴孤忠。厄穷苏武餐毡久，忧愤张巡嚼齿空。细雨春芜上林苑，颓垣夜月洛阳宫。壮心未与年俱老，死去犹能作鬼雄。

镜里流年两鬓残，寸心自许尚如丹。衰迟罢试戎衣窄，悲愤犹争宝剑寒。远戍十年临滴博，壮图万里战皋兰。关河自古无穷事，谁料如今袖手看。

南宋律绝诗·陈与义

次韵张迪功春日

年年春日寒欺客,今日春无一半寒。不觉转头逢岁换,便须揩眼待花看。争新游女幡垂鬓,依旧先生日照盘。从此不忧风雪厄,杖藜时可过苏端。

秋　月

中庭淡月照三更,白露洗空河汉明。莫遣西风吹叶尽,却愁无处着秋声。

雨　晴

天缺西南江面清,纤云不动小滩横。墙头语鹊衣犹湿,楼外残雷气未平。尽取微凉供稳睡,急搜奇句报新晴。今宵绝胜无人共,卧看星河尽意明。

柳　絮

柳送腰肢日几回,更教飞絮舞楼台。颠狂忽作高千丈,风力微时稳下来。

观　江　涨

涨江临眺足消忧,倚杖江边地欲浮。叠浪并翻孤日去,两津横卷半天流。鼋鼍杂怒争新穴,鸥鹭惊飞失故洲。可为一官妨快意,眼中唯觉欠扁舟。

巴丘书事

三分书里识巴丘,临老避兵初一游。晚木声酣洞庭野,晴天影抱岳阳楼。四年风露侵游子,十月江湖吐乱洲。未必上流须鲁肃,腐儒空白九分头。

除 夜

城中爆竹已残更,朔吹翻江意未平。多事鬓毛随节换,尽情灯火向人明。比量旧岁聊堪喜,流转殊方又可惊。明日岳阳楼上去,岛烟湖雾看春生。

陪粹翁举酒於君子亭下海棠方开

世故驱人殊未央,聊从地主借绳床。春风浩浩吹游子,暮雨霏霏湿海棠。去国衣冠无态度,隔帘花叶有辉光。使君礼数能宽否,酒味撩人我欲狂。

春夜感怀寄席大光

管宁白帽且蹁跹,孤鹤归期难计年。倚杖东南观百变,伤心云雾隔三川。江湖气动春还冷,鸿雁声回人不眠。苦忆西州老太守,何时相伴一灯前。

观 雨

山客龙钟不解耕,开轩危坐看阴晴。前江后岭通云气,万壑千林送雨声。海压竹枝低复举,风吹山角晦还明。不嫌屋漏无乾处,正要群龙洗甲兵。

舟 行 遣 兴

会稽尚隔三千里,临贺初盘一百滩。殊俗问津言语异,长年为客路歧难。背人山岭重重去,照鹢梅花树树残。酌酒柂楼今日意,题诗船壁后来看。

康州小舫与耿伯顺李德升席大光
郑德象夜语以"更长爱烛红"为韵得"更"字

万里衣冠京国旧,一船风雨晋康城。灯前颜面重相识,海内艰难各饱更。天阔路长吾欲老,夜阑酒尽意还倾。明朝古峡苍烟道,都送新愁入橹声。

雨中再赋海山楼诗

百尺阑干横海立,一生襟抱与山开。岸边天影随潮入,楼上春容带雨来。慷慨赋诗还自恨,徘徊舒啸却生哀。世间猛士今安有,非复当年单父台。

送熊博士赴瑞安令

衣冠衮衮相逢处,草木萧萧未变时。聚散同惊一枕梦,悲欢各诵十年诗。山林有约吾当去,天地无情子亦饥。笑领铜章非失计,岁寒心事欲深期。

牡　丹

一自边尘入汉关,十年伊洛路漫漫。青墩溪畔龙钟客,独立东风看牡丹。

送人归京师

门外子规啼未休,山村日落梦悠悠。故园便是无兵马,犹有归时一段愁。

南宋古近体诗·杨万里
过百家渡

出得城来事事幽,涉湘乍济值渔舟。也知渔父趁鱼急,翻着春衫不裹头。

园花落尽路花开,白白红红各自媒。莫问早行奇绝处,四方八面野香来。

柳子祠前春已残,新晴特地却春寒。疏篱不与花为护,只为蜘蛛作网竿。

一晴一雨路干湿,半淡半浓山叠重。远草平中见牛背,新秧疏处有人踪。

分宜逆旅逢同郡客子

在家儿女亦心轻,行路逢人总弟兄。未问后来相忆否,其如临别不胜情。

金溪道中

野花垂路止人行,田水偏寻缺处鸣。近浦人家随曲折,插秧天气半阴晴。

闲居初夏午睡起二绝句

梅子留酸软齿牙,芭蕉分绿与窗纱。日长睡起无情思,闲看儿童捉柳花。

松阴一架半弓苔,偶欲观书又懒开。戏掬清泉洒蕉叶,儿童误认雨声来。

小 雨

雨来细细复疏疏,纵不能多不肯无。似妒诗人山入眼,千峰故隔一帘珠。

晚春即事二绝

尺许新条长杏栽,文余班笋出墙隈。浪愁草草酴醿过,不道婷婷芍药来。

树头吹得叶冥冥,三日颠风不小停。只是向来枯树子,知他那得许多青。

丁酉四月一日之官毗陵舟行阻风宿桐陂江

虫声两岸不堪闻,把烛销愁且一尊。谁宿此船愁似我,船篷犹带烛烟痕。

十里江山一日程,出山似被北风嗔。东窗水影西窗月,并照船中不睡人。

宿小沙溪

树补山烟补缺云,风摇花雨作香尘。绿杨尽道无情著,何苦垂条拂路人。

不寐听雨

雨到中霄寂不鸣,只闻风拂树梢轻。瓦沟收拾残零水,并作檐间一滴声。

夜　坐

绣帘无力护东风,烛影何曾正当红。兽炭貂裘犹道冷,梅花不易立霜中。

寒宵老眼只长醒,蝴蝶频催梦不成。不是三更三四点,如何一睡到天明。

明发房溪

山路婷婷小树梅,为谁零落为谁开。多情也恨无人赏,故遣低枝拂面来。

青天白日十分晴,轿上萧萧忽雨声。却是松梢霜水落,雨声那得此声清。

侧溪解缆

梦里喧声定不凡,顺风解缆破晴岚。起来职事惟洗面,此外功名是挂帆。莫笑一蔬兼半菽,饱餐万壑与千岩。蓬莱云气君休望,且向严滩濯布衫。

苏木滩

滩雪清溅眸,滩雷怒醒耳。落洪翠壁立,跳波碧山起。船进若战胜,船退亦游戏。若非篙师苦,进退皆可喜。忽逢下滩舟,掀舞快云驶。何曾费一棹,才瞬已数里。会有上滩时，得意君勿恃。

观水叹二首

我方卧舟中，仰读渊明诗。忽闻滩声急，起视惟恐迟。八月溅飞雪，清览良独奇。好风从天来，翛然吹我衣。凉生固足乐，气变亦可悲。睠然慨此水，念我年少时。迨今四十年，往来几东西。此日顺流下，何日泝流归。出处未可必，一笑姑置之。

乱石厄江水，要使水无路。不知石愈密，激得水弥怒。回锋打别港，勇往遮不住。我舟历诸滩，阅尽水态度。一闻一喜观，屡过屡惊顾。不是见不多，观览不足故。舟人笑我痴，痴黠未易语。

宿孔镇观雨中蛛丝

雨打蛛丝不打蛛，雨来蛛入画檐隅。网罗满腹输渠巧，也只蝇蚊命属渠。

雨罢蜘蛛却出檐，网丝少减再新添。莫言辛苦无功业，便有飞虫密处粘。

网罗最巧是蛛丝，却被秋蚊圣得知。粘着便飞来不再，蛛丝也解有疏时。

过松源晨炊漆公店

莫言下岭便无难，赚得行人错喜欢。正入万山圈子里，一山放出一山拦。

枕上闻子规

半世经行怕子规,一闻一叹一沾衣。如今听着浑如梦,我自高眠汝自啼。

诗选·元好问
怀州子城晚望少室

河外青山展卧屏,并州孤客倚高城。十年旧隐抛何处,一片伤心画不成。谷口暮云知郑重,林梢残照故分明。洛阳见说兵犹满,半夜悲歌意未平。

羊肠坂

浩荡云山直北看,凌兢羸马不胜鞍。老来行路先愁远,贫里辞家更觉难。衣上风沙叹憔悴,梦中灯火忆团圞。凭谁为报东州信,今在羊肠百八盘。

外家南寺

郁郁秋梧动晚烟,一庭风露觉秋偏。眼中高岸移深谷,愁里残阳更乱蝉。去国衣冠有今日,外家梨栗记当年。白头来往人间遍,依旧僧窗借榻眠。

寄刘继先

清霜茅屋耿无眠,坐忆分携一慨然。楚客登临动归兴,谢公哀乐感中年。凄凉古驿人烟外,迤逦荒山雪意边。千树春风水杨柳,待君同系晋溪船。

寄杨弟正卿

马迹车尘漫白头,苍生初不待君忧。且从少傅论中隐,尽要元规拥上流。东阁官梅动诗兴,洞庭春色入新篘。归程未觉西庵远,夜夜清伊绕石楼。

石岭关书所见

轧轧旆车转石槽,故关犹复戍弓刀。连营突骑红尘暗,微服行人细路高。已化虫沙休自叹,厌逢豺虎欲安逃。青云玉立三千丈,原只东山意气豪。

十三日度岳岭

神岳规模亦壮哉,上阶绝境重裴回。丹青万木秋风老,金翠千峰落照开。川路渐分犹暗澹,湍声已远更凄哀。石门剩比灵丘远,正坐登临欠一来。

元都观桃花

前度刘郎复阮郎,元都观里醉红芳。非关小雨能留客,自是桃花要洗妆。人世难逢开口笑,老夫聊发少年狂。一杯尽吸东风了,明白新诗满晋阳。

龙兴寺阁

全赵堂堂入望宽,九层飞观尽高寒。空闻赤帜疑军垒,真见金人泣露盘。桑海几经尘劫坏,江山独恨酒肠干。诗家总道登临好,试就遗台老树看。

人日有怀愚斋张兄纬文

书来聊得慰怀思，清镜平明见白髭。明月高楼燕市酒，梅花人日草堂诗。风光流转何多态，儿女青红又一时。涧底孤松二千尺，殷勤留看岁寒枝。

送仲希兼简大方

家亡国破此身留，留滞聊城又过秋。老去天公真愦愦，乱来人事转悠悠。棋中败局从谁覆，镜里衰容只自羞。方外故人如见问，为言乘兴欲东游。

答郭仲通

白发归来一布衣，东皋春草映柴扉。向时诸老供熏沐，此日孤生足骂讥。遁世已甘成远引，刺天何暇计群飞。光芒销缩都无几，惭愧诗人比少微。

郁郁

郁郁羁怀不易开，更堪寥落动凄哀。华胥梦破青山在，梁甫吟成白发催。秋意渐随林影薄，晓寒都逐雁声来。并州近日风尘恶，怅望乡书早晚回。

秋日载酒光武庙

美酒良辰解后同，赤眉城北汉王宫。百年星斗归天上，万古旌旗在眼中。草木暗随秋气老，河山长为昔人雄。一杯径醉风云地，莫放银盘上海东。

楚汉战处

虎掷龙拏不两存,当年曾此赌乾坤。一时豪杰皆行阵,万古山河自壁门。原野犹应厌膏血,风云长遣动心魂。成名竖子知谁谓,拟唤狂生与细论。

岐　阳

百二关河草不横,十年戎马暗秦京。岐阳西望无来信,陇水东流闻哭声。野蔓有情萦战骨,残阳何意照空城。从谁细向苍苍问,争遣蚩尤作五兵。

梦　归

憔悴南冠一楚囚,归心江汉日东流。青山历历乡国梦,黄叶萧萧风雨秋。贫里有诗工作祟,乱来无泪可供愁。残年兄弟相逢在,随分齑盐万事休。

淮　右

淮右城池几处存,宋州新事不堪论。辅车谩欲通吴会,突骑谁当捣蓟门。细水浮花归别涧,断云含雨入孤村。空余韩偓伤时语,留与累臣一断魂。

眼　中

眼中时事益纷然,拥被寒窗夜不眠。骨肉他乡各异县,衣冠今日是何年。枯槐聚蚁无多地,秋水鸣蛙自一天。何处青山隔尘土,一庵吾欲送华颠。

卫州感事二首

　　神龙失水困蜉蝣,一舸仓皇入宋州。紫气已沉牛斗夜,白云空望帝乡秋。劫前宝地三千界,梦里琼枝十二楼。欲就长河问遗事,悠悠东注不还流。

　　白塔亭亭古佛祠,往年曾此走京师。不知江令还家日,何似湘累去国时。离合兴亡遽如此,栖迟零落竟安之。太行千里青如染,落日阑干有所思。

附录　清真先生年谱

《清真先生年谱》一卷，署青雨编次，系词学大师龙榆生先生久佚专著《清真词研究》之一种。《清真词研究》，据张晖《龙榆生先生年谱》附录一《龙榆生先生著述年表》"一九二九年"条:"《周清真词研究》，暨南大学出版社，未见。"盖张晖生前亦未见此著作。经笔者查访，上海社会科学院图书馆特藏室即藏有《清真词研究》残稿，且与龙氏所编《辛稼轩年谱》合订为一册。据是书卷首目录，《清真词研究》应包括《清真先生年谱》《周清真评传》《古今名家选本采录周词之比较》《清真词选》《清真交游录》《清真词之板本》等内容，然今残稿仅存《清真先生年谱》及《周清真评传》两种，殊为遗憾。《周清真评传》已刊于《南音》第三期（1930年7月5日），且收入张晖主编《龙榆生全集》第三卷《论文集》；而《清真先生年谱》则未见刊载，亦未入《全集》。是谱署青雨编次，据笔者考证，作者应是龙榆生先生，青雨系龙氏笔名。龙榆生《周清真评传》云:"近人海宁王国维采撷书史，旁及宋人笔记小说，参互校勘，成《清真先生遗事》一卷，有功词学，诚非浅尠。予既据王书，益以闻见所及，编次《清真先生年谱》。"知龙氏确曾编有《清真先生年谱》，且多据王国维《清真先生遗事》增益，而是谱亦多征引王氏《清真先生遗事》，故与龙氏所言相合。又，谱中辨证清真事迹亦与龙氏《清真词叙论》一文观点一致，文辞相仿，如"宣和元年"条驳周密《浩然斋雅谈》之记载云："草窗记清真先生事，岁月错舛，殆出于率尔操觚。郑、王二家辨之，当矣。"《清真词叙论》亦云："张端义《贵耳集》及周密《浩然斋雅谈》，对邦彦与李师师事，并有纪述，以为《少年游》'并刀如水'阕，及《兰陵王》'柳阴直'阕，皆作于在汴时，而核其岁月，时复乖舛，郑文焯、王国维二氏，已力辟其非。"可证兹谱当出自龙先生之手。今据以点校整理，原本误字、衍字均以（）标出，改正字、增补字则标以〔〕号，不再另出校记。

先生名邦彦，字美成，自号清真居士，钱塘人。

仁宗嘉祐元年丙申（西历一〇五六）

先生一岁。

案王国维《清真先生遗事》，考定先生生于嘉祐二年；惟据《玉照新志》，先生卒于宣和三年辛丑，更以享年六十六上推，则实生于元年丙申。又考《苏文（思）〔忠〕公年谱》，东坡长先生二十岁；东坡年二十一，先生始生，其时则元年丙申也。近人胡适辑词，亦遵王说，岂推算法不同耶？

嘉祐二年丁酉（一〇五七）

先生二岁。

嘉祐三年戊戌（一〇五八）

先生三岁。

嘉祐四年己亥（一〇五九）

先生四岁。

嘉祐五年庚子（一〇六〇）

先生五岁。

嘉祐六年辛丑（一〇六一）

先生六岁。

嘉祐七年壬寅（一〇六二）

先生七岁。

嘉祐八年癸卯（一〇六三）

先生八岁。

是岁，贺铸生。

先生叔父邠，登进士第。

英宗治平元年甲辰（一〇六四）

先生九岁。

治平二年乙巳（一〇六五）

先生十岁。

治平三年丙午（一〇六六）

先生十一岁。

治平四年丁未（一〇六七）

先生十二岁。

神宗熙宁元年戊申（一〇六八）

先生十三岁。

熙宁二年己酉（一〇六九）

先生十四岁。

熙宁三年庚戌（一〇七〇）

先生十五岁。

熙宁四年辛亥（一〇七一）

先生十六岁。

熙宁五年壬子（一〇七二）

先生十七岁。

是岁（一）〔欧〕阳修卒。

苏轼在杭州通判任。

熙宁六年癸丑（一〇七三）

先生十八岁。

熙宁七年甲寅（一〇七四）

先生十九岁。

是岁，苏轼尚在杭州。

【附考】王国维曰："（二）先生家世钱塘，自祖父以上均不可考。有名邠者，乃先生之从父。《咸淳志》云：'邠字开祖，嘉祐八年登进士第。熙宁间，苏轼倅杭，多与酬唱，所谓周长官是也。轼后自密州改除河中府，过潍州，邠时为乐清令，以《雁荡图》寄轼，有诗，轼和（诗）〔韵〕有"西湖三载与君同"之句。后轼知湖州，以诗得罪，邠亦坐（罚）〔赎〕金。元祐初，邠知管城县，乞复管城为郑州，有兴废补败之力，由是通判寿春府，见苏辙所行告词。后知吉州，官至朝请大夫，上轻车都尉。其丘墓在南荡山。邠系元符末上书人，崇宁初，第为上书邪等，政和五年又为僧怀显序《钱塘胜迹记》，（尽）〔盖〕历五朝（六）〔云〕。侄邦彦。'（《咸淳（临）安志·人物传》以《九朝通略》《东坡年谱》及《乾道志》修）案：《茅山志》载先生《芝术歌序》云'道正卢至公得芝一本于术〔间〕，邦彦请乞于卢，持寿叔父'，中有句云'庐陵太守蕴仙风'。邠尝知吉州，故云'庐陵太守'，然则邠乃先生叔父也。"

案先生叔父邠，既与东坡相得，即去杭后，犹复往返唱酬，则东坡在杭时，先生以通家子，必得常闻绪论。而《清真集》中绝无与苏往复之迹，意或先生长大之后志趣不同耶？

熙宁八年乙卯（一〇七五）

先生二十岁。

熙宁九年丙辰（一〇七六）

先生二十一岁。

熙宁十年丁巳（一〇七七）

先生二十二岁。

元丰元年戊午（一〇七八）

先生二十三岁。

是岁，张先卒。

案以上数年，先生当仍居钱塘乡里，自度其浪漫生活。《宋史·文苑传》所称"疏隽少检，不为州里推重，而博涉百家之书"，应即指其少年时事也。

元丰二年己未（一〇七九）

先生二十四岁。

是岁，增太学生千人为二千四百人。清汴成。

先生入京都，游太学，有〔俊〕声。

【附考】王国维曰："宋太学（界）〔生〕额，熙宁初九百人，稍后增至〔一〕千人。至元丰二年，诏增太学生舍为八十斋，斋三十人；外舍生二千人，内舍生三百人，上舍生百人。（《宋史·选举志》）先生入都为太学生，当此时。词中《西平乐》序'元丰初，予以布衣西上，过天长道中'，亦足证也。"

元丰三年庚申（一〇（〇八）〔八〇〕）

先生二十五岁。

元丰四年辛酉（一〇八一）

先生二十六岁。

是岁，李清照生。

元丰五年壬戌（一〇八二）

先生二十七岁。

是岁四月，官制成。

九月，景灵宫成。

元丰六年癸亥（一〇八三）

先生二十八岁。

是岁，先生献《汴都赋》万余言。神宗异之，命侍臣读于迩英殿，召赴政事堂，自太学诸生，一命为正。

【附考一】《咸淳临安志·人物传》："邦彦，元丰中献《汴都赋》七千言，多古文奇字。神宗嗟异，命左丞李清臣读于迩英阁，多以边旁言之，不尽悉也。"

【附考二】楼钥《攻媿集·清真先生文集序》："钱唐周公少负庠校隽声，未及三十，作〔为〕《汴都赋》，凡七千言，富哉！壮哉！〔极〕铺张扬厉之工，期月而成，无十稔之劳，指陈事实，无夸诩之过。赋奏，天子嗟异之，命近臣读于迩英阁。由诸生擢为学官，声名一日震耀海内，而皇朝太平之盛观备矣。未几神宗上宾，公亦低徊，不自表〔襮〕。哲宗始置之文馆，徽宗又列之郎曹，皆以受知先帝之故。以一赋而得三朝之眷，儒生之荣莫加焉。"

【附考三】陈郁《藏〔一〕话腴》："公少为太学由选舍，

年未三十,作《汴都赋》,铺张扬厉,凡七千言。奏之天子,命近臣读于迩英阁,遂由诸生擢太学正,声名一日震耀海内,神宗上宾,哲宗置之文馆,徽宗引之列曹,皆自文章而得。"

【附考四】王国维曰:"案先生献赋之岁,本传及《挥麈余话》皆云'在元丰初',《余话》所载先生《重进汴都赋表》则云'元丰(之)〔元〕年七月'(汲古、照旷二本皆同)。而近时钱塘丁氏《武林先哲遗书》中重刊明单刻本《汴都赋》前有《重进赋表》则作'六年七月'。《直斋书录解题》又作'元丰七年'。余案:'元年'当为'六年'之误,赋中所陈有疏汴洛、改官制、修景灵宫三事。案《宋史·河渠志》:'元丰二年三月以宋用臣提举导洛通汴。'《神宗纪》:'元丰(十一)〔二〕年六月甲寅,清汴成。''三年六月丙午,诏中书省详定官制。''五年夏四月癸酉,官制成。''三年九月乙酉,诏即景灵宫作十一殿,以时王礼祀祖宗。五年十一月景灵宫成,告迁祖宗神御。'此三事皆在元年之后,此一证也。楼攻媿《清真先生文集序》云:'未及三十作《汴都赋》。'时先生方二十八岁,若在元年则才二十三岁,当云'年逾二十',不得云'未及三十',此二证也。楼《序》《咸淳志》《直斋书录》皆云赋奏,'命左丞李清臣读于迩英殿'。案:清臣官至门下侍郎,此云'左丞',非称其最后之官,乃以读赋时之官称之,而《神宗纪》及《宰辅表》,清臣以元丰六年八月辛卯自吏部尚书除尚书右丞,至元祐乃迁左丞,则左丞当为右丞之误。献赋在七月,而读赋则在八月以后,亦与事实合。此三证也。若《直斋》所云'七年',则又因六年七月而误也。"

元丰七年甲子（一〇八四）

先生二十九岁。

元丰八年乙丑（一〇八五）

先生三十岁。

哲宗元祐元年丙寅（一〇八六）

先生三十一岁。

是岁，诏庐、宿、常等州，各置教授一员。

王安石卒。

案以上二年，先生仍官太学正。《文苑传》所称"居五岁不迁（案"五岁"似为"三岁"之讹），益尽力于词章"是其证也。

元祐二年丁卯（一〇八七）

先生三十二岁。

是岁，先生出教授庐州（今安徽合肥县）。

元祐〔三〕年戊辰（一〇八八）

先生三十三岁。

元祐四年己巳（一〇八九）

先生三十四岁。

元祐五年庚午（一〇九〇）

先生三十五岁。

元祐六年辛未（一〇九一）

先生三十六岁。

元祐七年壬申（一〇九二）

先生三十七岁。

以上数年，先生当客荆州。

【附考一】王国维《清真先生遗事》："先生少年曾客荆州，《片玉词》上有《少年游》（南都石黛扫晴〔山〕）二阕，注云'荆州作'。又《渡江云》词云'晴岚低楚甸'，《风流子》词云'楚客惨将归'，均此时作也。其时当在教授庐州之后，知溧水之前。集中《齐天乐》'绿芜雕尽台城路'一首作于金陵，当在知溧水前后，而其换头云'荆江留滞最久，故人相望处，离思何限'，此其证也。又《琐窗寒》词云'似楚江暝宿，风灯云乱，少年羁旅'，时先生方三十余岁，虽云少年可也。"

《清真（尽）〔遗〕事》又云："先生《友议帖》：'罪逆不死，奄及祥除，食贫所驱，未免禄仕。此月挈家归钱塘，展省（赀）〔坟〕域，季春远当西迈。'此帖岁月虽不可考，味'西迈'一语，或即在客荆州之际。果尔，则在荆州亦当任教授等职。"

【附考二】楼钥《清真先生文集序》："公壮年气锐，以布衣自结于明主，又当全盛之时，宜乎立取贵显。而考其岁月仕宦，殊为流落，更就铨部，试远邑，虽归班于朝，坐视捷径，不一趋焉。三绾州麾，仅登松班而旅死矣！"细味"岁月仕宦，殊为流落"诸语，则在未知溧水之先，当更落拓。饥驱远出，事所宜然。王氏考定先生曾客荆州，以岁月推之当可信也。

元祐八年癸酉（一〇九三）

是岁，先生知溧水县。

集中有《隔蒲莲近》，题云"中山县圃姑射亭避暑作"；又《满庭芳》题云"夏日溧水无想山作"；又《鹤冲天》题云"溧水长寿县作"。

【附考一】晋阳强焕题周美成词："文章政事，初非两途。学之优者，发而为政，必有可观；政有其暇，则游艺于咏歌者，必其才有余辨者也（毛本'余辨'作'余刃'）。溧水为负山之邑，官赋浩穰，民讼纷沓，似不可以（经）〔弦〕歌为政。而待制周公，元祐癸酉春中为邑长于斯，其政敬简，民到于今称之者，固有余爱。而其尤可称者，于拨烦治剧之中，不妨舒啸。一觞一咏，句中有（暇）〔眼〕。脍炙人口者，又有余声，声洋洋乎在耳，则其政有不亡者存。余慕周公之才名有年于兹，不谓于八十余载之后，踵公旧踪，既喜而且愧。故自到任以来，访其政事，于所治后圃，得其遗政，有亭曰'姑射'，有堂曰'萧闲'，皆取神仙中事，揭而名之，可以想像其襟抱之不凡；而又睹'新绿'之池，'隔浦'之莲，依然在目，抑又思公之词，其模写物态，曲尽其妙。方思有以发扬其声之不可忘者而未能。及乎暇日，从容式燕嘉宾,歌者在上,果以公之词为首唱,夫然后知邑人爱其词,乃所以不忘其政也。"(大鹤山人校本"则其政有不亡者存","则"作"侧";"新绿之池","池"作"地",并依毛本改正。)

【附考二】王明清《挥麈余话》:"周美成为江宁(看)〔府〕溧水令,主簿之室有色而慧,美成常款洽于尊席之间,世所传《(食)〔风〕流子》词,盖所寓意焉。(中略)词中'新绿'、'待月',皆簿厅亭轩之名也。俞义仲云。"王国维云:"(宋)〔案〕明清记美成事,前后抵牾者甚多,此条疑亦好事者为之也。"又云:"《御选历代诗余·词话》引此条作'主簿之姬',疑所见别有善本也。"愚案此事是否附会,无可证明。惟据向序以新绿之地与隔蒲之莲对举,《隔蒲莲近》既题"姑射亭避暑作",则此《风流子》词亦当作于官溧水时。所谓"依然在目",必非泛举与县治内绝无关系之词也。

绍圣元年甲戌(一〇九四)
先生三十九岁。

绍(元)〔圣〕二年乙亥(一〇九五)
先生四十岁。

绍圣三年丙子(一〇九六)
先生四十一岁。
是岁,先生尚在溧水任,作《插竹亭记》。(据王(维国)

〔国维〕说，未详出自何书。①）

绍圣四年丁丑（一○九七）

先生四十二岁。

是岁，咸阳人段义上玉玺。

先生还为国子监主监，当在此数年。

元符元年戊寅（一○九八）

先生四十三岁。

是岁六月十八日，哲宗召对崇政殿，使诵前赋，除秘书省正字。

【附考】《挥麈余话》："周美成邦彦，元丰初以太（孝）〔学〕生进《汴都赋》，神宗命之以官，除太学录，其后流落不偶，浮沉州县三十余年。蔡元长用事，美成献生日诗，略云：'化行禹贡山川内，人在周公礼乐中。'元长大喜，即以祕书少监召，又复荐之上殿，契合，诏再取其本来。进表云（以下皆邦彦词）：'六月十八日，赐对崇政殿，问臣为诸生时所进先帝《汴都赋》，其辞云何。臣言曰："赋语猥繁，岁月持久，不能省忆。"即敕以本来进者。雕虫末技，已玷国恩；刍狗陈言，再干（尝）〔睿〕览。事超所望，忧过于荣。窃惟汉晋以来，才士辈出，咸有颂述，为国光华。两京天临，三国鼎峙，奇伟之作，行于无穷。恭维神宗皇帝，盛德大业，卓高古初，积害悉平，百磨再举。朝廷郊庙，罔不崇饰；仓廪府库，罔不充（向）〔牣〕；经术（孝）〔学〕校，罔不兴作；礼乐制度，罔不厘正；攘狄斥地，罔不流行；理财禁非，动协成算，以至鬼神怀，鸟兽若。缙绅之所诵习，载籍之所编记，三五以降，莫之与京。未闻承孝之臣，有所歌咏，于今无传，视古为愧。臣于斯时，自惟徒费学廪，无益治世万分之一，不揣所堪，哀集盛事，铺陈为赋，冒死进投。先帝哀其狂愚，赐以首领，特从官使，以劝四方。臣命薄数奇，旋遭时变，不能俯仰取容，自触罢废，漂零不偶，积年于兹。臣孤愤莫伸，大恩未报，每抱旧稿，涕泗横流。不图于今，得望天表！亲（承）〔奉〕圣训，命录旧文。退省荒芜，恨其少作，忧惧惶惑，不知所为！伏惟陛下，执道御有，本于生知；出言成章，匪由学习。而臣也欲晞云汉之丽，自呈绘画之工，唐突不量，诛死何恨！陛下德侔覆焘，恩浃飞沉，致绝异之祥光，出久幽之神玺，丰年屡应，瑞物毕臻。方将泥金泰山，鸣玉梁父，一代方策，可无述焉？如使臣殚竭精神，驰骋笔墨，方于兹赋，尚有靡者焉。其元丰元年七月所进《汴都赋》并书共二册，谨随表上进以闻。'表入，乙览称善，除次对内祠。"

　　王国维曰："案此条所记，抵牾最甚。'太学录'当依《宋史》《东都事略》诸书作'太学正'，'浮沉州县三十余年'，亦无此事。其重进《汴都赋》，参考诸书，当在哲宗元符之初，而不在蔡元长用事之后，征之表文，事甚明白。《寿蔡元长》诗云'化行禹贡山川内，人在周公礼乐中'，必作于崇宁大观制作礼乐之后。时先生已位列卿，若此时进赋，不得云'飘零不偶，积年（在）〔于〕兹'，一也。表文又云'陛下德侔覆焘，恩浃飞沉，致绝异之祥光，出久幽之神玺'，此正哲宗元符事。案咸阳段义得玉玺，《宋史·哲宗纪》（方）〔云〕：'在元符元年正月。'《舆服志》谓'在绍圣三年、四年之上'。

《志》说较是。《志》又云:'元符元年三月,翰林学士蔡京及讲义官十三员奏按所献玉玺云:"今得玺于咸阳,其玉乃蓝田之色,其篆与李斯小篆体合,饰以龙凤鸟鱼,乃虫书鸟迹之法。于今所传古书,莫可比拟,非汉以后所作明矣。今陛下嗣守祖宗大宝,而神玺自出,其文曰'受命于天,既寿永昌',则天之所畀,乌可忽哉?汉晋以来,得宝鼎瑞物犹告庙改元。肆青上寿,况传国之器乎?"遂以五月朔,御大庆殿,降坐受宝,群臣上寿称贺。'所谓'出久幽之神玺',正指此事。若徽宗崇宁五年,虽得玉印,然未尝以为神玺,则重进《汴都赋》明在哲宗时,二也。若《重进赋表》作于徽宗时,不应不及哲宗朝诵赋之事,三也。明清通习宋时掌故,不知何以疏漏若此!《咸淳志》亦仍其误,幸有《宋史》及表文可证耳。楼攻媿《清真先生文集序》云'哲宗既(实)〔置〕之文馆,徽宗又列之郎曹,皆以受知先帝之故,以一赋而得三朝之眷'云云,则先生非由元长进用亦可知。至云'表入,乙览称善,初次对内祠',则又并前后数事为一事。又,后日提举鸿庆宫,亦外祠而非内祠,其纰缪不待论也。"

元符二年己卯(一〇九九)

先生四十四岁。

元符三年庚辰(一一〇〇)

先生四十五岁。

是岁,秦观卒。

徽宗建中靖国元年辛巳（一一〇一）

先生四十六岁。

是岁，苏轼卒。

先生迁校书郎。（据《东都事略》）

崇宁元年壬午（一一〇二）

先生四十七岁。

崇宁二年癸未（一一〇三）

先生四十八岁。

崇宁三年甲申（一一〇四）

先生四十九岁。

崇宁四年乙酉（一一〇五）

先生五十岁。

是岁，黄庭坚卒。

八月，诏赐新乐名大晟，置府建官。（《徽宗纪》）

【附考】《宋史·乐志》："崇宁四年九月朔，以鼎乐成，帝御大庆殿受贺，是日初用新乐。……朝廷旧以礼乐掌于太常，至是专置大晟府：大司乐一员，典乐二员，并为长贰；大乐令一员，协律郎四员，又有制撰官，为制甚备。"（《宋史》卷一百二十九）

又《乐志》："徽宗锐意制作，以文太平。于是蔡京主魏汉津之说，破先儒累黍之非，用夏禹以身为度之文，以帝指为

律度，铸帝鼎、景钟。乐成，赐名大晟，谓之雅乐，颁之天下，播之教坊，故崇宁以来有魏汉津乐。(《宋史》卷一百二十六)

崇宁五年丙午（一一〇六）

先生五十一岁。

大观元年丁亥（一一〇七）

先生五十二岁。

是岁，置议礼局于尚书省，命详议检讨官具体礼制本末，议定请旨。（据《宋史·职官志》）

《文苑传》称："先生历考（幼）〔功〕员外郎，卫尉、（并）〔宗〕正少卿，兼议礼局检讨。"当在此数年。

大观二年戊子（一一〇八）

先生五十三岁。

大观三年己丑（一一〇九）

先生五十四岁。

是岁，议礼局成《吉礼》二百三十一卷，《祭服制度》十六卷。

大观四年庚寅（一一一〇）

先生五十五岁。

政和元年辛卯（一一一一）

先生五十六岁。

是岁，议礼局分秩五礼，成书四百七十卷。

帝始微行。

先生迁卫尉卿（《临安志》），以直龙图阁，知河中府。徽宗欲使毕礼书，留之（《宋史·文苑传》），当在是年。

【附考】张端义《贵耳集》："道君幸李师师家，偶周邦彦先在焉，知道君至，遂匿于床下。道君自携新橙一颗，云江南初进来，遂与师师谑语，邦彦悉闻之，隐括成《少年游》云：'并刀如水，吴盐胜雪，纤手破新橙。'后云：'城上已三更，马滑霜浓，不如休去，直是少人行。'李师师因歌此词，道君问谁作，李师师奏云周邦彦词。道君大怒，坐朝，谕蔡京云：'开（寿）〔封〕府有监税周邦彦者，闻课额不登，如何京尹不案发来？'蔡京罔知所以，奏云：'容臣退朝，呼京尹叩问，续得覆奏。'京尹至，蔡以御前圣旨谕之，京尹云：'惟周邦彦课额增羡。'蔡云：'上意如此，只得迁就。'将上，得旨：'周邦彦职事废弛，可日下押出国门。'隔一二日，道君复幸李师师家，不见李师师，问其家，知送周监税。道君方以邦彦出国门为喜，既至不遇，坐久至更初，李始归，愁眉泪睫，憔悴可掬。道君大怒云：'尔往那里去？'李奏：'臣妾万死，知周邦彦得罪，押出国门，略致一杯相别，不知官家来。'道君问：'曾有词否？'李奏云：'有《兰陵王》词。'今'柳阴直'者是也。道君云：'唱一遍看。'李奏云：'容臣妾奉一杯，歌此词为官家寿。'曲终，道君大喜，复召为大晟乐正，后官至大晟乐乐府待制。邦彦以词行，当时皆称美成词。殊不知美成文笔大有可观,作《汴都赋》,如笺奏杂著,皆是杰作,可惜以词掩其他文也。当时李师师家有二邦彦,一周美成,一李士美,皆为道君狎客,士美因而为宰相。吁!君臣遇合于倡优下贱之家,国之安危治乱可想而知矣。"

王国维曰:"按此条所言尤失实。《宋史·徽宗纪》:'宣和元年十二月,帝数微行,正字曹辅上书极论之,编管郴州。'又《曹传》:'自政和后,帝多微行,乘小轿子,数内臣导从,置行幸局。局中以帝出日谓之"有排档",次日未还,则传旨称疮痍不坐朝。始民间犹未知,及蔡京谢表有"轻车小辇,七赐临幸",自是邸报闻四方。'是徽宗微行始于政和,而极于宣和。政和元年,先生已五十六岁。官至列卿,应无游冶之事。所云'开封府监税',亦非卿监侍从所为。至大晟乐正与大晟乐府待制,宋时亦无此官也。"

政和二年壬辰(一一一二)

先生五十七岁。

先生出知隆德府,当在此年。(《文苑传》:"逾年,乃知龙德府(当作'隆德府')",是其证。)

【附考】王国维曰:"先生知隆德府,当在政和二三年之交,《五礼新仪》进于政和三年四月二十九日,书中不列衔,盖已莅潞州(今山西长治县)矣。至五年徙知明州,则在潞州盖及二年以上。"

政和三年癸巳(一一一三)

先生五十八岁。

是岁，议礼局成《五礼新仪》二百（念）〔四十〕卷，罢局。

【附考】《直斋书录解题》："《政和五礼新仪》二百四十卷，目录五卷，议礼局官知枢察院郑居中、尚书白时中、慕容延逢、学士强满明等撰。首卷祐陵御制序，次九卷御笔指挥，次十卷御制冠礼，余二百二十卷局官所修也。"

王国维曰："案《宋史·职官志》：'议礼局，大观元年，诏于尚书省置，以执政兼领；详议官二员，以两制充。应凡礼制本末，皆议定取旨。政和三年，《五礼仪注》成，罢局。'今案《政和五礼新仪》卷首尚书省牒后修书官衔名，则检讨官有郭熙、丁彬、王俣、莫俦、李邦彦、叶著、苏恒七人，（详）〔评〕议官有宇文粹中、张漴、刘焕、强渊明、慕容彦逢五人，（详）〔评〕定官白时中一人，而郑居中则不署局中何官，盖总领局事也。中无先生衔名，盖时已出知隆德府，不在经进之列。《新仪》前诸札子中尚有检讨官俞㮚（亦见《宋史·舆服志》）、张邦光（政和元年）二（个）〔人〕，详议官薛昂（大观二年）一人，均未列衔，当是同列。此外如刘昺尝领局事，先生尝为检讨官，则仅见《宋史》本传。史谓先生'出知河中府，徽宗欲使毕礼书，留之'，固在秉笔之列。而乃太常礼就，大署欧阳；六典注成，但书林甫，虽进书之例宜然，亦后人所当考核者矣。"

政和四年甲午（一一一四）

先生五十九岁。

是岁，以大晟乐颁天下。

政和五年乙未（一一一五）

先生六十岁。

是岁，先生徙知明州（今浙江鄞县）。

刘昺迁户部尚书，荐先生自代，不用。

【附考一】楼钥《清真先生序》："公尝守四明，而诸孙又寓居于此。"

【附考二】庄绰《鸡肋编》："周邦彦待制尝为刘昺之祖作埋铭，以白金数十斤为润笔，不受。（昺）〔刘〕无（从）〔以〕报之，因除户部尚书，荐以自代。后刘缘坐王黼訞言事得罪，美成亦落职，罢知顺昌府宫祠。周笑谓人曰：'（也）〔世〕有门生累举主者多矣，独邦彦乃为举主所累，亦异事也。'"

王国维曰："案《挥麈后录》云：'王、刘既诛窜，适郑达夫与蔡元长交恶，郑知蔡之尝荐二人也，忽降旨应刘炳所荐，并令吏部具姓名以闻，当议降黜。宰执既对，左丞薛昂进曰："刘炳，臣尝荐之矣，今炳所荐尚当坐，而臣荐炳，何以逃罪？"京即进曰（中略）。上笑而止。由是不直达夫。即再降旨，刘炳所荐并不问。'则先生此时但外转，并未落职，亦未奉祠。季裕所记，但一时之言，故王（铨）〔铚〕记先生晚年事犹云'以待制提举南京鸿庆宫'也。"

【附考三】王国维曰："先生以直龙图阁知明州在政和五年，其次年即以显谟阁待制毛友代之，见《乾道四明图经·太守题名记》（《宝祐》《延祐》二志同），则其入为秘书监即在次年也。"

政和六年丙申（一一一六）

先生六十一岁。

是岁，先生入为秘书监，进徽猷阁待制，提举大晟府。

【附考】张炎《词源》："崇宁，立大晟府，命周美成诸人讨论古音，审定古调，沦落之后，少得存者。由此八十四调之声稍传。而美成诸人又复增演慢曲、引、近，或移宫换羽，为三犯、四犯之曲，按月律为之，其曲遂繁。"

案：崇宁置大晟府，先生方兼议礼局检讨，应无暇旁及乐律，且史传亦无明征。叔夏所言，当系提（居）〔举〕大晟府事，特未加深考耳。

政和七年丁酉（一一一七）

先生六十二岁。

重和元年戊戌（一一一八）

先生六十三岁。

是岁，刘昺获罪，长流琼州。

先生出知真定府，改顺昌府（今安徽阜阳县）。

【附考】王国维曰："先生出知顺昌府，据《鸡肋编》在王寀、刘昺获罪之后，而《挥麈后录》载开封尹盛章命其子并释昺《和寀诗》有'来年庚子'之语，则必在宣和己亥（元年）以前。又案昺传，'昺免死，长流琼州，乃刑部尚书范致虚为请'。考致虚于重和元年九月自刑部尚书为尚书右丞，则寀、昺获罪必在重和元年九月前，先生出外亦在是岁矣。"

宣和元年己亥（一一一九）

先生六十四岁。

是岁，先生当仍在顺昌。

【附考】周密《浩然斋雅谈》："宣和中，李师师以能歌舞称。时周邦彦为太学生，每游其家。一夕，值祐陵临幸，仓卒隐去。既而赋小词，所谓'并刀如水，吴盐胜雪'者，盖纪此夕事也。未几，李被宣唤，遂歌于上前。问谁所为，则以邦彦对，于是遂与解褐，自此通显。既而朝廷赐酺，师师又歌《大酺》《六丑》二解，上顾教坊使袁绹，问绹，曰：'此起居舍人、新知潞州周邦彦作也。'问'六丑'之义，莫能对，急召邦彦问之，对曰：'此犯六调，皆声之美者，然绝难歌。昔高阳氏有子六人，才而丑，故以比之。'上喜，意将留行，且以近者祥瑞沓至，将使播之乐府，命蔡元长微叩之，邦彦云：'某老矣，颇悔少作。'会起居郎张果与之不咸，廉知邦彦尝于亲王席上作小词赠舞鬟云：'歌席上，无赖是横波。宝髻玲珑（歌）〔欹〕玉燕，绣巾柔腻掩香罗。何况会婆娑。　无个事，因甚敛双蛾。浅淡梳妆疑是画，惺松言语胜闻歌。好处是情多。'为蔡道其事，上知之，由是得罪。师师后入中，封瀛国夫人。朱希真有诗云：'解唱阳关别调声，前朝惟有李夫人。'即其人也。"

王国维曰："案此条失实，与《贵耳集》同。云宣和中先生尚为太学生，则事已距四十余年。且苟以丽年致通显，不应复以《忆江南》词得罪。其所自记，亦相抵牾也。师师未尝入宫，见《三朝北盟会编》。"

郑文焯曰："按强焕序言：'元祐癸酉春，公为溧水邑长。'

是其作宰，已在哲宗朝。癸酉属元祐八年，距宣和前二十余年。且《宋史》称其'元丰中，献《汴都赋》，召为太学正'，安所谓'宣和中始为太学生'？其诬一也。又《宋史·文苑传》言'邦彦仕至徽猷阁待制，出知顺昌府，徙处州，卒'，未尝称其知潞州。玉田《词〔源〕》云（中略）。是其《六丑》犯六调之曲，当在提举大晟时所制。既非少作，且未尝以老辞，信而有（征）〔证〕，其诬二也。至起居郎张果云云，又与前记师师事相反，岂出于一人之词、一时之事，而一官荣落，以词始终？且祐陵既于宣幸之坊伎，闻歌词而赏音，讵以藩邸之舞鬟，因赠词而株累？时主爱才，必不出此，其诬三也。"（节录《清真词校后录要》。案郑氏于王为长辈，出书亦在其前。）

　　案草窗记清真先生事，岁月错舛，殆出于率尔操觚。（宋人笔记，大抵皆不经意之作，聊备遗忘，故往往与史传不合。惟遗闻逸事，未必悉笔无稽。是在读者之善为抉择而已。）郑、王二家辨之，当矣。惟据《耆旧续闻》："美成至汴，主角妓李师师家，为赋《洛阳春》云：'眉共青山争秀。可怜长皱。莫将清泪湿花枝，恐花也如人瘦。　　清润玉箫闲久。知音稀有。欲知日日倚阑，但问取亭前柳。'师师欲委身而未能也。"不知此所称李师师，与《贵耳集》及《浩然斋雅谈》所载，是一是二？张端义称"师师家有二邦彦"，意者当世坊曲中亦有两师师，遽尔牵合傅会耶？又案《樵隐笔录》："绍兴初，都下盛行周清真咏柳《兰陵王慢》，西楼南瓦皆歌之，谓之'渭城三叠'。以周词凡三换头，至末段声尤激越，惟教坊老笛师能倚之以节歌者。"接此则朱诗所云："解唱阳关别调声，前朝惟有李夫人。"疑即指美成《兰陵王》词。私意终以为师师与美成，必非全无关系。惟各家所记，颠倒错出，不能强定其是非耳。

宣和二年庚子（一一二〇）

先生六十五岁。

是岁，方腊反。

罢大晟府。

贺铸卒。

先生徙知处州（今浙江丽水县），旋罢官。提举南京鸿庆宫，当在前年，或此年？

先生是岁居睦州，适方腊反，还杭州，又绝江居扬州。

【附考一】王国维曰："先生晚年，自杭徙居睦州（今浙江建德县），故《严陵集》有先生《敕赐唐二高僧师号记》，《景定严州续志》载州校书板有《清真集》《清真诗余》。以此集中《一寸金》词，恐亦在睦州时改定也。"

【附考二】《挥麈余话》："周美成晚归钱塘乡里，梦中得《瑞鹤仙》一阕：'悄郊原带郭。行路永、客去车尘漠漠（漠）。斜阳映山落。敛余红犹恋，孤城阑角。凌波步弱。过短亭、何用素约。有流莺劝我，重解绣鞍，缓引春酌。　　不记归时早暮，上马谁扶，醒眠朱阁。惊飙动幕。扶残醉，绕红药。叹西园已是，花深无地，东风何事又恶。任流光过却，犹喜洞天自乐。'未几，方腊盗起，自桐庐拥兵入杭。时美成方会客，闻之仓皇出奔，趋西湖之坟庵。次郊外，适际残腊，落日在山，忽见故人之妾徒步，亦为逃避计，约下马小饮于道旁，闻莺声于木杪，分背，少焉抵庵中，尚有余醵，困卧小阁之上，恍如词中。逾月贼平，入城则故居皆遭蹂践，旋营缉而处，继而得请，提举杭州洞霄宫，遂老焉，悉符前作。美成尝自记甚详，今偶失其本，姑追记其略而书于编。"

【附考三】《玉照新志》："明清《挥麈余话》记周美成《瑞鹤仙》事，近于故箧中得先人所叙，特为详备，今具载之。美成以待制提举南京鸿庆宫，自杭徙居睦州，梦中作长短句《瑞鹤仙》一阕，既觉犹能全记，了不详其所谓也。未几，青（淫）〔溪〕贼方腊起，逮其鸱张，方还杭州旧居，而道路兵戈已满，仅得脱死。始得入钱塘门，但见杭人仓皇奔避，如蜂屯蚁沸，视落日半在鼓角楼檐间，即词中所云'斜阳映山落，敛余红犹恋，孤城栏角'者，应矣。当是时，天下承平日久，吴越享安闲之乐，而狂寇啸聚，径自睦州直捣苏杭，声言遂踞二浙，浙人传闻，内外响应，求死不暇。美成旧居既不可住，是日无处得食，饥甚。忽于稠人中有呼待制何在者，视之，乡人之侍儿素所识者也。且曰：'日昃必未食，能舍车过酒家乎？'美成从之，惊遽间连引数杯，散去，腹枵顿解。乃词中所谓'凌波步弱，过短亭、何用素约。有流莺劝我，重解绣鞍，缓引春酌'之句，验矣。饮罢觉微醉，便耳目惶惑，不敢少留，径出城北江涨桥诸寺，士女已盈满，不能驻足，独一小寺经阁偶无人，遂宿其上。即词中所谓'上马谁扶，醒眠朱阁'，又应矣。既见两浙处处奔避，遂绝江居扬州。未及息肩，而传闻方贼已尽据二浙，将涉江之淮泗，因自计方领南京鸿庆宫，有斋厅可居，乃挈家往焉。则词中所谓'念西园已是，花深无路，东风又恶'之语应矣。至鸿庆，未几，以疾卒。则'任流光过了，归来洞天自乐'，又应于身后矣。美成平生好作乐府，将死之际，梦中得句，而字字俱应，卒章又应于身后，岂偶然哉？美成之守颍上，与仆相知。其至南京，又以此词见寄，尚不知此词之言，待其死，乃竟验如此！"

王国维曰："案此二条，当以《玉照新志》明清父铚所手记者为正。"

宣和三年辛丑（一一二一）

先生六十岁。

是岁正月，先生过天长（安徽泗州），有《西平乐》词。于至南京，卒于鸿庆宫斋厅。

【附考一】《清真集·西平乐词序》："元丰初，予以布衣西上，过天长道中。辛丑正月二十六日，避贼，复游故地。感叹岁月，偶成此词。"

【附考二】王国维曰："先生（辛）〔卒〕年，《宋史》《东都事略》《咸淳志》皆云年六十六，而据《玉照新志》，则先生实以宣和三年辛丑卒。以此上推，则当生于仁宗嘉祐二年也。（案当生于嘉祐元年，说见前。）"

【附考三】王国维曰："先生冢墓，在杭南荡山（《咸淳志》《梦粱录》俱同），故后裔自明州复徙于此，《咸淳志》云'子孙今居定山之北乡'是也。"

---

① 整理者案：王国维《清真先生遗事·年表》云："绍圣三年丙子，四十一岁，尚在溧水县任，作《插竹亭记》。"《插竹亭记》系清真集外佚文，蒋哲伦先生据清康熙十五年刻明万历《溧水县志》卷十五"遗迹"辑得全文，记中有云："绍圣三年作插竹亭，余为题其榜，又记其异，冀勉其子孙焉。钱塘周邦彦书。"见

蒋哲伦《周邦彦佚文和〈插竹亭记〉》,原载香港《大公报》"艺林"副刊,后收入氏著《词别是一家》,第266—269页,上海社会科学院出版社2005年。此盖王氏之所本也。

(本文原刊于《词学》第四十辑,华东师范大学出版社2018年版)

编校后记

自2015年《龙榆生全集》出版以后,我又继续留意搜集龙榆生先生的集外佚文,并先后发现了若干种重要的诗学文献。其中,《唐宋诗学概论》和《诗词学》两书系二十世纪三十年代龙先生执教上海国立暨南大学时期讲义,与《词史要略》(已收入《龙榆生全集》)合订为一册,惜三者皆为残稿,今藏于上海图书馆。《朱弦集》为1947年龙先生在苏州狱中手抄的唐宋绝句诗选,今保存于北京风雨龙吟文化中心。以上三种诗学文献,对于了解龙榆生先生的诗学研究和诗学思想都有十分重要价值,故借此机会,整理编校,萃为一集,作为全集之补充。全书杀青之际,又蒙龙先生子女惠示龙氏手稿一袋,内有《古今诗选》《唐宋诗选》等自编讲义,复择其与诗学相关者编入,以窥龙先生之选诗手眼。附录《清真先生年谱》一篇,已刊于《词学》第四十辑,因内容涉及清真诗文而一并收录,以资研究者参考。在文献查访和整理编校过程中,龙雅宜

（北京风雨龙吟文化中心）、龙英才（复旦大学）、曹辛华（上海大学）、陈斐（中国艺术研究院）、肖利明（北京风雨龙吟文化中心）等先生给予了指导和帮助，复旦大学出版社领导以及责任编辑王汝娟女士对此书也始终关心支持，付梓前又蒙宏生、国忠二师分别题签、赐序，在此一并致谢！

2022年，适逢龙榆生先生诞辰120周年，谨献此小书，以纪念和缅怀一代词学大师！

倪春军

2021年8月

图书在版编目(CIP)数据

龙榆生未刊诗学稿/龙榆生著;倪春军编.—上海:复旦大学出版社,2022.9
ISBN 978-7-309-16132-8

Ⅰ.①龙… Ⅱ.①龙…②倪… Ⅲ.①诗学—中国—文集 Ⅳ.①I207.2-53

中国版本图书馆CIP数据核字(2022)第034800号

龙榆生未刊诗学稿
龙榆生 著 倪春军 编
封面题签/张宏生
封面设计/马晓霞
责任编辑/王汝娟

复旦大学出版社有限公司出版发行
上海市国权路579号 邮编:200433
网址:fupnet@fudanpress.com http://www.fudanpress.com
门市零售:86-21-65102580 团体订购:86-21-65104505
出版部电话:86-21-65642845
上海盛通时代印刷有限公司

开本 890×1240 1/32 印张 11.875 字数 257 千
2022年9月第1版第1次印刷

ISBN 978-7-309-16132-8/I·1312
定价:85.00元

如有印装质量问题,请向复旦大学出版社出版部调换。
版权所有 侵权必究